门里门外

金仲伯 ◎ 著

台海出版社

图书在版编月（CIP）数据

门里门外 / 金仲伯著 . — 北京 : 台海出版社,
2021.6
ISBN 978-7-5168-2999-8

Ⅰ . ①门… Ⅱ . ①金… Ⅲ . ①推理小说—中国—当代
Ⅳ . ① I247.5

中国版本图书馆 CIP 数据核字 (2021) 第 085236 号

门里门外

著　者：金仲伯	
出 版 人：蔡　旭	封面设计：树上微出版
责任编辑：王　艳	插画设计：泉田椿　糖精

出版发行：台海出版社
地　　址：北京市东城区景山东街 20 号　　邮政编码：100009
电　　话：010-64041652（发行，邮购）
传　　真：010-84045799（总编室）
网　　址：www.taimeng.org.cn/thcbs/default.htm
E - mail：thcbs@126.com

经　　销：全国各地新华书店
印　　刷：武汉市金港彩印有限公司
本书如有破损、缺页、装订错误，请与本社联系调换

开　　本：710 毫米 ×1000 毫米		1/16	
字　　数：268 千字		印　　张：17.25	
版　　次：2021 年 6 月第 1 版		印　　次：2021 年 6 月第 1 次印刷	
书　　号：ISBN 978-7-5168-2999-8			

定　　价：99.00 元

你是谁……

我是谁……

前言

飘向远方

　　漆黑的瞳孔散落着迷茫，
活着，总需要一个美好的向往，
捏造一段虚假的记忆做好伪装，
　　欺骗自己追寻仅有的光亮。

　　遥远的未来还剩下绝望，
谎言，摩擦着多少脆弱的脸庞，
划过心头的泪染着现实的悲凉，
　　残存的一缕理想即将被埋葬。

　　能感受到那些都在飘向远方，
失去了一切踉跄着跌跌撞撞。
梦回初醒是否真的如愿以偿，
　　这个答案判决着可怜的真相。

　　在坎坷的人生中落魄游荡，
　　没有前方地流落无垠海洋。
曾经那些凌云壮志的幻想，
　　让今天落寞的我如此忧伤。

揭开前尘看往事岁月沧桑，
时间却偏定格在苦痛惆怅。

溢流不出的眼泪，
无人聆听的幽怨，
感叹着告别坚强。

迷失在人世间寻不到方向，
最终那归宿不过都是死亡。
徒劳挣扎只会让哀鸣漫长，
就这样吧继续漂泊与流浪。

目 录

第一章

第二章

第三章

第一章

1.1　一切的开始

从今天开始……门里门外……我叫李想……一本写自己的书……我叫李想……

这个本子上几乎都是我零散的回忆而已，这样对其中的内容也就不用太过于纠结，想到哪就写到哪吧……从今天开始……门里门外。

我自己的故事……

不，这不是我"自己"的……我……是谁？

刚刚从很远的地方回来，那里很美。虽然很多细节都记不太清楚了，好像能记得的仅仅是那里很美，但是那里的美是因为什么，已不得而知。恍惚记得有些光亮，但一点也不刺眼，像是大海一样一望无际，而现在回想起来却是难以抑制的喉咙干渴和阵阵难以忍受的头痛。不知那时去那里干什么，有着什么样的目的，得到了什么样的收获，不过现在搜索着脑袋里的记忆，似乎是没有得到什么有用的东西。

那是梦吗？最近李想似乎常常会做梦，偶尔他会将它们记录下来，没有什么特别的想法，仅仅是觉得这样会比较有趣而已，也或许是出于什么特殊目的而寻找着某个重要问题的答案。当然，在很久以后回望现在，可能真的会发现些什么，而产生某些感慨。也许积累了很多梦境的信息之后会形成完整的某一个故事，这也是说不定的事。尽管可能这样组成的一个故事在自己脑海中有些缺乏逻辑性，不过这也总比它们渐渐地被遗忘的好，毕竟它们曾经存在过……

这个自己呢，叫李想，这不是做梦，是真的叫李想……

"什么症状？"一个坐在李想对面，身穿白色长褂，面戴口罩的人问着。

"最近失眠有些严重，晚上入睡很困难，总是得在床上挣扎很久才能差

门里门外

不多入睡，而早上又会很早就醒，醒了之后就不会再睡着了。可能一天也就能睡那么三四个小时，这样我在白天的精神状态就会很差，您看我这是什么情况？"李想心里想着这里是哪里，看起来是医院的样子，因为对面的这个男人的形象在李想的认知里应该是一个医生没错。

"行了，我给你开点儿药，回去按时吃，先看一看效果。"随后这个人就开始在他面前的白纸上写着什么。这个看起来是医生打扮的人没多久便停下笔，总是让人感觉有些应付事儿一样，继续说道："这个药是以调养为主，另一个是安眠药，感觉实在是睡不着的时候就吃半片，但不可以常吃，也切记不可过量。"

李想道了声"走过场"的谢之后，走出了房门，踏着缓慢的步子，伴着"请26号孙×到精神内科二诊室就诊"的声音，路过着坐满人的楼道。这里似乎没有医院里常有的那种消毒水味道，也没有那种难以言明的药味。

头痛，可能是因为没睡好的缘故，李想的头一直痛着，痛得几乎要晕倒，就连回家的路都无法仔细回忆起来。就是在这朦胧的环境下缓缓前行着，对周围的一切不管不顾，像是与他没有一丝关系一样。

不知是什么时候开始，他坐在了家里的沙发上，拿着几盒不起眼的药，像是小孩子拆开生日礼物一样的兴奋。看着说明书，他回忆着医生说的话："先吃调理身体的。"李想便随手将那盒安眠药放了一边。他吃过药之后安静地躺倒在了床上……

几个小时过去，天色渐晚，可是丝毫睡意都没有，李想的情绪愈发急躁。那些是幻觉吗？窗帘上乱动的影子，风吹着门缝的声音，像是有什么东西疯狂地想冲进屋子里却又被隔绝着无法进入一样。卧室角落的那扇门阻挡着那些未知的"东西"，让它们始终无法进入李想的这个"安全区"。带着这些胡思乱想，李想似乎走入了另一个世界。

周围的环境越来越明亮，李想刚刚像是经历了许多事一样，感觉好累，不过之前那些事也随着黑暗渐渐离去，而变得模糊不清。他注视着闹钟上的指针，慢慢地，一步一步地向着它的终点跳跃着，重复着每一天、每一时、每一分、每一秒的动作，闹钟的指针即将走到它今天的"终点"的时候，李想的右手早已在它的"头上"等候。

"叮——""啪——"，就这样简单地结束了它的使命。或者说对于李想而言，闹钟早已失去了它存在的意义。

"星期四，再坚持一天就可以休息休息了。"李想坐在床边叹息着。转头看了一眼在旁边仍然熟睡的妻子，见她似乎没有从梦中醒来的意思，也就没去打扰，起身离开。

"嗯？这是什么书？《精神表象学》《结构生物学》……妻子什么时候开始看这种书了？"李想不经意间看到了散落放在角落的几本书，随手拿起来看了看自言自语道。看起来不像是新书，书页的边缘已经开始发黄，有些页面上甚至还有些污渍。他翻到第一页与最后一页是空白的，所以也不会是从图书馆借出来的书。他转头又看了看熟睡中的妻子，有些话想说，但是寻思了一下也不是什么着急的事，还是等下班回来之后再问吧。

陌生的街道上走着陌生的人，来往的车、路边的店铺、缓慢向身后消失着的行道树，使得这里充满陌生感，他恍然觉得这里像是一个从未来过的地方。这里就像是昨日的梦一样，明明在梦中的那些必然是认知以内的事物，却因为不知从什么时候开始认识这些东西而感觉到对这个世界或是"自己"深深的陌生。好在至少现在还可以感受到自己的存在，并没有因为这里的朦胧而有那种自我消逝感。其实多数人也都没有思考过"存在"是一种什么样的感受，浑浑噩噩地苟活一生。在最后的时间悄悄地离开，消失在这个世界里。

李想工作的地方是一个五层的办公楼，他的办公室在四层。没有那种宽阔气派的大厅，不过进到办公楼之后却会让人感觉这里的布局很实用，没有什么浪费的地方。这个时间还算是比较早，办公室里只有李想一个人。感觉上每天都是如此，他都是最早到公司的那个。不是因为他优秀，而是习惯如此而已。习惯性地泡了杯茶，拿起平整放在桌上的那份报纸，看起昨日未看完的新闻。这张报纸虽然是昨天的，却显得有些旧。或许这个东西是这样的一间办公室中难得的"玩物"吧，哪个同事有事没事都会拿起来把玩一番。这个季节的早晨是微凉的，偶尔还会有阵阵的冷风在办公室里来回游荡，带着不知是谁桌上的杂物哗啦作响。他慢慢翻起这份报纸，记得昨天就是看到了这里，"近几年，越来越多的工厂倒闭……如今我们面临着产业转型、人口老龄化、劳动力成本上升……在本市永福路 47 号，准备建设福利小学。因

门里门外

相关款项未及时到位，导致发生了农民工群体事件，致死两名民工，6 名失踪，目前仍未找到。经追查，此工程在工地征用时有违规情况。因福利工程资金有限，目前了解到，因建筑设计楼体不高，之前的建筑垃圾直接作为楼体地基使用……法制栏目，8 月 26 日，本市重大凶杀案历经 1 年时间破获，已锁定犯罪嫌疑人孙某，现正在通缉中……"

"早啊，昨天下班你干吗去了？那么着急就跑了？"同事的问话打断了李想对报纸的沉浸。可是一时没有想起，昨天为何着急走，听这个同事话里的意思应该是下班之后走的才对，但是好像有什么不对的地方，昨天不是去医院了吗？李想心里回忆着，但是去医院看的那是精神内科，这样的科室只有五点下班之前的号才对，不可能在公司五点半下班之后。并且有印象医生叫的号比较小，所以应该是在上午靠前的时段，或是下午同样靠前的时段。而他印象中，从医院出来之后，没有来过公司，所以必然不是在上午去的医院，难道是下午到了公司，去了一个距离很近的医院？可是公司的位置这么偏僻，哪有什么医院。"哎哎，想啥呢？领导都快到了，你看车都停好了，收拾收拾，准备开始工作了。"这个同事说着，还不忘拍了拍李想的肩膀。李想转头看向窗外，见一个看着很熟悉的人正向办公楼的方向走来。这个人大概就是公司的领导吧，只是李想的精神状态实在不怎么样，看谁都有些朦胧，什么都回忆不起来。那个人抬头看了过来，也不知道是在看李想自己还是在看他的同事。

李想没有太在意这些，而是一直思索着是不是遗漏了点儿什么，这感觉像是把什么关键的事给忘记了。最近睡眠不好引起的一些问题很是让李想烦恼，经常忘事，很多时候都处于朦胧状态，身体也出现不少问题，偶尔嗓子痛，一会儿又鼻子不舒服，三天两头感冒一下，更要命的还是那种剧烈的头痛。这在他看来是典型的亚健康，甚至就是某种严重疾病的前兆。这些忍一忍还能勉强接受，最让李想无以言表的是作为一个男人，体力上的欠缺。好在妻子没有表现出什么不高兴的地方，但这也算是李想的一个心结了吧。

1.2　药物作用

又是一个不眠的夜。人嘛，睡不着的时候总喜欢想些什么。回忆一下白天没有想明白的事，还有最近一段时间的那些无关紧要的东西，或许还有闲心去展望一下未来的美好。夜深人静的时候，没人打扰，做这些事情是最合适的了。反正睡不着，有些事可以翻来覆去地想，甭管想的是对的，还是与真相相距十万八千里，至少可以有那么一个"结果"，至于这个"结果"对于问题本身到底有没有实际意义，那都是无所谓的事。

对于李想而言，回忆一下白天的那种"好像什么东西被忽略的感觉是由何而来的"，总比"幻想中的羊有多少只"这个问题有趣得多。

那感觉到底是什么呢？是否有什么细节是没有被注意到而又违反了正常逻辑的呢？医院……什么时候去的医院，在医院里都干了什么，有些记不清楚了，就记得去的是精神内科，刚刚吃的药和病例上的药物使用方法都清楚明白地写着，虽然没有日期的记录，但是药房的收费单据上清楚明白地打印着昨天的日期，说明去医院的时间没有问题，做的事也与他自己记忆中的情况同样没有出入。那么更多可能就是今天白天的问题，是同事记错了吗？应该不太可能，毕竟就是坐在旁边，不可能一整天都没有发觉李想不在公司。错在哪里，到底错出在了哪里，这就是无解的一个问题。

李想深深地呼了一口气，起来走两步活动活动，身上不知何时已经出了虚汗。顺手打开了窗，之前李想在夜里睡不着翻来覆去，妻子总会说两句，更别提起床开窗这样的大动作。因为平时妻子睡觉都很轻，李想动一动都会惊醒。不过今天看起来似乎很累的样子，睡得像一具尸体一样。他平静了一下自己的心情，没有半点声响，若不是借着月光能隐约看见这具"尸体"上面的被子由于呼吸微微起伏着，李想真的会以为那是"死物"。

又是之前的那种陌生感，无论是门外，还是紧闭着的衣橱，又或是卧室里的洗手间，都给了李想强烈至极的陌生感。门的另一边是什么，在发生着什么，谁在那里，既然是空荡的客厅，为什么安静得可怕？那种以往应有的熟悉感觉去了哪里？对！以往都是多多少少会有一点儿声响的，尤其在这样温度宜人的夜晚，应该有些风声，可这时候静得可怕，在角落的那扇门的外面好似什么都不存在了一样。这让李想很不习惯，还好有药物的作用，让自己时刻保持着昏昏沉沉的，不会在那些让自己不舒服的事物上集中过多的注意力。忘了吧，那些都不重要，没有多大意义，恐惧而已，陌生而已，异于常态而已。那些都不过是对"醒着的人"有意义的事，只要睡着了，一切都会变得无足轻重。

李想的脚步停在了洗手间门口，从门缝中可以看到那里面的漆黑，奇怪的感觉又一次出现。按照他自己的习惯、妻子的习惯，无论什么时候，洗手间的门都应该是关着的才对，现在这样的情景让李想很不舒服。同时，心脏也有些异常地跳动，这打破了自己的生活习惯。在凌晨的夜里，李想对周围的一切，都是充满着未知的恐惧。他不知道在他推开门之后见到的是什么样子。门的另一边还会是那个平时去的洗手间吗？强忍尿意，尽量放松自己，已经放在门把手上的右手又收了回去。但是他转瞬间又放了上去，只不过没有将门打开，而是把门关上。这才松了一口气，就像是一个没有灵魂的肉壳回到床上，继续睡去……

又是一天，又是闹铃声，不知是吃了药的原因还是什么，今天的精神状态比昨天要好了很多，清醒的感觉对于李想来说真的算是很久未出现了，这个难得的感觉很舒服。看来吃药的效果真的很不错，只是李想有些怀疑，这药的效果这么猛烈，会不会对自己的身体有什么负面影响。李想叹了一口气，管那么多干吗，舒服一天是一天吧，痛苦了那么久，还不如舒服地活几年就死去呢。好死不如赖活着都是谁的狗屁理论，去他的吧！该上班上班，该睡觉睡觉，不需要去想那么多。

踏上去往公司的路，还是昨天的样子，李想懒得多看一眼，只是自顾自地走着。虽然今天的精神状态很好，面对仍旧没有什么新鲜感的事物也会感觉到枯燥乏味。他的注意力散落在各处，对周围的任何景色都提不起多大兴趣，就像是失去了神智的人一样，像行尸走肉一般。在他的某些错觉里，仿佛是有一个影子在前方带领着他不停地向那个方向行走着，而那个影子时不时还会回头望向李想，看看他是否按照那个影子的意愿走被安排好的路径。这让李想不知不觉地产生了一丝的逆反情绪，只是这种情绪的力道太过于薄弱，以至于在那个影子的面前毫无还手之力。

还是那个时间，还是那个公司，还是那间办公室，年复一年，没有丝毫的变化也不会有变化。李想不喜欢这样的生活，他嘲笑自己今天竟然有如此的精力，居然还会开始抱怨自己的生活，可是今天的办公室静悄悄的，没有昨天的同事来说些莫名其妙的话。他看了看时间，也有可能还是有些太早的缘故吧。他整理了一下思绪，准备同时也顺手整理一下办公桌。上面平放着今天的报纸，还有一些无关紧要的工作资料，他天天面对的都是这些东西，枯燥无聊。他把这些东西都归拢到了一起，放到了办公桌的抽屉里。这里看起来干净整洁了许多，他这才有心情拿起了桌上的水杯，去泡了一杯热茶。说实话，李想很少喝茶，因为平时失眠的问题比较严重，所以基本告别了这种"提神"饮品。

"呦！今天精神不错嘛！"又是那个同事，但是李想突然想不起这个面熟的同事叫什么，应该如何去称呼他……算了，人家叫什么跟李想又有什么关系呢，干好自己的事就得了。

"是啊，昨天睡得特别好，今天感觉比昨天好多了，昨天怎么过的我都快不记得了。"李想随口说着，没有太在意。

而同事并没有回复李想什么，只是一脸诧异地看了他许久，看了一会儿又皱起眉头，但却依然什么话都没说。从同事的表情上李想能看出来不解与疑问，这个样子不像是装出来的。

"怎么了？"李想看着同事的反应也很好奇，便学着同事的表情"回敬"过去。

而同事却又摇了摇头，说："没事，你最近心情不好吗？"

这回李想是真的皱眉，感觉同事的话实在没什么头绪，也着实有些懒得说什么了。"我没事，准备准备开始工作吧，不聊了。"李想见同事又要说什么，摆出一脸"心情真的不怎么样"的样子，摆了摆手，之后又摇了摇头。

李想打心底里厌倦了这样的生活，每天持续着同样的工作，没有一丝的新意。自从上班到现在几乎没有任何变化，整理资料，打打字，无聊得甚至可以让自己的精神游荡在天南海北也依然能好好地完成一整天所有的工作。要不是为了生存，李想是不会继续这样下去的。每当想到这些时，身体里好似存在着另一个自己在劝说着："知足吧，平凡的日子其实也还不错，至少你的家人们需要你有这样一份平凡的工作，忍一忍，还有几十年而已。之后你就可以离开了，尽管我也知道这里并不那么适合你。"

"哥，有个事我觉得还是有必要跟您说一声。"

"嗯，说吧。"

"昨天那个事处理的方式可能有些不太妥当，从事本身上看，您其实一点儿错都没有。客户有需要，咱都尽量满足，但是呢，总得有个界限，有些是咱可以做到的，有些是得领导来主导的。咱们这最需要的是服从命令，这样才能把自己的工作干好，你说对吗？但是你看现在，你惹上麻烦了吧？"

"说完了？"其实李想根本想不起来昨天到底发生了什么重要的事，就记得来了公司，回了家，其余的好像与自己都没什么关系。不过这句话无论怎么听着都不太像是这个同事自己想来跟自己说的，总感觉像是在代替领导表达意思一样。这么看起来这样的公司里关系的处理、事的处理真是有些麻烦，甚至比工作本身都要麻烦许多。李想有些不明白，有什么话是不能面对面亲自与自己谈的？那样难道不是更加直接有效？李想是真的很不喜欢这样的办事方式，他最喜欢有一说一，直截了当。可能是他平时的精神状态就不太好，喜欢将更多的精力集中在自己要干的事情上，而不是其他的某些无关紧要的事情上。

"开会了，开会了。"同事催促道。

走进会议室，部门的全体人员都在，每个人都表情严肃，看起来是要说什么重要的事。

"在进入主题之前，咱们先聊一聊公司昨天发生的事。"李想有预感，好像这要谈的事似乎与自己有那么一点关系，不知是不是要被点名了，看了看窗外的阳光，比正午的时候已经弱了很多。应该是下午快下班了吧。这……时间怎么过得这么快，走了一会儿神怎么就到下午了？刚刚不还在与同事聊着昨天的事，不应该如此才对。今天李想的精神挺好的，一点儿恍惚的感觉都没有，为何却突然忽略了时间的流逝，或者说自己的某些记忆像是被无形中截断了一样……

"昨天的事大家都知道了吧，具体是谁，我也就不多说了。这么做原则上没有错，但是希望下次能以更好、更有利公司发展的方式去解决问题，长点记性，有点脑子。"领导作了一个在李想看来是不咸不淡的开场白，但是却偏偏似在指桑骂槐。

"领导，我想解释一下。"李想有些压不住自己的话，就在大会的所有人面前说了出来。

"行了，你不用说了。"

"昨天的情况特殊。第一，这问题的出现不是我的原因引起。之前我已经做了汇报，我想我无须再多说什么。第二，我做的不仅仅是善后工作。第三，情况紧急，而且我没有不服从命令，都是按照指示办事。"李想虽然不知道昨天到底发生了什么事情，但是凭借上午与同事的对话还有那么一丝尚存的记忆，能够猜出个事情的大概。但是他也不知道自己为何可以在会上说出这样的话，这一切都是不由自主的。

领导的脸色越来越不好看，却没有说出半个字。李想不喜欢搞所谓的察言观色那一套，该吃吃，该睡睡，尽管大多该睡的时候还是睡不着。

散会后，还没等到下班，就听到有人传达的通知。这是公司人事部发来的，说是让李想周一到公司下属的分公司报道，这个地方李想知道，半死不活的一个公司，就连员工的工资都快发不出来了。是一个算是被放弃了的地方，公司的地点也是很偏远，去那里的路比较难走，自然也就没有人愿意去。

看来是在会上说的那番话，让领导很生气啊。李想心中这样想着，同时也对这种行事方式表示深深的鄙视。回家收拾收拾吧，他也准备将这事好好跟妻子说一声，看看怎么安排日常生活。来回跑估计是够呛，以现在李想的身体情况来说，早起晚归这几乎是不可能完成的任务。没准儿哪天会晕倒在路上。到那边看看情况再说吧，也许公司里有个宿舍也说不定，大不了就每周末回家。暂时也没有其他的好办法。不过一说到去那个偏远的公司，虽然他确定自己没有去过那里，但不知是从几时开始，他对那里莫名地萌生出了很多印象来，或许这是对那个地方的某种幻想吧。那是一个偏远、荒无人烟

门里门外

的地方，就像是他已经在那里度过了很长的岁月，甚至相比于自己的家都要
熟悉一些。

　　总之，先回家再说。

1.3 回家回家

到家的时候天色已晚，妻子这个时间却还没有回到家里，他没心情去干别的事情，决定先把东西收拾一下。要带去的生活用品，至少够度过一周的衣服，对，如果那边工作不忙还可以看一看平时想看但没有时间去看的那些杂书。

一件件东西，慢慢地填充着不大不小的行李箱。虽然李想没有把被排挤到偏远的分公司这件事情当回事，也没有抱怨什么，但是在他的行动间却透着满满的失落，只是这短暂的失落被几本书在眼前的出现所打断。还是《精神表象学》那几本，自己没看过这几本书，却也没有收起来。他犹豫着，翻开了一本，虽然与上次看见的一样旧，但是明显有再次被翻看过的痕迹。那些并不起眼的痕迹，让李想感觉到另一种陌生感。说不上是为什么，或许是因为妻子在看一些李想自己也看不懂的东西让他产生了一种自卑情绪吧。好多男性都不喜欢自己的另一半比自己强，尤其是在头脑方面，这会大幅度降低生活的快乐程度。

李想继续收拾东西，但是从看到那几本书之后，也不知道是错觉还是真实存在的什么问题，李想对整个家、整个卧室产生了极大的陌生感。更是有些心神不宁、坐立不安的感觉，似乎是这里对自己很不友好。有好多想要带的东西都有些想不起来放在哪里，怎么也找不到。总之，这里的一切像是在努力违背着他自己的生活习惯及意愿。如果不是李想知道那些东西都是死物，他甚至会以为那些东西都在奋力躲藏着。

还好，还有周末的时间好好找出这些东西，实在不行买些新的也可以。既然如此不喜与自己在一起，何必强求呢，自己离开就是了。然而想想也是，这么不好找寻到的东西，或许它们本身可能就是平时不怎么用得到，就算带着到了那边也可能没什么用处，最终也不过落得与现在一样难以寻到的状况。

13

门里门外

本身心情就已经很复杂了，何必还带上一堆乱七八糟的东西去呢，算了，又不是不回来，有机会再说。时间看起来也不早了，外面的天已经完全黑了下来。是时候该休息了，他吃过药，躺到了床上，平和地闭上了双眼，精神迅速地涣散着，走进他的梦。

自从开始吃药，李想的睡眠质量的确是越来越好，这两天明显精神了许多。尽管还是会起夜，不过好在起夜之后再次入梦相对会比以前快了很多。再次深夜醒来，已是凌晨时分，看旁边妻子的身影一起一伏，也不知是几点回来的。本来还想着要与她说一下要去郊区的分公司上班的事，看来今天是说不上了。

李想起身，坐在床上，看着对着床的这面落地镜子，从这面镜子中还可以看见躺在床上的妻子。但是他却突然有些看不清镜子中的自己，这让李想感觉家里的东西是不是对自己有着或多或少的敌意。他甚至感觉自己正在被这里所有的东西排斥着，这种感觉的出现让李想有些坐立不安，同时也产生了莫名的烦躁。在这样的夜晚，他不想吵醒妻子，便轻轻地下了床，无声地走到了客厅里，坐到了那个沙发上。不愉快的心情骚扰得他不想再留在卧室中，这个地方还能给他一丝的温柔感觉。看一会儿电视吧，睡得时间也挺长的了，就算是借着药劲儿现在也是有些许睡不着觉。可笑的是李想找了半天遥控器也没有找到，仿佛这里不是自己家一样，最后无奈还是用电视上面的开关打开了电视。调好了电视频道，半躺到了沙发上。微不可察的电视声音播报着最近发生在这座陌生城市里的各种各样的事，大的小的，有的没的……

朦胧间，又是那条新闻，那个烂尾楼的事，也没有说什么新的进展，只是说福利小学的师生没有地方上学及住宿，只好自己临时在烂尾楼里上学及吃住……再后面是几个人被骗得破产，骗子带着钱不知所踪……现在警方一丁点儿的线索都没有……夫妻长期分居导致离婚，闹上法庭……李想听着电视的声音渐渐有了困意。

周末很快过完，与妻子最后的时光是如此短暂，还没来得及缠绵就要离别。就这样，李想踏向远方，虽然还在同一座城市中，但是这与异地恋的感觉差不了多少，现在还没去那边的分公司，还不知道能不能每周末都回家与妻子团聚。没准儿情况会比想象的更加凄惨。去吧，人不就是这样，在人世间居无定所地漂泊与流浪，去哪里都没有多大的区别，无非就是从一个孤独的地方换到另一个孤独的地方而已。那边是陌生的，难道这里对于自己来说就是熟悉的吗？笑话啊，都是笑话！那边，到底是哪里，是什么样子……一切都是未知的，一个从来都没有去过的地方，却让人感觉异常熟悉，会遇到什么样的陌生人……不知道，到了那边会被安排到什么样的岗位？李想觉得不会是一个好差事吧。毕竟是一个被发配过去而不是作为踏板准备提干的人……

按照导航的路线，行程持续了三个多小时，才到了这个自己想象中"荒无人烟"的地方。不过到了这里之后，李想对这里却真的有着深深的熟悉感，不知是不是因为这里的建筑风格与公司的办公楼实在是太相似了。都是一个五层的小楼，包括内部的布局、外面的风格，都十分相似。同样的，都很注重实用性。李想去报了到，人事通知工作安排居然是去库房。他听到了这个消息之后感觉这真是够狗血的。李想有种特殊的预感，在事情发展的方向上肯定还有更加狗血的安排在等着他。这点儿事儿还不算什么，这样企业领导的人品底线在哪里你是永远都猜不到的。

走过长长的走廊，很多办公室都关着门，可能是因为现在是白天的缘故，所以走廊的灯都没有打开，这使得这里多了几分阴森。而风吹过这里带起的声响，更是加重了这样的气息。这里充斥着像是肉食加工厂中的那种臭味，混合着淡淡的尘土味道。不过每个办公室传出的说话声却让这里多了几分人气。不过有趣的是这里的工作模式，几乎每个办公室都像是在开会一样，有人讲话声音很大，生怕走过走廊巡视的领导不知道他们的才华。想想也是，这样的企业不就是这个样子的嘛，天天在开会。没有那么多会议室就只能在办公室里开。李想在走廊里慢慢走着，这里到处都给他感觉似曾相识，东看看西看看。他走过一间正在传出洪亮声音的办公室，随便扫了一眼，每个员工都在认真地记录着这个"领导"的讲话，看起来都生怕遗漏些什么，或许也是他们怕在讲台上的"领导"以为他们会遗漏点儿什么而做出让"领导"放心的样子吧。从这些样子上看也没有之前自己所想的那么不堪，这里的工作好像比在上级公司多了些。

分派了工作任务，可笑的是自己真是被"一撸到底"，居然在库房的工

门里门外

作都不是管事儿的，而是打杂的，进进货，每天清点一下库存，而且还是属于后勤的那种库管。管些吃喝拉撒日常琐碎的东西，李想也只能暗叹着，干啥都是干，凑合过吧。

这一周，李想就在各种生活用品的采购中度过。看起来挺忙碌，但是基本上都是干的体力活，半点儿脑子都用不上。更像是一个苦力，不管这些货物是什么，只管不断地搬运着，这样的工作太适合李想之前的那种精神状态，每天昏昏沉沉的，不用走脑子就可以完成所有的工作任务。现在来说，李想觉得自己不用吃药可能都能轻松应对这些简单的工作。但他想了想，还是先调整下身体状态，所以也就准备继续再吃一段时间先看看情况再说。

又到了该回家的日子，还是来时的路，周围还是之前见到的那样荒凉，走很久都看不见一个人。这里到处是野草，真是有些难以想象，在这个城市里还会有这样没有被地产商们占用的地方。两边的行道树快速地掠过，天色渐晚，太阳也逐渐落入地平线，视线直通到远方，没有任何建筑物妨碍李想去欣赏这美丽的夕阳。这画面像是电影一样，美得有几分不真实。这里的一草一木，都略带着夕阳的一抹红，被这余晖一同带入"幻境"。

到家已是深夜，李想轻轻地打开房门，生怕影响到妻子的休息。果然是黑着灯，很黑，门窗都紧闭着，在初秋的夜里屋子里还是比较闷热的。李想连忙打开窗通风，以此来缓解下心中那种复杂的憋闷。他走到阳台的这几步路感觉上比从公司回到家的路都曲折，磕磕碰碰了好几下，还踩到了不知道是什么东西。他打开灯一看，差点儿叫出声音来，若不是见到一些家中仅有的那么点儿值钱的东西还散落在地上，他真以为家里进了贼。在李想的观念里这已经杂乱到了一定的地步，也是他几乎可以忍受的极限。平时妻子也不是一个如此没有条理的人，怎么能够忍受家里乱成这个样子。算了算了，李想心中默念着，平时也多数都是自己在家收拾屋子。内心烦乱着，嘴上念叨着就连他自己也听不清楚的话语，他开始整理起这个自己"心心念念"的家。整理屋子的本质是什么，不过就是将那些常用的东西收起来，让我们想要再用的时候可以消磨时间去寻找，而且可以让周围的环境显得空荡些，让家里看起来似乎是什么都没有，同样也就不会因为买了很多没有用处的东西而自责。李想平时其实也不怎么喜欢收拾屋子，只是现在家里乱得已经使他的心情开始烦躁，这已经完全违背了他的生活方式，他无法接受。

　　一件件的东西被放到它们可能的原先位置，至少李想认为它们原先是在那里的。有些东西是很少被拿出来的，有些记事本、有些看起来老旧的笔，这些东西李想仅仅是有一丝的印象而已，但是大部分的东西都恍如前世之物。有些还有那么一点儿印象，更多的是完全不记得自己曾经拥有过。翻开一个看起来比较新的本子，看起来有用过的痕迹，而且后面几页是被撕掉的。虽然是从本子的根部撕开，看起来还是像新本子没用过一样，这样还可以当作新本子用。又翻开了一些本子，偶尔也会发现相似的情况，李想的内心很奇怪，也不知道妻子在家干什么，为什么要撕掉这么多的本子？当然，这些小事李想也懒得去深究，回头等想起来了再说也罢。他继续收拾着，又看到一些用过的笔芯，也不算多，就四五根的样子。因为它们都躲藏在垃圾桶里，所以也没有仔细去看。旁边又看见了一些铅笔屑，却没看到那些撕下来的记事本页。这使得李想更加好奇妻子为何要如此，她在玩什么游戏。还有茶几上的果盘，里面还有两三块残留的苹果，颜色已经是干枯的橘黄色，显然在这里放了有些时日。沙发上还多了个枕头，看起来也许是当靠垫儿用的吧。李想靠了上去还挺舒服，只是他突然感觉不知是什么东西有些硌屁股，应该是在沙发坐垫儿的缝隙里。他伸手将这个东西拿了出来，是一个一次性的打火机，这东西让李想心里突然有些别扭，各种不舒服的情绪涌上心头，感觉家不再像是自己的家。虽然没有亲眼看见过什么，但是李想总是觉得最近很长的一段时间这个家都缺少了它应该有的熟悉感。很多地方说不上来，但是今天的这个夜晚这种感觉尤为明显，似乎这里有别人来住过一样，而且是与他的习惯截然不同的人。

　　"是不是……我不在的这些天，妻子有别的人了……"李想大脑中毫无预兆地闪现出来这个想法。但是，他没有什么真实证据证明这个假设，一切都不过是猜测而已。当面去问吗？谁会没脑子到当面质问，到那时，无论有没有，她会不会承认，感情都无法再继续下去。暂时先放在一边吧，等到看见真正的证据再来谈吧，不知到那时是不是还有谈下去的必要……李想没再去准备提起这些事。打火机，就当作是自己的吧。毕竟自己也经常忘事，或许是自己忘记了也是有可能，无奈之下也只好这样来安慰自己。

门里门外

今天，注定不是一个友好的日子，就算李想吃了药也没有正常入睡。

又一次起夜，李想这次更多是因为心事有些多，最近的日子让他开始疑神疑鬼，总是觉得身边很多事不应该是这样，不应该就是不应该，怎么会这样？李想在心里对着房间中的自己呐喊，想大哭一场，以此来宣泄对周围一切的不满。借着月光，扫视周围，质疑着这里的一切，这里是他自己的卧室吗？看见卧室的门依旧没有关严，还留有一道缝隙，能隐约看到门外的漆黑客厅，但不知是因为自己还没有完全睡醒还是怎的，好像看见了与平时不一样的样子。李想心脏猛地跳动了两下，瞬间清醒了许多。他坐起身来，仔细去看，却又发现门是关好了的，刚才是他看错了吗？不应该，李想看见了客厅，看见了客厅的一切，那个地方的确是客厅，只不过有些地方与他印象中的有那么一丁点儿的不同，但是到底哪里有问题连他也说不上来。

他的手放在了门把手上，冰凉的感觉让他更加清醒，一秒，两秒……十秒，李想挣扎着是否要开门，他从心底想去看一看门外的情况，但又丝毫勇气都提不起来。他在恐惧着某些未知的东西，尽管他不相信会有什么，也不认为有陌生人闯入自己的家里，但就是止不住地恐惧。这是一种本能的，对不在自己掌控之事物的恐惧。就像有人会幻想床下有什么，会幻想深夜的身后，有时也会幻想门的另一边。那边静悄悄的，安静得像是什么都没有，李想有心想去把门打开一道缝看一眼，确认一下与内心所想是否一样，但又怎样也寻不出那样的勇气。他的手停留在门把手上许久之后，慢慢地收了回来。好像在他的潜意识中认为这一道单薄的房门可以隔绝一切恐怖的事物一样。李想慢慢走回床边，经过卧室中的衣柜，同样有着细微的缝隙，缓缓散发着黑暗，给这个夜增添色彩。他坐到了床上，看着面对着床的那面镜子，好像之前所幻想的整个漆黑世界都快映照到了里面，那里什么都没有，衣柜、房门、月光下的妻子的轮廓、廉价的床头柜、堆在角落杂乱的衣物、墙上的影子……有的时候人会有这样的感受，"我为什么会在这里"。而那边的影子为什么也会在这里，李想的影子不应该会出现在这里才对，那它又是什么？李想这一刻被惊吓到了，大家都不信那些东西的，李想也知道世界上根本不存在那些所谓的"脏东西"，但也还被这一幕吓个够呛。这让李想回想起他的某个恶作剧：在同一个房间的朋友夜间去了厕所，而他就在那人回来之前走到门口，低下头。当那人开门的时候若不是刚刚上过厕所，非得被吓得尿裤子不可。在他隐约的记忆中发生过这样的一件事，但是却无论如何都回忆不起来是何时发生的。也不知道是当时记性本身不好还是后来的失眠导致了记忆的缺失。李想走了走神，缓和下心情，有些事，你知道它不可能是你所恐惧的那个样子，就会变得不那么畏惧了。当李想以一个求证的心态去探究那个黑影到底是什么的时候，刚才的那些就像是幻觉一样，消失得无影无踪。李想有些想去个洗手间，但是他想到一定又会经历一些让他不舒服的事，徘徊之下还是放弃了。

李想自嘲一下，居然被自己的幻觉吓成这样。看来自己的胆子也没有随着年龄的增长而变大，还依旧如那些小屁孩一样。

继续睡觉吧……就当那些不过是梦而已。妻子在家中的那些反常，都不过如同影子一样都是自己多想了而已，完全没有必要因为这些小事而彻夜难眠。赶紧借着药劲儿，快些，再快些入梦，李想在向自己哀求着，别再折磨自己，快些与这些烦躁告别去到另一个世界。那边没有这些……一定没有……李想渐渐地，即将进入那里，仿佛他的手已经搭上通往那里的那扇门的门把手，可笑的是李想朦胧间也在对那扇门的后面产生着若有若无的恐惧感。那扇门里是什么，或者说那扇门的外面是什么，总之，他无论如何都感受不到门的另一边是什么。如果那边也有人的话，他又在想什么，是否同样在与自己产生相似的恐惧。尽管都不过是所谓的假想而已，但是哪些又是真实呢？对妻子的假想就会是假的吗？墙上的黑影李想已经做出了是假的是幻觉的判断，但是所谓的依据真的那么可靠吗？李想在好奇自己为何会以自己看不见、摸不着的"理论"以及"别人的"经验来论证自己确定看见的东西。这些就算是李想睡前的胡思乱想而已吧，过了今天，等见到了明天的太阳、温柔的妻子，一切就都会过去了。

太阳已经升起，李想渐渐醒来。可能是前一天晚上心事太多，所以实在是睡得不好。早上，不，应该说是上午，醒来之后依然是头晕脑涨。好在只是有强烈的晕眩感，却也不怎么头痛。看了看身边，妻子没在，也对，这个时间肯定不会像自己一样还躺在床上，饿也饿醒了。李想从床上坐了起来，听听外面什么声音都没有，似乎妻子没有在家，不知去哪里了。打电话问问去哪了，结果妻子也没有接，这又让李想开始猜疑，如果那些假设都是真实的，

门里门外

那么妻子现在会在哪里，做些什么呢？胸口烦闷得很。李想最不喜欢别人不接自己的电话，尤其是自己的妻子。这会引得他永无休止地胡思乱想。这无关乎信任与否，信任与遐想并不会起冲突。人，能控制得了自己想要去想什么，但是控制不了自己不去想什么。越不想去想的事物，越会投入所有的精神注意力放在上面，甚至会让你想得筋疲力尽、歇斯底里。现在的李想就是这样，思绪止不住地到处乱飞。

受到这种情绪的影响，他浑身无力，哪也不想去，什么都不想干。现在就想断绝自己与外界事物的一切联系，逃离现实。这样的话，还真不如明天就回到郊区的公司，有他自己必须要去做的事，一忙起来就不会有其他的力气去胡思乱想。李想坐在了沙发上，发着呆，周围还是昨天夜里的样子，还有些许东西散落着。他用脚扫开茶几上的一些杂物，把腿放到了上面。安静，如同昨夜一样的安静，唯一的区别就是现在有阳光透过纱帘照亮了这里。记得之前打开的窗现在却已经再次关上了。视线挪到茶几上，看到了之前没有找到的遥控器一角，它正深深地被埋藏在一堆杂物的下面。打开电视吧，看看有什么节目可以转移一下注意力。

电视剧，一部老旧的电视剧在重播着，虽然李想不记得这部电视剧具体都讲了些什么，但是他感觉就是看过，看了一会儿感觉实在没有意思，换个节目吧，法制节目，"有城区部分小区家里进贼，多起案件都发生在福园小区，警方已锁定犯罪嫌疑人……警方破获重大抢劫案，背后黑老大落网……"现在的这个城市这么不安定吗？周围不远的地方都发生着这么黑暗的故事……李想眯着眼睛，就快要入梦，他朦胧地看见这个主持人似乎在笑，他居然还在笑，他在笑什么，有什么可笑的呢？难道他的职业就应该在面对什么事时都是这样的表情吗？面对悲惨的命运也是？面对悲惨的自己也是……

1.4　歧路归否，或是不归路

　　带上之前没有带的东西，李想打算在那边多住几天，也省得来回跑，更可以"眼不见，心不烦"。也许分居一段时间可以解决很多问题，要么事情就这样过去，要么可以让事情更加明显。到那时，就可以长痛不如短痛了，不用反复地受到折磨。所以，收拾好东西，招呼也没打，直接离开了家。一路上，或许是妻子生气了，一个电话都没有给李想打，不过李想也没放在心上，自己也是心烦意乱着，没有那些闲心去思考别人的想法。

　　还是那条路，安静的路，远离城区的路，远离烦愁的路。但是有些东西好像不太一样，树木没有像往常一样随风摆动，也是，怎么会天天都有风吹过呢？但是这里出奇安静，周围一个人都没有。上次路过这里的时候还没感觉到，现在因为没有风，安静得可怕。李想四处张望一下，没有见到厕所，这一路下来，已经有些憋不住了。他"精挑细选"一个比较隐蔽的地方，施了点肥。顿时感觉自己清爽了许多，在这里可以一边欣赏风景一边解决人生大事，这也算一次不错的感受。

　　由于时间已经不早，这条小路上又没有路灯，显然夜间开车没有白天开得快。开了许久却并没有走出多远的距离。李想寻思着要是不行就找间宾馆或是旅店先住上一晚，第二天再走。这时恰巧看见远处有灯光，像是一个城中村的地方，说不定那里会有店可以住。在夜晚，有一点儿灯光就会让人感觉特别明显，但是当李想真的到了地方之后，那里明显没有他想象的那样繁华。稀疏的小房子，映着路灯可以看见千篇一律的白墙，到处散落的垃圾看起来有日子没有被清理了。幸运的是这里真的有一间小旅店可以住，虽然看起来不像是一间正经的旅店。他停好车，走了进去。老板娘是个不太爱说话的人，但是明显能感觉到很温柔，对李想还算是比较细心，可能对待每个客人都是如此吧。就是李想有些好奇，在他看来老板娘如此的样貌去哪都可以

门里门外

找一个比较体面的工作，为何在这样一个偏远荒凉的地方开这么一间没有客人来的旅店。

李想总是想那么多没有必要也与自己没有关系的问题。他开好了房，去寻找自己的房间去了。可能是老板娘的样貌太过于吸引李想，还有那种特有的气质，让他感觉到无比的亲切，像是回到家里一样。本来挥之不去的孤单感受在遇见老板娘之后少了许多。李想的确有太久的时间摆脱不了那些烦闷的情绪了。李想有想法去与她聊聊天，倾诉下身上发生的各种让他烦闷的事。工作上、夫妻上、身体上，这些或是不方便，或是没来得及与妻子谈论的事。有很多事，可以与陌生人说，但是却无法开口与亲近的人谈论。不过李想还是没去，他不确定自己会不会对她的好感过多，况且这么晚与这个女人在一起，谁知道她有没有丈夫，或是男朋友。算了，还是先睡吧。一夜无梦，但睡前李想脑子里都是不由自主地对老板娘的幻想，一直到入睡。直到他睡醒都没能停止这些荒谬、可耻的想法。

李想直到走出小旅店都没好意思正眼看一下老板娘，生怕自己充满欲望的眼神出卖自己。话也仅仅是简单地说了两句，甚至说的是什么李想都有些记不清楚。可能就是"您好，我……我走了。"这种话吧。至于有没有说再见之类的告别语……李想好像没有印象了。算了算了，那些都不重要。也许以后根本就没有机会再见面呢，何必在意这些细小之事？开上车，没多久，又到了昨天经过的地方，风吹动着树摇动着，各种各样的感受增加着李想的真实感。这肯定与李想的心情有关，或许与他的睡眠质量也有那么点儿关系也说不定。

这一周，李想依然都是在到处奔跑中度过的。公司给分配下的任务，把仓库中储备的应急物资补齐。着实给他累了个半死，很多东西都需要到城区去买，要走很远的路。但是就算是回到城里，他也没有回家去看看自己的妻子。本来就是工作时间，没有多余的时间去偷懒，偷跑几次的话任务肯定无法按时完成的。

买回来的东西都会放在仓库里，而且仓库与办公楼不在同一处，距离还比较远。所以在公司里常常看见这个"新人"来回游荡。看起来他成了公司里最忙的那个人。有的时候，李想喜欢一个人坐在公司宽阔的院子里，院子很大，差不多有半个足球场那么大，也可能比半个足球场要小上一些。他坐在院子角落的木头椅子上，这个木头椅子很长，没有多余的装饰，仅仅是比别的地方高出来一些，可以当作椅子坐一下而已。在这里感受微微的风吹过，让自己的心跳放慢些，渐渐逃离这杂乱的世界。

这周末可以回家了吧，李想感慨着。时间也已过去很久了，无论是自己的心情，还是那件让人不怎么愉快的事情，都差不多可以平复一下了。见公司没剩几个人，也萌生了现在就走的心思。

还没入夜，李想已到家。妻子下班比较早，在进门的时候妻子已经在家了。这么久李想都没回家，以为家里还会像上次回来一样乱七八糟。但没想到收拾得井井有条，到处都是干干净净的，大多的东西都回到了它们原本该在的位置。放下小包行李，换身衣服，到衣柜里拿出一块机械手表，刚想给它上一下发条，但却发现它是走动着的。这是走之前留下的手表，到现在居然还在动，这是不可能的，这与"墙上的影子"是不同的，这是李想真正看得见摸得着的东西，这是"科学存在"的。有人用过，只不过在自己回来之前放回到了这里而已，而妻子知道李想今天要回家，那么很有可能是特意放了回来的。或者说，是谁一直在，只不过知道他要回来，刚刚离开了这里而已。李想沉寂了下来，默默地回到了客厅里，看着干净整洁的家，心情再也好不起来。他没有戴上那块表，它还在原来的衣柜里。他不想与别人分享自己的私人物品，无论是表，还是婊子。

直到夜晚，李想都是静静地坐在沙发上，没有说半句话。可能是妻子也习以为常，所以没主动去自讨无趣。他不知从哪找出了一支烟，抽了起来，这样会使他更容易平复自己纷乱的心绪。

李想又在那个沙发上睡着了，而当他醒来的时候妻子已经入睡，所有的灯都是关着的，身上盖着毯子，所以也让李想感觉心里稍暖。没想到妻子还是会关心他，这让他稍稍有些意外。他卷起毯子回到了卧室，随手带上了门，再一次把死寂关在了外面。他摸着黑缓缓地走到了衣柜的前面，准备将毯子放到里面，但是李想却迟迟没有打开柜门。里面的某些东西让李想萌生了很多不好的感觉，里面是有什么吗？当然，里面有衣服，有些许日用品。不过李想知道，或是感觉到那里面还有别的什么东西，像是用语言不好描述的东西，

门里门外

比如说灵魂？这么说可能不那么确切，是一种夹带着情绪留下的感受，一种并不完整的灵魂。他幻想着如果打开柜门是否会将那个神秘的东西释放出来。李想不确定放出来之后会有什么后果，也不知道释放出来的东西会是什么，从而产生了深深的恐惧。

　　这都是自己吓唬自己而已，什么都不会有，科学的世界不会有那些假想出来的东西。表不会自己动起来，只不过是有人戴过了而已，李想自嘲地笑了起来。但是这一幕在凌晨的夜里显得如此阴森且诡异，镜子中李想的笑容看起来甚至有几分狰狞。在犹豫了片刻之后他还是打开了柜门……里面黑洞洞的，什么都看不见。他将毯子放到了柜子里，突然……手像是被什么东西牢牢抓住，他奋力地挣脱着。挣扎，想要呼喊却什么都说不出来，在那黑洞洞的前方，像是有一个人在看着自己，确切地说，不应该是前方，而是房间中的某一个地方，无论自己逃到哪里，都无法躲避。他不敢去看，只好慢慢低下头，此时的李想心跳加速，汗毛炸开。因为他看见了，他看见了那双盯着他的眼睛，就在下面……不敢直视的李想只好闭上了双眼……一阵哆嗦……一阵眩晕……李想觉得自己像是晕倒了，但是没有倒地的疼痛，反而这感觉挺舒服。身子周围湿湿的，都是冷汗，睁开眼，李想发现自己躺在床上。刚刚的……是梦吗？还是晕倒之后是梦？这都很真实，让李想无法分辨。如果刚刚的目光是幻觉，那么就失去了任何分辨的依据。那么，会不会两个都是真实的呢？以自己的主观感受来看无法作为绝对依据了……算了，继续睡吧……睡醒了一切就都过去了。

　　周末过得总是快的，休息的时间总是让人觉得不够用。又到了收拾行李出发的时间。但是最近的周末都让李想过得很累，这大概是发生了太多的事的原因吧！都是些让李想不想去细细回味的事，恶心至极，甚至让人想去咆哮、狂躁。

　　还是那条去往郊区的路，有心想去看一眼那位让李想今日唯一想回味一下的老板娘，有可能是白天看不到灯光的缘故，又或是那本身就是一条小岔路。白天开车太快没有注意到，这一路上李想都没有看到那条路。李想心想着那也不是什么必须去的地方，错过就错过吧，没什么大不了的。

　　到了公司，由于还是周末，这里的员工没有如同往常那样开会，而是散落的到处都是。有的在公司周围散步，有的聚集在公司院子一角。偶尔还能隐约听到办公楼里传出的声音，但与往常不同，听起来更加杂乱无序。

　　拿出一支不常抽的烟，又从口袋里拿出一个不知从哪里来的一次性打火机。点燃它，细细品味着这幽静的下午。不知从什么时候开始，李想喜欢上发呆，尤其是这种远离了熟悉感的发呆。什么都不去思考，这样比睡觉更能让他得到充分的休息。这里是李想自己独有的空间，没有任何人来主动与他说话，没有他在乎的任何东西。不用耗费力气去思考那些让人头痛的事，可以安安心心地就如现在这样，一会儿看看这里，一会儿看看那里。这算是真正的逃离，连真正意义上的领导都没有，只要低着头慢慢地去干自己的那些工作就可以。如果想，可以几周甚至一直都不与同事多说一句话。

　　就这样，李想平淡地度过着漫长的时光。偶尔他会回家一趟，而每一次回家的路上，只要他看见那条小岔路，他就会去光顾有那个老板娘的小旅店。渐渐地，两个人似乎熟络起来，尽管他们二人没有过几句话的交流，甚至李想现在都回忆不起来到底谈论过什么，也有可能他们什么都没谈论过。李想对那个女人是有感觉的，每次见面却都像是隔靴搔痒，让他对她的欲望愈加强烈。这么久的观察，从来没见到她有或是提及别的男人，那么他断定她应该是单身的。至于自己的妻子，他不想去过多地回想，越想越会烦闷。虽然没有确定，但是从李想的心底已经认定了她的不忠。

　　又是一个回家的夜晚，夜已很深，又是那个如同李想的指路明灯一样的小旅店。她在，自己一个人，李想再也压抑不住自己的行为，毫无预兆地抱住了她，是的，该发生的，这个夜晚都发生了，野蛮地、霸道地，发生了。李想没有遇到任何反抗，甚至平淡得理所应当一样。对于这个半陌生不陌生的女人，李想没有多少别的想法，没有考虑过是否属于自己。不是夫妻，不是女朋友，仅仅是一夜的过客，至于以后会不会再见到。管他呢，那是以后的事，李想的"现在"还没有过明白呢，哪有精力去思考以后的事。

　　走得匆忙，依旧连一个招呼都没有打，李想就这样离开了。在这几周里，也可能是几个月的时间里，不……没那么久。李想确信时间没有过去那么久。每次李想都会到这个小旅店，有时感觉到了，自然而然就会发生些什么，再没有初次的紧张，两个人的生活越来越趋向于生活。甚至有时李想周末没有回家，就止步到了这里。

也许现在是时候该回家了，也是时候该停停药了。借着公司让李想回上级公司办事的机会回家住几天，在家里调整身体总还是比在外面稳妥些。尽管家里的那个妻子……不多想了，爱怎样就怎样吧。到家的这一天是个周五，李想停了药，不知是这一段时间睡得太多，还是刚停药的缘故，翻来覆去怎么也睡不着。干脆，他又去客厅看起了电视。满脑子都是那个老板娘，再不就是妻子的那些破事，至于之前的那些幻觉，不想也罢，那些与正常生活的自己没有关系。

打开电视，"秋天的中央公园，到处是金黄的银杏叶……这人啊，一到中年，就要开始养生……黄教授获得国际哲学界……正在准备上课的希望小学因建筑垃圾失火……已封闭……市电视台……"后面的内容李想越来越听不清楚，只是他确信自己还没有睡着，还能感受到周围的一切，还能感觉到风吹着自己的脸，虽然已入秋，但这风还未凉，感觉上还是挺暖和的。

第二天夜里，他依然无法入眠，按照他的习惯都是要起来上厕所的，但是这一路总感觉又有哪里不一样，但是又说不出来，有可能是妻子收拾过了吧。尽管心里感觉有些别扭，但是以现在李想这迷糊的状态也没看出来有什么太特别之处，也就没多大乱想的欲望。原先的尿意当他站到厕所门口时已经消失得无影无踪。

清晨，李想已经不知道自己是从梦中醒来的还是又一次一夜没睡。从精神状态上看，似乎是没有睡，因为实在是太累了，全身上下充斥着疲惫无力。在这一天里，他的精神都不是很好，看什么都有些朦胧，上班听同事说话什么都听不进去，坐在自己的办公桌前，不知道伸出的手应该拿哪个文件，而收回手之后又不知该放到哪里。盲目地看着电脑上的各种信息，似乎里面的内容好像在哪里见过一样，既熟悉又陌生。扫了一下电脑上的日期，星期一……还有一整周的工作……下班的路好像没有以前那么遥远，平日里的晚高峰拥堵也没有见到。

李想走进家门，一屁股坐到了沙发上，打开电视，看着周围每个屋子的房门都紧闭着，仍然静得很，这给他带来了充足的安全感，就好像乌龟把头缩回去那样。拿起早已准备好放在茶几上的水杯，却怎么喝也不解渴，边看电视边无意识地喝着，喝完又拿起一杯开始喝，用脸感受着没关严的窗透出的细小微风，在深秋的夜里很舒服。

该睡了，困劲儿让自己忘记了他还是一个失眠的人。轻轻地打开房门，妻子已经睡了。房间里很安静，昨夜那种感觉又来了，哪里不对劲，好像回到的不是自己的卧室，"咣当——"，这个响声吓了李想一跳，似乎是床头的什么东西掉在地上了。他在黑暗的房间里摸索着，寻找衣柜，打开柜门，却没找到原本放在那里的睡衣。他开始到处摸索起来，可是摸到的却是一只细长、干枯的……手臂吗……吓得李想一声尖叫，妻子也被吓醒了。立刻打开了灯，见李想拿着一卷毛巾惊魂未定地站在衣柜前，便用手去抚摸李想的后背。李想一阵心闷，随便整理了一下也躺下了。

又是起夜上厕所，又是走到厕所门口，又是同样的动作打开门，不同的却是刚打开的门后站着一个人影，吓得李想立刻后退两三步，差点儿又叫起来。可是他这时却感觉自己无论怎么都动弹不得，越动不了就越是挣扎，越挣扎越是发现自己动不了。就这样，李想挣扎着从梦中醒来，看着天花板，随风摆动的吊灯，他定了定神，那……那些是梦啊……感受着冷汗，满是尿意的李想甚至有些不敢下床去厕所。

可以说，李想噩梦越来越频繁，虽不至于每天，但也算是三天两头了。他越来越无法忍受这样的折磨，又去了医院，结果医生却建议他去精神科看看，最后结论是"重度抑郁"。也许吃些抗抑郁的药很快就会有好转吧，李想期望着。

歧路归否，或是不归路

1.5 噩梦成真

抗抑郁的药吃着，助眠的药也吃着。起初李想感觉还算不错，梦境明显变得不是那么真实，更多的时候那些梦都变得略显朦胧，可以像正常人一样生活对于李想来说真是一件极为美妙的事。至少可以不用时刻担心哪里会出现些什么，很少有人体会过那种即将死亡的感觉，虽然那是一场梦而已，但就算没有肉体上的感受，心理上所承受的痛苦也是无以言表。那是一种已经认定自己马上就会死去的感受，多数人在那时不是平静的，挣扎中夹杂着对世界的留恋。那时会回忆到的几乎都是鸡毛小事，那些重要的事、大事，根本没有精力去思考。在李想的感受里，即将死亡的感觉与即将睡着的感觉很像，同样是去到一个未知的、无法由自己掌控的、朦胧的世界。李想从未对死亡有过细致的思考，只不过他觉得自己离那里是最近的一个人而已。在他的梦境中偶尔会濒临死亡，好在吃药之后那些印象越来越不深刻了。

精神状态好些的李想依旧与往日一样，来回穿梭于城市与城郊之间。李想觉得在外人看来自己最近一定有了很大的变化。更多地出现在大家面前，说更多的话，只不过李想本身就是一个特别容易被人忽略的人。其实他与周围的那些人本身也没什么交集，所以仍然是以前的样子，几乎没有人与其真正的对话。在李想的"热脸"降温之后，他的世界又回归到了平凡。还是那些事，只是显然之前公司采购的物资已经足够了，现在就几乎不用经常来回奔波。只是临时有什么需要的东西记录下来，等到列表上的东西足够让自己跑一趟的时候才会去补货。

算一算也有日子没有去走一走那条岔路了，那个她也没联系李想，这让他认定了她也不过是一个一时寂寞的人。李想对于她而言可能也算不得什么，吃饱了"粗茶淡饭"之后的"美味甜点"而已吧。

可能是忽略那条小岔路成了习惯，也可能是太久没去那里的原因，这次

门里门外

李想怎么都找不到那条路。他在那附近来来回回找了几遍都没有看见……只能无奈地走上回家的路。今夜李想做了一个很长很长的梦，这个梦很清晰，直到醒来都记得很清楚，好在这是一个平淡的梦，与平日的生活一样。唯一的区别就是时间回到了学校的日子，有趣的是视角不再是一个学生，却可以以老师的身份看见身为学生的自己。看着一个不怎么说话，与别人没有交流，有些内向腼腆的自己。而别的同学好像看不到他一样，也不怎么与他交流。自己教的什么完全不知道，可能是没有真正当过老师的缘故吧，对老师应该做些什么也完完全全不了解。梦里自己做些什么只能通过自己的臆想，这样或许会与真实的情况出入很大吧。李想自己与学生的自己也没有交流，只是在远处看着，看着他到学校，听着自己讲课，讲的是什么自己也说不清楚，大概也就是一些胡言乱语而已，因为这不过是一场梦嘛。再后来，遇到了一个女同学，学生李想很喜欢这个同学，但与自己一样，只不过是远观而已，自己也同时在一旁远观着学生李想去远观着那个女同学。

直到有一天，他自己忍受不住这样的微妙平衡，就在即将被这样的烦闷情绪弄醒的时候，他自己走到那个女同学的面前，一把抱住了她。这一抱又让他的心情恢复了平静，使得这场难得平静的梦得以延长。女同学没有拒绝他，而且同样也很喜欢他，从激情的恋爱，也慢慢变为平淡。待这女同学一毕业，两人正式住在了一起，开始了新的生活，这一切都没有什么波折，看起来都那样顺理成章，当然也很平淡。

有一天，他好像是在做一件大事，当然，他不知道具体是一件怎样的事。学校的领导安排做的工作没有做好。李想完全不知道那些是什么东西，只知道自己为了做这件事花费了很多心思。投入了大量的精力和体力，全身心地投入这个工作之中。可是最后的结果不够美满，得到的都是些嘲笑而已。就这样，他的工作性质从脑力劳动变成了体力劳动，可能不仅仅是因为工作的问题，多数应该是因为在梦里干了清醒时没有敢干的事吧。他冲动了一次。在梦里的一切都让李想觉得合情合理，除了没有睡觉的画面以外，都是符合科学的。这里没有那些可怕的"脏东西"，也没有"猪在天上飞"那些不合理的事。虽然李想不再干自己所熟知的本职工作，但是依旧努力完成着之前未完成的事业，可能是在梦中觉得那很有趣吧。

学生李想也毕业了，时不时还能见到，反正是在梦里，以一个在梦中假定的"正当"理由，合情合理地住到了他的家里，丝毫没有违和感。毕竟那对于李想来说同样是自己，有什么可为难的呢？尽管有很大的年龄差，但是相处的如同兄弟一样。

电话来了，又是一大堆的工作，自己咆哮着，干不完，没有时间，完全干不完的那些工作……心情再一次开始不稳定，这次难以控制，挣扎着睁开了双眼。李想自嘲着，最近总幻想着回到学生时代，可以重来一遍，结果梦到学生时代，自己却不是一名学生。看来往事不过就是往事而已，改变不了，忘记的也不会再回想起来。

定了定神，李想揉了揉眼睛，按照他自己的习惯想起床上个厕所，但是……发现有些不对劲儿，这里……不是自己的家，这是一张单人床，难道自己又梦游了？他不知道是什么时候来到了这里，这个陌生的地方，好像从未来过这里，又像是深深埋在心底的回忆一样，这也许是极为接近那些"忘记的，不再想起来"的回忆。打开门，顺着长长的走廊前行着，不一会儿便走出了这栋不大的小楼。这……是一个……学校的教学楼，难道是又回到了学校吗？李想惊恐地看着周围的一切，也不知道从何而来的惊恐，这不过就是一个再普通不过的学校而已，不一样的仅是这间学校似曾相识。另一个角度的相识，一个站在上面的角度。他猛然回头，看向教学楼的某一间教室，窗里的确有一个中年人在看着他。没有任何的表情，像在看着一个陌生人一样，这是李想的……学生时代？或是一个学生时代的梦吗？那么，找到那个女同学吧！她一定也在这里，也许在这个角度会发生些别的有趣的事也说不定。李想这样想着。

他在梦中到处奔跑着，可是好像总是在追逐，却又怎么也追逐不到近在眼前的她，又或者是她主观上拒绝着他。直到他看见之前那场梦境中的自己与她拥抱在了一起。再后来，找了各种理由与借口，又谎称他自己是一个无家可归的孩子，刚毕业实在在这个城市没有去处才最终住到了这里。

又是那通电话，在咆哮中醒来，但是又是那张单人床，这里就像是一间牢狱，把李想锁在了这里无法逃脱……又是那通电话，在咆哮中醒来，李想苦笑着。看来，是真的难以逃出去了，他曾几度怀疑是不是睡前吃了过量的安眠药，从此开始就再也无法醒来。既然无法醒来，那似乎可以放肆大胆地去做一些在现实世界不敢去做的事吧。

法律、道德、规矩，这些所谓的束缚在梦里不再有意义，这里没有真正的人，就像是一个网络游戏一样，甚至没有网络游戏那么血腥。至少网络游戏里的人物背后都有一个真正的人，而这里每个人都是李想臆想出来的，都是没有灵魂、没有情感的存在。死前的哀号都是假象而已。所以可以大胆地，尽情地去犯罪。梦境就是属于他自己的世界，谁会去在意一个作者笔下死了多少人，有多少人在一篇故事里遭遇到不幸的人生。不公平，只要李想愿意，怎样都无所谓，并且可以让一切的发生都合情合理。梦里的那些人怎么想都可以，只要李想主观认为那些事说得过去就可以。

再次，李想又接到那通电话，又是无休止的咆哮。经历了这么多次，都是同样的电话，同样的内容。但是他自始至终都无法平静面对。如果是平时，任何人都已经习惯了这个片段，再激情的影片都会无法再影响人的情绪。但是这通电话却不同，一而再，再而三地折磨着李想。对于现实中的回忆，李想完全记不得有过这样一个电话，就像人们无法记得自己是如何出生的一样。李想的梦境就像是从此时开始的一样，而李想的人生也是从这通电话开始的。而开始的是永无休止千篇一律的人生，毫无乐趣，平淡无奇。与梦境里的所有人一样，没有变化，按照自己在梦中的意愿行动着。各种各样发生着的事情都由李想来编造一个可以说得过去的合理理由。可笑至极，荒谬至极。

又是那通电话……又是那通电话……又是那通电话……他不知多少次地再一次接到那通电话，睁开疲惫的双眼，却双眼圆睁，这……不再是那里，可能，这不再是梦……周围的环境既熟悉又陌生，这是很久很久以前，他睡下的地方……这里是家……看着周围的环境，李想觉得很累，似乎是睡了很久很久，时间是在早上，证明他睡觉的时间并没有很久。他从床上起身，站在床边活动了一下身体，发现身体还很舒畅，感觉不到那种因为睡得很久而常有的僵硬感。他开始日常的那些事，洗脸、刷牙、看电视、吃点儿东西，还是如往常一样没有看见妻子，李想做的这些事有一种久违了的感觉，似乎在梦中从不需要做这些事，而这个梦的时间实在是持续太久了。打开窗，风比之前大了不少，明显是要到降温的季节了，没想到一天的时间天气就有这么大的变化，他想着要去把他的厚衣服拿出来几件了。回到卧室，看见衣服已经被妻子准备好，放在衣柜外侧的明显位置，这让他的心情缓和了许多。

　　该吃抗抑郁的药了，他拿起药瓶，不过拿起的却是那个助眠药，打开一看。里面的药少了不少，天啊，李想差点儿惊呼出声来，难怪昨天睡了那么久，做了那么长的梦，或许是昨天忘记自己吃过药，所以重复吃了好几遍的缘故吧。幸好这不是之前的安眠药，要不然非得死在家里不可。等等，这药放的位置不是原来的地方，是有人动过，而那个人却不是李想，要不然他不会拿错瓶子，难道不是他自己多吃了？他怀疑着，而是……妻子在他熟睡的时候放到了他的嘴里，这样就算是他真的因为吃药过量而死去，也不会有人认为她是凶手。而上面肯定全是李想的指纹，更加证明了李想的死与她无关。这……怎么可以这样，李想在回忆着自己什么地方有如此的过错，以至于妻子居然对他产生了杀心。难道是去那家小旅店被发现了？还是因为她有了别的人，想彻底让李想消失，并且还能拿到全部家产，这女人……又或是觉察到李想对她的事有些发现，担心被净身出户，而提前下手。无论是哪种可能，都太可怕了，她应该以为那瓶是安眠药吧，结果让她失望了。李想没有死，妻子怕是以为李想已经死了而特意跑出去的吧，衣柜旁边台子上放置的衣物真是多此一举，想制造一个她温柔的假想吗？李想越思考越是认定这个观点。他很伤心，想不到武大郎的故事在现今的这个社会还会发生，而且就差点儿发生在了自己身上，这太过于惊悚。

　　李想下定了决心要逃离这里，也由不得他不走，再不走的话，很有可能就再也走不了……他不敢用自己的生命去印证这种猜测是否是真实的，很有可能在经历了印证过程之后就再也得不到结果。这次妻子知道了这种办法不行，可能下次的方式就会变得更加简单粗暴，直接有效。没准儿会把李想的助眠药和抗抑郁药都换成真正的安眠药，反正李想有病历有处方，到处都可以买到药……再或者换成有毒的药，这都不是什么难事。走吧，逃离这个地方，带上所有需要用到的东西，像个要离家出走的孩子，整整一大包的衣物和日用品。当将手放到门把手上的时候，李想的心狂乱着，这与之前不同，这是真正的离开。先不论是否还会回到这个地方，至少自己的心再也不会回来了，其实现在已经离开了，只是躯壳还留在这里而已。这扇门，隔开的也许是李

门里门外

想的整个人生、整个世界。那一边的人生会是怎样的，对于现在的李想来说还是一个未知的地方。李想止不住地流下眼泪，不知道在为什么而流泪，是在为失去而伤心吗？还是为自己而悲泣？或是只因对未来的惧怕？不过这样的犹豫不决没有持续太久的时间。毅然决然地打开门，搬出行李，转身扫了一眼房间里，在这里生活了这么久，多多少少还是有些留恋的，这是人的本能。不掺杂什么其他情感，仅仅是长时间持续的习惯而已。门缝在缓缓地变小，越来越小，透过门缝看着屋子里好像有什么东西在看着自己。从一双窥视自己的眼睛，逐渐地剩下一只还在盯着自己，再缓缓地，它留在了屋内。

刚才那道看不见的目光始终滞留在李想的脑海里挥散不去，逃离吧，走得越远，这里的一切越是容易被淡忘。生活，一个重新开始的生活必然会更加美好。

又是去往郊区的路，这回李想特意去寻找那条小岔路。因为他太需要一个这样的地方，也太需要一个老板娘这样的人，在他最伤心的时刻来对他进行安慰。沿着路慢慢开，几乎是每一个房子、每一棵树都不敢错过，找到临近天黑终于找到了那条路。借着夕阳的红色，这里的房子都被染得血红，就连有些角落的红色花朵看起来都不再那么艳丽。到了小旅店，却未见到老板娘，这个所谓的前台里站着一个中年男人，看起来有些疯癫，典型是没有读过书的那种人，可能连字都不一定认得。李想猜测这位可能是老板娘的丈夫吧。

"您好，您是……"李想支支吾吾地开口问道。

"我……我叫孙妄。"疯癫男人回道。

"哦，我是李想，我的意思是……唉……算了……"李想思来想去挣扎徘徊很久，却到最后也没有开口问老板娘的去向，带着失落走向自己的房间。

她不在这家旅店里，那么这里对于李想来说就真的没有了一丁点儿的意义。未来的一段时间里，李想只要有时间就会来到这里看一看，但却再也没见到过老板娘。可能是她出去打工了吧，毕竟这里的环境着实不适合她。她的美，这样的男人也一样不适合她。很久的时间过去，每个人对"久"这个字的理解不同，在李想失去一切之后，时间变得慢了下来，几周的时间对于他来说可能算是很久了。这段时间里他再没去过那个小旅店，其实李想也在努力去淡忘她和那个地方。

李想的生活没再剩下什么，仅剩下生存，以及每天重复的工作。他的工作还是那些，还是在这个郊区的地方，只不过不知是这个公司在生产什么东西，那些若有若无的臭味现在更加明显了，员工也越来越少，还来了许多看起来没什么文化的新员工。显然是之前的员工忍受不了这样的工作环境而离开了，现在这些新人可能除了这样的工作也找不到其他职业。李想如果肯拿个镜子照一下自己，他或许会惊奇地发现他现在自己就是这副模样。

最近好像清洁工都走了，仓库、办公楼里都变得比以前脏很多，而且到了楼里他才发现，这里到处都是焦煳味与臭味，显然不会有清洁工能忍受得了这里。他回到库房，取了些清洁用品，开始自己动手打扫。毕竟现在的李想是一个无家可归的人，只能把这里当成自己的家。相比以前的热闹场景，现在的公司让李想以为自己走错了地方，有些人甚至戴上了口罩，这让本来就对同事不熟悉的李想很难认得出谁是谁。想来也无所谓，本来就都没有什么交集，几乎也没与他们打过招呼。李想经过漫长而又艰巨的打扫战斗，消毒水的味道逐渐代替了臭味。可能公司也不再生产那些散发臭气的东西，毕竟现在也快入冬了，有不少工厂在这个时候都是停产的状态，这家企业或许也是这样吧。

又是一场梦，让李想印象深刻的一场梦。他梦见老板娘回来了，就在那个小旅店里。还是与之前一样的环境，没有见到之前的那个男人，她也没有提及。可能两个人的关系也不像自己想的那样，毕竟从来没有去求证过什么。或是在李想的潜意识中不希望他们俩存在某些关系吧，所以才会做这样的梦。同时，李想也在用自己的梦向她表达着爱意与思念。这样的思念在李想的梦里、脑海里被一次又一次加深着，愈加让他把持不住爱意。甚至在梦里就已下定决心，等自己醒来之后的第一件事，一定要去那个熟悉的地方，找到她，用实际行动表达出自己无论从心灵上还是在肉体上，都对她无法忘怀。

醒来之后，李想没有在意这是休息日还是工作日，整理好自己，把自己打扮得像个人样。随后便踏上追逐自己意愿的路，疯狂地奔向那条小岔路。风呼啸着，像是李想的车速卷起的狂风，吹得周围树木东倒西歪，他的劲头什么都无法阻挡，可能这是现在的李想唯一想要去完成的事吧。如果可以，他现在立刻就想走入小旅店，见到老板娘，将她紧紧地抱入怀中，甚至把她

门里门外

带入自己的梦境中，去做他梦中的女主角。

　　一路追逐着时间，让李想产生了些许错觉，因为自己对见到老板娘的强烈期盼，让李想感觉这段路走得漫长无比，好像用了一生的时间去奔跑，又因为真实的速度很快而感觉到这段路如同自己的隔壁邻居。无论怎样都无所谓，反正李想已经踏入了思念已久的这个地方，到了这个常常闯入自己梦境的地方。走向前台的位置，她在那，她果然在那，激动得无以言表的李想静静地立在老板娘的面前，刚要说话的老板娘还未来得及张开口发出声音，就被突然而来的双唇封住。她开始还有些拒绝，但是似乎是同样无法压抑自己的思念，竟然止不住地流下了眼泪，身体也微微地颤栗着。此时的李想感受到了久违的那种心灵交融，而且也预料到一会儿会发生肉体上的交融。再也无法压制自己内心的欲望，抱着她，走向自己的房间，感觉像是两三步而已，把她抛到了床上。李想丝毫没有在意别人的目光，就算在别人眼里自己是个十足的流氓又如何，与自己有何关系。

　　事后，李想在房间里抱着老板娘，依旧无话，李想在回忆刚才的自己是什么样子，与梦中的自己有什么区别。刚刚在进门的时候好像看见了之前的那个男人，但是那个人没有过来阻止自己的行为，那么他们应该也就不是自己所想的那些关系吧。也许就是临时被招过来看店的人而已，一个路人甲而已。本来就不应该引起李想的注意，但是李想总是觉得刚才一直有人盯着自己，就像是一直被偷窥着一样，虽然这感觉不明显，但是总归是让李想有些不舒服，尤其是在自己与心上人"身心交流"的时候。而且，自己到这时，那个人也在，那么他俩会不会在李想没来这之前也发生过什么？看着她欲求不满的样子，又难免地回忆起家里的那些破事来。

　　不知不觉间，已到了黄昏时分。是时候该离开了，李想走到了门口，确认了一下门是否是上着锁的。因为刚刚的那些错觉，他总以为门是开着的，甚至一直都在被外面的某些人看着。他把耳朵贴在了门上，听着外面隐隐约约的声响，轻轻地回荡在小旅馆的走廊里，除了风声以外没有任何的声响。屋子里女人的呼吸声都比外面的声音要大上许多，当然还有自己的呼吸声。贴在门上的耳朵有时像是被完全堵住一样，完全的，寂静的，什么都听不见。李想在门口听了很久很久，久到忘记了还有一个人在屋子里，也忘记了他到这里的目的是什么，就是在那里静静地听着，似乎是在用耳朵期望着什么的到来一样。几个小时，不，没那么久，但天色是有些晚了，可是今天的李想精神特别好，完全没有一丝的睡意。他的心情变得急躁起来，难道这些都是幻觉吗？窗帘上乱动的影子，风吹着门缝的声音，像是有什么东西疯狂地想进到屋子里，却又无法冲进来一样，耳边的这道门阻挡着那些未知的"东西"，让它们始终无法进入李想的"安全区"。这些胡思乱想打乱了他的心境。但是他却找不到理由再留在这里，这是一个旅店而已，这不是一个家，尽管李想的家早已不算是家，不过能够让他承认的，真正有一个名分的，可以给自己"安全感"的地方，可能也只有那里了。这些天在外面游荡的孤独，甚至比面对死亡都要令人难过。他想着，也许妻子还是爱自己的，也许那些假设都仅仅是假设而已。这么久了，没有见面，没有电话，或许可以把那些事都忘记。

　　这是李想在门前停留最久的一次，他还是打开门，走了出去，离开了这里。他在关上门的瞬间仿佛听到了有人在里面呼喊着让自己留下来，不要走。当然，李想认定了这不是真实的，只不过是幻觉而已，在这个世界上不会有人挽留他，老板娘不会，他的妻子也不会。天色渐渐黑了下来，好在这里离家的距离不算远，没开多久的车就到家了。李想拖着疲惫的身体，挣扎的思绪打开了家门。里面漆黑一片，没有开灯，不过房间里似乎能够隐约听见细微的声响，看起来妻子是在家里的。李想还没想好如何面对妻子，本想打开卧室的门，却不知道应该以什么样的话语作为开场白。李想又坐到了那个既熟悉又陌生的沙发上，他没有去打开电视，只是因为怕妻子发现自己回来了，他还没想好要对她说什么。李想自嘲着，回的是自己家，门里的是自己的妻子，自己却活得像个贼一样，可悲。而且错的又不是李想，他在怕什么，怕妻子承认她的过错吗？还是怕他自己的假设是真的？有些口渴，也是时候吃晚上的药了，准备起身去倒一杯水。他轻手轻脚地，摸着黑拿到杯子。杯子上还有刚洗过留下的水滴，看起来像是刚刚洗过，习惯性地往身上蹭了蹭。砰——！李想不小心碰到了桌角，水也洒了一半，李想一滑一滑地又回到了沙发上。屋子里东西的位置与他的习惯不同，这又让李想有了些许的陌生感，很别扭。好像有别人在这里生活过的那种感觉，之前对妻子的假设再一次萦绕心头。

门里门外

　　带着种种的疑问，还有药效带来的困意，躺到了沙发上。这药劲儿头一次来得这么快，让李想迅速进入了梦乡。在梦中出现的不再是老板娘而是他的妻子，只不过看见妻子与另一个男人在一起，而那个人的面容他难以看清，模模糊糊的，只是让他感觉到似乎在哪里见过这个人而已，像是在公司见过的哪个想不起来的同事，又像是在小旅店里遇见的那个中年男人。李想无法理解这样的事竟然就发生在自己的眼前，好多事情都让他难以回忆起来。难道这是世界对自己的报复？因为李想与老板娘的事而产生了某种道德的谴责？在旅店里的种种事，或许在李想的内心埋下了深深的种子，一直悄无声息地生根发芽。这场梦就是最好的土壤，让很多故事可以在此处编辑到一起，而让李想觉得它们十分合理。

　　李想看着他们一同走到了自己的家里，睡到了自己的床上，恶心，想吐。李想把耳朵贴到了房门上听着，可能是因为这不过就是在梦境中而已，什么都听不到。只能感受到迎面而来的微风，以及从门缝窜出来的风声。在这一时刻，李想特别想大声呼喊出来，但是却毫无力气，周围的一切都变得不像自己的家，而自己却像是一个外来者，如同一个偷窥者或是躲藏在衣柜中的偷情男人一样，强行地、霸道地走进了房间里。而自己的妻子就如同当时的老板娘一样，有过反抗，而到后来彻底地变成了依恋与思念。

　　人，都是这样的，在得到时不会在意它的来源与途径，而在失去时无论是什么原因，都会开始疯狂，即使这是因果报应也会奋力对抢走自己东西的人猛烈反击。反正这是在梦里，就疯狂一下吧，无论是在哪里，事情都要向着它们应该得到的结果发展。李想走进了厨房，拿起刀，冲进了屋里。见到两个人睡得正香，更是热血上涌，冲上去便是一刀、两刀、三刀……直到李想发泄完自己心中积蓄已久的烦闷，才开始疯狂地嘶吼。看着自己沾满鲜血的双手，还有仍然滴血的刀，他的神智开始恍惚，是梦快要醒了吧……他晃晃悠悠地走到厨房，把刀冲洗干净，放回了原处，洗了个澡，换了一身衣服。逐渐地，他开始冷静下来，尽管这是一场梦，但是李想却无论如何都止不住泪水的狂流。他杀了妻子，他坐在沙发上，半睡半醒着，他感觉到自己在奔跑，全力在奔跑，就在沙发上奔跑。他同时也在挣扎，想要快些从这场恶心的梦中挣脱出来。他回忆起刚才的事，他不想这样，不想妻子离开人世，就算有什么无法原谅的事也不想让她死去，因为她是李想唯一的亲人。接着，他又梦到了抱着妻子痛哭，哭得撕心裂肺，就那么紧紧抱着不松手。

在无休止的痛哭中，李想醒了。摸了摸脸上，还带有残留的泪水，哀叹了一声，下定了某种决心一样，走到了卧室门口。不再管里面会有什么，有什么是自己无法接受的，有什么不可以谈的呢……时间，漫长的时间会把一切都冲淡，李想不再恐惧门的另一边，他已经做好了一切心理准备来面对一切。他想着，他也许会原谅妻子吧，日子还得过，家，还是得有的。

打开房门，灯是关着的，李想打开了灯，但他却没有动。确切地说是他的身体僵硬在了原地，因为他看见的，是妻子的尸体，满床都是血迹……李想之前思索再三的谈话，容忍、原谅、谩骂，这些都没有发生，都被崩溃替代。他这回是真正的开始嘶吼，他看了看手上还残留的血迹才意识到，刚才的那些可能并不是梦，那是真实的，自己杀了妻子，自己杀了自己的爱人……他抱起她，这具已经冰凉了的尸体，开始痛哭，精神也随之狂乱。李想疯狂地捶打着自己，他多么希望这仅仅是一场梦而已，就这样将自己捶醒，回到那个有妻子存在的"真实"世界。

他，李想，拿起电话，报了警……

"我……杀人了……我杀了我的妻子……"

1.6 家不再，归路何途

"我不记得了，但是我知道，人是我杀的！"李想在警察面前吼叫着，竭尽全力证明着是自己犯罪。这本就是一个简单的案件，有物证，有凶手自首，没有什么值得查的东西。但是记录的警员很是无奈的样子，不知道这算不算认罪态度良好。虽然说是自首的没错，但是对于很多问题都在"拒绝"回答，大多重要的问题更是回答得驴唇不对马嘴，笔录工作很难继续下去。程序进行了很久很久，久到李想都快记不得自己来派出所到底是要做什么。

再一次，李想上了那辆带他来到这里的警车，路很远，远到想在路上睡一觉。不过没吃药的李想在这样的情况下是睡不着的，手还在发抖，抖得停不下来。他没有心思去看窗外，只是低着头，看着自己的双手，继续流着泪。

到了一个地方，到处都是黑暗的，而且周围很安静，人也很少。他的面前只有一栋楼，围墙很高，看着像是监狱。只是听到警员说这里是看守所，在这里等着调查。李想本想与警员申请一下方便的时候可否去自己的家里取一下药，可是想了想也没什么必要，自己一个这样的人，有什么资格去睡一个好觉，再或是，在睡觉的时候又犯下什么不可饶恕的罪行也说不定。想想之后也就没说什么，算了吧，可能没几天就会死了，对于没有勇气去自杀但是很想去死的人，这里应该是一个很好的地方吧。

李想被带到了一间屋子里，屋里有个看似同龄的人，其他的那些人或是站着或是坐着，有的聚集在一起，但却没有聊天，似乎都不约而同地保持着安静。李想心里想着，像自己这样的重犯，应该是关在单间才对的吧，不记得从哪里听说的应该都是这样的，没几天就会被带走，然后吃上一顿好饭，告别人世。这么多人，给他带来很多的不习惯，看来没有药物的影响在这里是很难睡觉了。李想就只好坐在了房间的角落，打量着这里的所有人，有哪些是与自己相同，是因为杀了人而来到这里，应该不会很多吧，在这样的和平年代，杀人这种事不会发生这么多才对。在看到一个身形高大的人时，那个人也看了过来，不过似乎眼神不那么友好。随后站了起来，眼神更是变得凶狠起来。但是李想依然很平静，任何表情都没有，其实李想认定了自己会死，而且死期也并不遥远。有趣的是李想还有些期盼那一天的到来，所以对于李想来说，打一架，被打成什么样，被谩骂，这些都是小之又小的事。杀过人的人，心态是不一样的，一心求死的人，心态也是不一样的，而二者结合起来，这个人的一举一动都不会再与别人相似。这种平淡的冷意，让整个房间都变得略显寒冷。那个盯着李想的壮汉没有走到李想这边，而是走向门口，轻敲了几下，好像在与什么人开始交流起来，没多久之后，他的眼神不再凶狠，变得闪躲起来，时不时看一下李想，却带着一丝恐惧。以一种强装镇定的脚步走回到他自己原先的位置。远远看去，那个人似乎在……发抖……李想自嘲地笑了笑，可能他不知道，此时的笑，在别人眼里不是自嘲，而是充满了凶狠的杀意，狰狞。

这里没有原本以为会有的那些闹剧，三五成群互相打架斗殴，与电视中演的不同，这里大多的时间都是安静的，即使有人说话也是低声细语而已。李想完全听不清楚他们在说什么，当然，李想对他们在说什么丝毫不在乎。在这里也有几天了，别的还好说，只是吃喝拉撒睡都是在这间不算很大的屋子里。难免的，这味道着实让人有些受不了，李想本以为很快就会从这个世界上解脱，不过没想到会在这里待这么久。李想有一种小小的错觉，他计算了一下大概的时间，可能在这里住的日子比近期在家的日子都要长了。他下一步会到哪里，会是刑场吗？那道门，自从他进来之后就未打开过的那道门，那外面对于他来说应该就是死亡了吧。周围残破的墙壁，被外来的风吹得直欲掉渣。地面上的尘土时刻都忙着在空气中飞舞，同自己一样，都是无家可归的孤独者，只能在这间不大不小的空间里飘动着。

等待了很久很久，久到连李想都想睡觉。在此期间，同屋的这些人不知怎的，都逐渐地、自觉地与李想保持着一定的距离。李想一点儿也不在意这些，一直沉浸在即将面对死亡的问题上，以及妻子的死亡给自己带来的巨大痛苦之上。从某种程度来讲，李想开始有些嫉妒自己的妻子，她走了，有他来为她痛苦难过，而他死了呢？谁又会为李想如此难过。在这个封闭的、人数适中的空间里，李想的周围没有人，给了他足够的自我空间，同时又因为能看见人，真实的人类，这让李想有些舒适的感觉。那边的房门一直都是紧闭着的，而且他知道，那道门是锁着的，这更让李想的心情放松下来。李想忽然觉得这样的环境特别适合自己，这不是在惩罚自己，简直就是对自己的褒奖。他认为自己没有脸面与资格来承受这样的恩赐，他需要的是无尽的折磨，才能真正地缓解自己犯错之后的心灵之痛。

如果这里只剩下自己一个人，就可以开始承受孤独的折磨了吧。就如同到这里之前的预想一样，要不，杀了这里的所有人如何？李想这样疯狂地幻想着，同时贪婪地看着周围那些远离着他的鲜活生命。他们都是罪犯而已，不知道都曾犯下什么样的过错，但是总的来说一个好的、正常的人都不应该会来到这里。李想此时开始特别的烦躁，有时特别想有人过来惹到自己，而且这个人若是这里的一名真正的恶棍就更加完美了。可惜了，恶棍依旧是人，是普通的人，普通的人不会去招惹一个想要去死的疯子。李想就静静地坐在角落里，等待着有人过来，来揍自己，然后就可以"失手"杀了他。那样他就可以更加痛苦，从心灵上更加痛苦，不用像现在这样，时不时地用手抓着水泥地面，留下一道道血痕，也不用让头时不时地撞着墙面来得到痛感。可惜啊，可悲，可叹……没有与这些相匹配的心灵折磨。渐渐地，他有了困意，这么多天以来，李想头一次感受到自己即将入梦。就是不知会不会在梦里见到妻子，或是像往常一样，都是些可怕的梦境而已。

李想猛地睁开眼睛，安静，周围太过于安静，一点儿声响都没有，人都哪里去了……这不应该是梦境才对。怎么一夜之间都消失了，这期间都发生了什么，为什么他自己没有做梦，或是忘记了自己做的梦。这很反常，李想很少会有完全记不得自己的梦境的时候。可是这次却像是失忆了一样，不过好在自己的愿望实现了，这里就剩下了他自己一个人。可以好好地独自一个人去感受，接受这样的惩罚。李想一会儿看看昏暗的灯光，一会儿看看那道松散的铁门。如果它不是上了锁，很可能会被风吹坏掉。而风声不断地敲击着它，让它吱吱作响。李想一定是忘记了什么而不是忽略了什么，因为之前他没有发现什么异常的情况，他来到的是他应该来到的地方。房间里没有变化，除了人都消失得无影无踪，墙面可能是因为灯光的问题暗了许多，其余还是原先的那个样子。

　　李想准备去探究一下，看看到底发生了什么。他学着之前见到的那个壮汉的动作，轻轻地敲了几下铁门，没有反应，便又将耳朵贴到了上面，静静地听着，听着。但是许久，好像另一边什么动静都没有，甚至连风的声音都莫名地消失了。他们都去哪了，李想仍然贴着铁门，在这样的日子里，它冰凉刺骨。他闭上眼睛，全神贯注地听着门后的声音，偶尔会有嗞嗞声，在李想的认知里，应该是没有听过这种声音，像是塑料布被风吹动的声音，当然，没有看见所以无法确定那到底是什么。没有人的声音，至少现在这个时候没有，可能是这个时间楼道里的人都休息去了。他自己一个人，"独享"着这层楼。甚至有可能整栋楼里自己是唯一一个活物，毕竟来的时候这里很少有房间亮着灯。但是没过多久，似乎听到了些什么，似乎是有脚步声在靠近，是人的声音。真没意思，李想感慨着，自己才忍受了多久的孤独而已，就要有人来打破这种惩罚吗？李想回头看了看空寂的屋子，笑了笑，等候着铁门的打开……

　　门被打开了，开门的是一个年轻的，迷迷糊糊明显是没有睡醒的警员。正揉着眼睛，才看见站立在门口一脸期盼样子的李想，着实吓了一大跳，刚想叫出的人名也没叫出来，而李想仍然没有什么反应。那位警员也的确被气个够呛，但不知是什么原因，没有发火，叫嚷着一个没有听过的名字，"孙妄，出来吧。"这个名字不是李想的，他满脸的疑惑。这里明明就自己一个人，这个警员在叫谁呢？这时一个打扮邋遢的中年男人，衣服也有些破旧，头发明显是很久没有洗过的人从李想的身边走过。李想此时的脑子里嗡嗡的，屋子里除了他自己，居然还有别人！而且这个人看起来很是眼熟，似乎就在不久前见到过。但是为何自己却看不见，自己难道又错过了什么？还是现在他在梦境之中？对，一定是梦，就在刚才闭眼的一刻，他睡着了，或是他还在房间的角落睡着呢，现在的一切都是在梦中。这个样子的梦境才是自己应得的，他如此想着。李想倒是要看看，这个梦里的故事会怎样发展，会不会真的能让自己痛苦、恐惧、号叫……看着这个中年男人走出去的背影，似曾相识，感觉就在没多久之前见过一样。带着种种的猜疑，门被关上了，这里又恢复了宁静，脚步声渐渐远去。李想在努力地激发着自己的恐惧感，在不算大的房间中散着步，应该还有自己看不见的人会将自己绊倒才对，或是正躺在地面上的人被自己踩到而怒起揍自己一顿，同时也能进一步确认自己是否丧失了某些功能。说起来可笑，这就叫作"选择性失明"吧，之前听说过这个词，但没有比现在的李想更加适合的人了。

李想走了很久，房间里每一个角落都走过了，但是一点儿不同寻常的情况都没有发生，也许之前只不过是没有注意到那个人而已吧，只是由于他自己的渴望以及全部的注意力都放在对自己的折磨之上，而忽略了这里唯一的一个人。无聊至极的李想，又回到那个铁门的前面，又把耳朵贴到了铁门上，等待着，无趣地等待着有什么人来"接他"。还依旧是刚才的那些声音，再一次，李想闭上了眼睛。突然，李想感觉到有人拍了一下他的肩膀，这的确是吓到了李想，他全身一哆嗦，才发现自己的周围比刚刚要亮了一些，虽然他的耳朵依然贴在门上，但是自己却是在铁门的外面。听着铁门的里面，警员催促着快些跟他们走，案子需要李想协助调查。他平复了一下心情，不争气的小心脏还在狂跳着。想想也没什么，只不过又错过了点儿什么，或是幻觉而已。

走了很远，到了一间没有窗的小屋子里，有两个人，真实的人坐在李想的对面，都在写着什么。有个人开始说话……

"你在极力掩饰着什么？你报案的目的是什么？你的妻子最近与什么人接触过？……"

有些问题李想已经记不清楚，对方的意思很简单：1. 人，不是李想杀的，李想的自述情况与案发现场不一致。2. 死亡时间对不上，验尸结果是下午死亡，但是李想的口供是在夜里。3. 李想有夜里才到家的证据，目前是有不在场证明。4. 李想口供中描述当时另有一个人在场，但是没有尸体，也没有找到该人，不过从案发现场发现了有这个人的痕迹。所以警方证据不足，检察院无法提案。这让李想感觉他自己似乎距离被判死刑还很遥远……

在对话过程中，李想不断地强调着，人是他杀的，他非常确定。他没有精神问题，至少在现在，是一个正常的人。

"我们调查之后发现，你有重度抑郁。"这句话李想没有回答，那个人继续说道，"做个精神鉴定，虽然你不算是我们需要进行鉴定的范围，但还是去做个吧。"

"我没病！"李想吼了起来。

但是李想的那些所谓的辩解都太过苍白无力，无非就是强调着自己没有病，以及他自己杀了人，亲手杀了人。过程直到现在还历历在目，只不过李想所说的与他们所调查得到的证据完全对不上，所以警员们所表现的都是在怀疑李想在掩饰着什么，或是这个李想真的有精神疾病，在看见他的妻子死亡之后精神进一步崩溃。谈话没有得到有用的信息也就在这样的荒诞中结束了。李想没再被送到之前的房间，而是去了一间很小的屋子，这里同样的，一个人都没有，看起来在谈话之后得到了些"特殊"待遇吧。这里没有窗，也没有灯光，屋子里唯一亮的地方就是房门下的那道缝隙，从那里可以看见有人偶尔走来走去而忽明忽暗的影子。这地方就是李想自己一个人的世界，几乎没有任何外界的干扰。他可以静静地去想自己想去思考的事情，去恐惧自己想要去承担的那些心灵折磨。

　　李想之所以会这样，还是因为他很确定这是自己所为，不然不会记得自己有亲手杀妻的梦出现。即使过程，或者某些方面会有些偏差，但也不过是因为自己精神状态上的问题，一定是自己忘记了这个事件之中的某些部分而已。虽然有可能事情的发生不是自己主观意愿所为，但是至少在梦中有过杀人的过程，并且结果是如此的，那么这就不会有什么问题，至少在接受惩罚的这个问题上是有必要的。这让李想联想到了"空地上的奶牛"那个悖论，只不过自己所经历的事要比"黑白相间的图画"更加真实且有依据，只不过这些"送奶工"们还没有找到真正的"奶牛"而已。而李想现在就是在全力以赴地向他们呼喊着"奶牛真的在那"，这个问题"我是知道的"。只不过此时"送奶工"们还依旧拿着那"黑白相间的图画"强调着李想是有病的。对于他自己的经历，就算是有所忘记，却存在仍然可以确定的事，李想对这些是"知道"的，只是不知道是怎么知道的。所以难以说服这些愚蠢的"送奶工"们。有些事自己知道就可以了，尤其是在他想要主动承担责任的问题上。李想不过就是没有勇气动手杀了自己而已，希望能够借用他们的手来结束这件小事。

　　李想再次用耳朵贴到了门上，他用手抓了抓门把手的位置，却什么都没有抓到。手指与门板摩擦让他钻心地痛，这才想起之前好像手指已经被磨破了。之前还有些声响的门外声音越来越小，听起来所有人都在渐渐远去。这里，

门里门外

又只剩下了李想一个人。他在屋子里走了两圈，发现这里什么都没有。有的就是水泥的墙面、水泥的地面，就好像是为了省事，知道这里不需要装灯，也知道这里的用途而如此设计的。减少了很多不必要的麻烦，这里也没有厕所，那么这里就定然不会是一个长时间关人的地方，找个地方休息一会儿……当然，不用"找"，这里哪都是一样的，一样的黑……一样的水泥地面，一样的死寂。在这样漆黑的地方，李想甚至不知道自己到底是睁着眼还是闭着的，就这样，他睡着了……

这一天，李想睡得很好，一个梦都没有做。可能是最近两天睡得很少的缘故。门外的脚步声把他吵醒，来了许多人，这时，有人打开了门，但是只是站在了门口没有走进门里。没有走什么流程，就带着李想离开了这里。李想很奇怪，这应该不是自己想象的故事情节，应该还有很多所谓的必要"过场"需要走一下才对。李想从这里离开，没有签字，也没有听到该有的"问话"，这样就离开了？路不是很远，很快就到达了目的地，这里有个大大的院子，院子里没有人，楼也不高，而且看起来很破旧。李想还没来得及看一看门口的牌子就已经被带到了这栋楼的门口。带李想来这里的其中一个人拿出了一个文件袋，看起来有些厚度，里面肯定有很多的资料，而且多半这些是与李想有关的东西。那个人把文件袋交到这里的工作人员手里，又拿出一张纸，没有让李想签字，而是让他按了一个手印。李想没有拒绝，特别配合，而且一举一动都全力以赴地表现着自己是一个正常人。因为他发现了，这个地方不像是检察院或是法院及监狱那种地方，更像是一家医院。只不过围墙比别的医院要高出许多，房子也比别的医院要破旧。里面的工作人员都穿着白大褂，还有隐隐飘来的消毒水味，以及隐约可闻的臭味，只不过这臭味更像是从自己身上散发出来的而已。

走了一会儿，虽然走得不远，但是李想看见了各种各样的人。他们都在各自的房间里没有出来，但是在各个门口从外面向屋内望去都能看到他们异于常人的举动。有的哭喊，有的大笑，有的埋头干着什么或是在研究，只不过那里什么都没有。看来这家医院不是一间普通的医院，而是精神病医院。那些人果然还是没有相信他所说的话，这是要对李想做一次司法精神病学鉴定吧。

"请允许我对自我的情况进行一下简单的说明。"李想开始了自己最后的挣扎……"我没有精神病，的确，你们肯定有我的病情情况介绍，上面说明了我患有重度抑郁。我了解这个病有可能会转变为精神病，但是，我需要强调我一直在按时吃药。现在情况已有一定程度的好转。我不知道他们出于什么目的认为我患有精神疾病，并且认定了我妻子的死亡与我无关，但是对于这个问题我想我需要着重说明一下当时的情况。我妻子死亡的时候我在房间里，我清楚地记得妻子死亡的整个过程。当时有人在现场，我不认识那个人，但我想这件事很有可能有人在背后操纵。如果认定了我没有杀我的妻子，那么是否从证据上讲，就是那个人杀的我妻子？这样就可以轻易地定他的罪，而我又被关到了精神病医院，这样就可以封住我的言论。并且就算我的话能够传出去，作为一个精神病患者的证词应该也是无效的吧？这样，我必然会被定性为精神病，并且不会是间歇性精神病。而我没有申请过做精神鉴定，同样没有交纳鉴定费用，按理说我不应该出现在这里。并且我知道住精神病院不会是免费的，那么这些费用的来源就是一个很值得思量的事。综上所述，我还是那句话，我杀人了，我没有精神病，这场闹剧不过就是别有用心的人安排好的而已。"

"我打断一下，我看了资料。你的意思是你现在想替那个与你妻子偷情的目击者去接受审判，是这个意思吧？"对面的医生好奇地问着李想。

"……"李想许久无言，他沉浸在自责中太久了，他想的一直都是自杀，如何才能让自己受到应有的惩罚，却忘记了这个问题。看似医生的这个人没有继续等待李想的回答，继续说道："想要接受惩罚可以有很多方式，你也可以选择让一切事情起因的罪魁祸首先得到应有的惩罚之后再完成对自己的惩罚，你说对吗？"他一边说着，一边奸诈地笑着。

而此时的李想正在激烈地思想斗争着，这是否是心中所希望的结果，当时到底是什么情况，发生了什么？这些人口中的"目击者"到底应不应该死，无论如何挣扎，李想对那个男人的恨意也没有能够逐渐增长。一切事情的发生都需要有个原因，而这些原因是否应该有它应有的报应，尽管从道理上讲，这算是另一件事，但其中是有着必然联系的。并且，正如这个医生所说的，如果想去做什么，完全可以在完成了自己与整件事的了断之后再做，没必要

门里门外

在这个时候……

　　"好吧，我同意……"

　　"欢迎来到 Swan X 医院……"说着，医生伸出来右手……

第二章

2.1 新的世界

医院不大，李想来的时候就已经几乎看全了。有人带着他办理了手续，几乎没有需要自己去办的东西，也没有人要求李想去缴费，就像是有人迫不及待想要李想住到这里来一样。李想知道越是这样，那个人越会以最快的速度得到他应有的惩罚。自己也就会更早地"回归"到自己的"世界线"之中。只不过现在还依旧急速地偏离着原本的路线，当然也不知道这样的路还要走多久。

枯燥，无味……这里的环境是千篇一律的，完全没有多余的装饰，甚至连一个普通的医院应有的一些医疗设备都没有。李想觉得自己的想法有些可笑，这里又不是一个可以或需要对病人治疗的地方。这里只要有屋子就可以了，大大小小有门的屋子，可以把这些人都关到房间里，限制这些病人们的行动，然后定期给他们吃些药，让这些人平静下来，不会伤到其他的病人及自己。从这些方面看来，这里的这些东西也算足够了。偶尔会看见几个护士和医生，他们都戴着口罩，看不见表情，话也特别少，所以在他自己所住的四楼病房的楼道里几乎听不到正常的声音。都是一些杂乱无章的语言，分辨不出任何有用的信息。

既来之则安之，到了这里，至少到目前为止完全没有必要再去思考之前的那些事。一切都交由时间来决定吧，李想只需要在这个地方静静地等就可以了。等到有一天，有个人，到这里来通知自己，那个人死了，自己就可以回到应有的路线之上，他们会把"死亡"交还给自己吧！

李想的房间是一个四人间，有个桌子，可以用来学习。这里有点儿像是学生时代的宿舍，不过李想看了一圈并不是所有的房间都有桌子，可能只是多出来的随便放到几个屋子里的吧。李想抬头看向天花板，角落里有个圆圆的东西，是个摄像头……难道这是精神病医院特有的东西吗？没有听说过哪个地方的房间里会有这个东西。再看看周围，虽然说这里是精神病人住的地方，但是东西的摆放却很整齐，可能是本身这里的病人就没有几样"私人物品"。对于像李想这种平时喜欢思考一些麻烦事，又睡不着觉的人来说，最爱这样"虚室生白"的地方。也许有一天自己也会与同住的"病友"一样精神出现问题，成为真正的"病友"也说不定。

　　把他的地方安排好没多久，就看一个护士打扮的人和之前见过面的医生走了进来，给房间里的每一个人发了药。但是这个过程很长，似乎每个人都不是很配合，或多或少地，想着各种借口与办法拒绝着。这让李想也有了些许从众心理，对他们拿来的药产生了几分抗拒。他想着，这肯定不是一个好东西，更何况自己根本没有病，这一点李想认为医生是知道的。有个病人在各种推脱之下，医生和护士见没有办法，只好强行让那个人吃药。而病人依然挣扎着，接下来的画风就变了，不再是李想心中想象那种医院的样子。来了几个强壮的男人，一边叫嚷着，一边出手强迫病人吃药。李想虽然在自己的梦里也经历过这样的场景，但是从未在现实中如此近距离地接触过。李想在旁边静静地看着，看起来相对于另外两个病人平静了许多。整个过程完全不像是一个在治疗期间应该出现的场景，更像是电视剧中演的一场戏，给那些不知道听话服从命令的人的一次警告。他不知道那些药是否对自己有效，或是有相反的效果。现在就要吃下去，因为你如果不吃的话会让别人受到影响，这样的话，他们的工作就没有办法继续下去。不会有人在乎李想是不是一个正常人，还是真的有精神疾病，只要到了这里，就要遵从"规则"。躺在地上的人没有伸手去取药，看起来是没有力气去做任何动作了。护士把药放到了他的嘴里。看起来不只两三粒，目测应该有十几粒的样子。没多一会儿，也不知道是"精神药物"都有安眠作用还是怎的，那个人看起来是睡过去了。当然，李想认为更多的可能是晕过去了吧……

　　现在的李想，无论是对于被强迫，还是主动吃下那不知名的药物，都没有多少抗拒心理。被现实生活折磨得已经如此了，几粒小药丸算得了什么。更何况这药没准儿对自己的失眠和杂乱的梦境有意外的效果呢。李想主动上前，伸出手，医生笑着点了点头，示意护士把药给李想。接过药之后，李想有些意外，与刚才看见的药似乎有些不同，那个人明显有不少粒，而他的却只有两粒……而且这两粒的样子还不一样。算了，想那么多干什么，给什么吃什么就得了，不管是什么，不管自己愿不愿意，最后不都是一个结果，所以现在想什么都是徒劳的。李想一口吃了下去，连水都没喝，缓缓回到自己的病床前，一头躺倒下去。渐渐地，有了困意，周围的声音也渐渐地小了下来。最后，李想在进入梦乡之前，就只听到了"咣"的一声，不算大声，听起来是关门的声音。其他的就什么都听不到了，没有听到病友的声音，李想在想着，那三个人或许与自己一样，都在去往梦中的道路上呢吧！吃了药的人，都不会再是清醒的了。就连他这种失眠严重的人都是如此，更何况那几个了，算了，那些与他又有什么关系呢。

这里，就是今天的梦了吧……

周围是黑暗的，但也能模糊地看见，感觉这里似曾相识。就在前不久还在这里待过，这里看起来像是那个看守所，只不过房间比那里还要破旧、简陋，什么都没有。连墙面都是水泥面没有粉刷过，有的地方甚至还有钢筋裸露在外面，有的墙面更是连砖还没垒好，能够从缝隙之中看见空荡的房间。走过长长的走廊，看过一间一间的屋子，里面都是空荡的，所有门都消失不见了，这有可能代表了几分李想的某种心理想法吧。是对门的惧怕，又或是对舒服的一种挣扎。门，就是一种规则的体现，它给你与外界划清了界限，你能从门缝中看见外界。另一边总能让你好奇、向往，有着种种诱惑，但同时李想对那一边有着深深的恐惧，他怕不确定的"未知"，不喜欢会带来不同的"陌生"。李想在这间屋子里不断地行走着，本以为的走廊、角落都渐渐地成为这间屋子的一部分，那些没有门的"门框"也渐渐不再是门框，都不过是这间屋子复杂的"格局"而已。李想不断地行走着，屋子也不断地变大。李想也逐渐地走到了屋子中央，这里只剩下了这道门。偶尔有寒冷的风从身后吹过，这让李想多了几分熟悉感。李想又把耳朵贴了上去，静静地听着……不知过去几时，他发现踩到了什么东西，是一张纸，有多半截从门下的缝隙中伸了出来，正好被他踩着。他拿了起来，看上去是从什么地方撕下来的一页纸，因为上面还有不规则的痕迹，而且有褶皱，一看就知道是被藏了很久很久。上面内容让人摸不着头脑：

门后面

我安静地躲在门这边，

你我他们游走那一面，

悠扬的哭泣扣动心弦，

拨乱着这微凉的夜晚。

缓缓流淌的水，轻敲着木质地板。

年轻女人指尖，躁动起冰冷水管。

紧闭着的房门，把我的勇气隔断。

陌生人的目光，刺痛着我的侧脸。

打开门吧，那里不是深渊，

仅仅是即将离去的那个我，对这里的我最后劝言。

　　李想又有了那种感觉，被谁注视着的感觉，却找寻不出。因为四周都太过于黑暗，什么都看不清。他们都躲藏在那里面，李想知道无论哪里都没有人，这里只有自己，因为这里是自己的梦境。所有的一切都不过是他自己假想出来的而已。所以无论是谁、是什么在注视着他都无所谓，只要他一觉醒来，那些都会永别。外面的天色越发黑暗，周围也越发安静下来，什么声音都没有，就像刚刚吃过药一样，失去了应有的知觉，还好有鼻腔中残留的消毒水与淡淡的臭味能让他确定自己依然存在着。李想抚摸着那道门，感受着上面的冰凉。只不过这门距离他越来越远，直到他努力伸出手也触碰不到。渐渐地，它远到了无法在黑暗中看清，他只好闭上双眼，回归到这黑暗的房间里。

好像是失去了什么的感觉，那种熟悉又陌生的感觉，与他自己的距离越来越遥远。李想都没有发现，自己居然流下眼泪，眼泪顺着太阳穴向脑后飞去，滴到空中散去。烦闷的情绪不知不觉间涌上心头，这让李想的梦境开始朦胧不清。"咣——"又是关门的声音，李想从这一声中惊醒，眼前又是之前见到过的那个护士，但是这回医生却没有进来。护士依然没有表情，如同机器人一样没有情感地分发着病人的晚餐。这个梦对于李想来说不算是短的，可是看起来却过了没多久。记得今日是下午到的这里，吃过药其实就已经快到了吃晚饭的时间。见外面天已黑了下来，但还隐约有点儿光亮，还没全黑，这说明还是傍晚。李想扫了一眼房间中的门，无论从样子上还是感觉上，这都不是相似或是心中的同一扇门。他梦中的门绝不是以这扇门为原型而出现的。在梦中纸片上的那些没头没脑的话，同样让李想回忆不出根源所在。他的记忆中从未出现过那样的话语。在哪本书中见到过？完全没有印象，而且他觉得自己也不像是喜欢看那种书的人。领取晚餐的过程与发药时相比就平静许多了，看来都知道肚子会饿，饭得吃，这是谁都逃脱不了的命运。李想拿到自己的晚餐，再看看别人，貌似只有自己的是最少的。也对，毕竟他来到这个鬼地方是没交过钱的，当然更不可能会去孝敬医生护士，所以他的待遇不如其他人也是很正常的事。他都是一个一心求死的人，也就不会在乎这些小事。听说这个时间段吃完饭可以有一个小时自由活动的时间，他赶紧三口并两口把手中的食物吃完，走出病房。李想最近一直就没有好好休息过，今天睡这么一小会儿也没能缓解他的疲惫，走路都有些不稳，总是摇摇晃晃的，甚至看东西都看不太清楚，能看见的只是眼前的那几米距离，而且远处几乎是一片黑暗，什么都看不见。之前在梦中的感觉再一次出现了，那种被人注视着的感觉，自从到了这家医院之后，就特别明显，而且几乎都是在黑暗里，那些让李想看不清楚的地方。

李想依旧在走廊里走着，本以为会听见各种各样的声音，结果现在的这里意外的安静。当然，这只是相对于白天的时候而言。现在的病人们像是都

门里门外

"回"到了正常人的状态，只不过在白天时扮演着病人的角色而已。李想在走廊中漫无目的地走着，走了很久，很久，不知不觉间，走到了卫生间的门口。卫生间的门口是一排脏兮兮的洗手池，上面有一面很大的镜子，面对着走廊的方向。李想从镜子中看到上面安放在走廊天花板上的监控摄像头。也不知道设计这家医院是出于什么样的恶趣味。要把摄像头放到卫生间的门口，还要对着它的门。难道是要统计病人们上厕所次数吗？可能那个设计最后也住到这里来了吧。李想看着镜子中的自己，越发地觉得不认识镜中的这个人。有几分熟悉的感觉，但是这不像是与他自己为同一人。可能是最近发生的事把自己折磨成了这副模样，满身的疲累，看不清晰的脸，都渐渐地将他拉远，拉到他触碰不到的地方。这么久了，李想依旧有那个老毛病，睡到一半起来去上个厕所。他走进卫生间，里面黑黑的，臭味充满着这里的每一个角落。似乎从来都没有人来打扫一样，这里成为整个医院唯一被遗忘的地方。角落里还堆积着不大不小的一堆垃圾，看起来已经许久没人来清理过了。可能里面也是唯一摄像头照不到的地方了吧，虽然在这里会让李想感受到逃离监视的感觉，但是却带给了李想除了臭气以外的另一种不舒服的感受，这让李想一分钟都不想停留。

走出门外，李想惊奇地发现对面就是自己的病房，房门没有关严，能隐约看到一两个人影在交流着什么，就如同正常人一样在谈论着。只是听不到他们具体在说什么，所以不知道他们谈话的内容是否也与正常人一致。在李想推开门的时候，里面的人瞬间停止了所有的声音。就如同他们不想让李想知道他们平常的状态一样，又或是其他的什么原因，把李想当作一个"外人"。也对，在这里李想就是一个外人，他与所有人都格格不入，因为他认为自己相对来说是一个正常人，而其他人都无一例外的是病人。可笑的是这样的地方也会出现"排外"心理，这又不是一个值得自豪的地方。李想谁也没有理会，径直回到他自己的床位上，结束这奇怪的一天。李想没有经历过别人的人生，不知自己的这些经历算不算与众不同，至少与自己之前那些所谓的正常生活相比诡异离奇太多。渐渐地，这些不正常不再引起李想的心情波动，这是身体本能的一种适应，在适应了某种环境及状态之后精神上就不会再有本应存在的心理抗争。这无关乎好与坏，体会过无助与绝望之后的人都是这样的。

这几天的日子都是这样过来的，完全地遵从着规律，有序地生存着。除了从昨天开始增加的药量，以及少到可怜的食物以外，没有几件让李想有特殊印象的事发生。偶尔被注视的感觉依然存在，李想就把这些当作对新成员的另类礼遇吧，反正没有对他产生任何的影响，反而让李想在这个孤单的地方多了几分"家"一样的温馨感。但有时李想也会好奇这种感觉是从何而来。以前也有过这样的感觉，却从未在意过，但感觉是真实存在的，就如同其他人在看待有形之物一样。因为看得见摸得着，所以可以判断一个东西真实存在是同一个道理，无论一个事物有形的还是无形的，你能够感受到的都不过是留在脑中的记忆而已。梦，不会独立于记忆而存在。梦，必然与自己的记忆存在承接关系。幻觉也是如此，必然依托于现实而生。这个注视着自己的目光也许是曾几何时的一种感受得以保留，当然也可能是其他的什么的衍生，但绝对不可能是毫无依据的。李想在思考着，只要在这里，应该会有一天可以找到它的源头吧……从第一天到这里时发生的事来看，有可能自己有一天也会是那个被强迫的人。不断增加的药量，是否能让自己坚持到"看到结果"的那一天。在这里的几天里，李想平复了许多，逐渐回到一个普通人的心态，没有太多想去死掉的冲动了。有时甚至在怀疑是否之前真的是他自己的精神有问题，在吃了几天药之后有所好转了，他才有了这样的想法。

　　李想有自己想要走的路，所以他想：第一，可以少吃点儿药；第二，可以多吃两口食物；第三，让医生们可以认定自己是有好转的，以便于有一天可以离开这里。无论哪一个目标，都需要与医生护士多沟通，让他们认为李想是可以正常交流的人。他身上是没有钱的，所以想以其他途径得到好的待遇是没有资本的（当然，以李想的性格就算身上有钱也不会干这样的事）。

　　"您好，医生。我的情况相信您是知道的，近两天我能明显感觉到在各方面都有所好转，我相信咱们的治疗方案对我是有一定效果的。首先我要对您表示感谢！"李想见到了他的医生立刻凑了上去攀谈起来。

　　"哦？呵呵，这都是我们应该做的，不用特意来谢我。"医生略微有些惊讶，但同时也夹杂着若有若无的爱答不理，"还有别的事吗？"

　　"嗯，的确有点儿事情，关于我的事，您知道案子有什么新的进展吗？按照时间来算，应该快到检察院提审的时候了吧，是否需要我去出庭？"李想知道如果自己精神状态得不到已经康复的鉴定是无法去出庭作证的。而从与这位医生第一次对话时的情况来看，这位医生应该是另一方的人，也许就是自己想的那种"收了钱"的关系吧。所以他应该是希望李想能够指认罪犯，所以李想如此说也算是表明自己的立场，看看能否得到这位医生的支持。

"喔？那么……你打算出庭之后说什么呢？"这位医生言语之间有些嘲讽的意味，似乎看穿了李想的意图。

李想没有在意这些，说道："当然是说明一下当时所发生的情况，我看见了他们俩发生的事情。而且我可以确认当时那个男人在房间里。"李想似乎发觉自己好像哪里说的有些问题，又开始有些迟疑起来。

没等李想再次开口，医生便打断道："现在有点儿问题，1. 你如果说看见了，那么你当时做了什么，为何不阻止？2. 你如果确定自己在场，那么你的嫌疑比他要大。3. 你的病还没好，所以你的证词没有作用。所以现在的问题出现了，你的精神状态是良好的，就无法证明他杀了人；或者你的精神有问题，证词无效没必要出庭。你只能二选一，所以你还是安心地在这里等吧，有消息我会告诉你的。"

"好吧，听您的，我先在这里。但是您看是否可以减少些药物的用量？您看我不是正常多了吗？"李想有些急切地问道。

"哈哈哈哈……"医生开始大笑起来，"你认为你的病好多了？那么我问你，你真的认为当时有别人在场吗？"李想听到这话之后顿时一愣，不知该怎么回答这个问题。医生继续道："开个玩笑而已，别那么紧张，你这个人不要这么严肃，这样活着很累，放松些。这么说吧，你在这里，不不不，所有人在这里都是有治疗记录的，如果有人查起来，你就是住到了这里，却没有接受什么治疗就出院，那么就是一个不太正常的情况了，我想你肯定不希望那个人有机会被判无罪吧？"李想听后也感觉有那么点儿道理，不过总是觉得哪里有些别扭，有些事与自己想的不太一样。但李想的确无力反驳，所有发生的事情都在明面上，医生说的也的确没错，如果想让故事按照自己的意愿去发展，那么就只能如此。李想客套了两句之后也无奈地结束了这次短暂的对话。结果就是李想什么都没有得到，药还是得继续加，继续吃，什么时间能离开这里也同样没有一个准确的答复。就连案件的进度后来医生也是一笔带过，可以说李想几乎没有得到任何有用的信息。李想回味着医生话语中的内容，听起来医生对整件事情似乎很了解，这其实有些古怪。按道理来讲，以一个医生的角色是不应该对整件事有那么多了解，警方或是那边的人没必要对一个不必然联系的人物讲述得如此详细。李想只是一个对于那个"罪犯"偶然存在的角色，而李想也知道自己的精神问题更是意外中的意外，那么这位医生或许是这件事之中某一层的关联人物，这个关联人物又是主观上想定那个"罪犯"的罪。医生到底有什么样的另一层身份？另一个可能被李想忽略掉，他认为不太现实的就是这件事：直到他进入精神病医院，所有的目标都是自己。李想认为这是合理的，因为当时很明确自己是希望承受惩罚的。设计出这么多环节，真的不如直接与自己说："来吧，到我们医院，当我们的小白鼠吧。"这样更有效也更简单明了。

李想之所以如此草草结束了与医生的对话，主要是他再一次出现了那种被注视的感觉，这次是在白天，周围很明亮。之前没有过这种情况，因为这种感觉之前大多专属于黑暗。有的时候在某一处见不得人的角落，有的时候在黑洞洞的门缝之外，却从未出现在如此明亮的地方。李想搜寻着，到处观察，他很好奇是谁总偷偷看自己。他在这里没有什么特别的地方，唯一特别的也就是他还算一个正常的人，但是在精神病人的眼里应该看不出什么才对。李想到处游走，目光几乎扫遍了整栋楼。走到院子里，这里没有几个人，虽然这是自由活动的时间，但是这里的病人们似乎都不喜欢室外活动，当然李想也只会待在屋子里，静静地躺在床上。没多久，李想走到了院子的大门口，这里是上着锁的，可能平时怕病人逃出去，听说这里的人的监护权都在医院手里，如果有人跑出去的话，医院是需要承担法律责任的。看来只有在有人进来的时候这门才会打开。只不过这样的老式锁链配上用钥匙开的那种大锁头，与当今的时代着实有些不相符。用个密码锁不好吗？难道还会以为这里的精神病人们能够偷到密码打开它？就算是告诉他们估计也不会用吧……李想随手摆弄着这把锁，他突然又感觉到了目光，转身向医院楼上看去。他装作漫不经心地扫视着每一扇窗的后面，扫到四层的一间屋子时，他看见窗帘的后面露出一双眼睛，的确是在看着自己。而那间屋子不正是自己住的病房吗！李想若无其事地往回走着，离开了那个目光的范围之后飞奔向自己的病房。很快就到了病房门口，猛地打开了房门，里面却是空的，一个人都没有。而那种被注视的感觉也从他离开那道目光范围之后就消失了。李想走进屋，随手带上了房门，在关门的一刹那又有了那种感觉，但等到他再开门的时候谁也没看到，最后只能失望地将门关上。

时间快到了，听着楼道里偶尔响起的脚步声，病人们在护士们的"催促"下纷纷回到病房，室友们也陆续进了病房。李想在他们几个人的眼睛上扫过，基本确认了看见的那双眼不是他们几个，也对，如果是的话前几天就会发现了。他们不会有那样特别，充满灵性的眼神。李想在与那人对视之后大概可以断定，那个人与自己有着相似的地方，都与这个医院格格不入。也许，也是一个正常的人吧。

人到齐了没多久，医生与护士又打开门进了病房。又到了今日吃药的时间。那几个人依然不愿吃下，之前的那个病人的药依然是一小把，十几粒的样子，也不知道他有没有加量，反正以李想的眼力是有些看不出来。不过显然最近都没有之前那么强烈的抗拒了。李想接过自己的药，今天也是四粒，他没有多说什么，依旧是果断地吃了下去。李想看到医生多看了自己一眼，可能是因为今天与他交谈的事吧，或许连医生都不知道自己的潜意识中有些在意李想说的那些话，更想不到李想在内心之中胡乱地猜测着事情的来龙去脉。医生没有多看其他几个人一眼，带着面无表情的护士转身离去，留下了安静的病房。

李想又静静地躺下，"期待"着今天的梦的到来。今天的梦很奇怪，之前无论是醒着还是在梦中，都没有过这种场景。就梦到了一双眼睛，在门后的一双眼睛，但是李想在梦中没有看到那双眼，但是就是知道，知道它在哪里，知道它的样子。而看见门却正好相反，李想虽然看见了那扇门，看见了它就在眼前，上面的花纹清晰可见，上面的温度也真实可感。但是李想知道，那扇门不存在。这样的感受李想认为只可能出现在梦中，甚至在梦中都不应该有才对，但却毫不觉得这是一场梦。这个梦境处处都透着诡异，无法理解，无法用语言形容，因为创造语言的人们没有过这种感受。周围不是黑暗的，而是什么都不存在，就连黑暗都没有。门打不开，无论李想如何努力，都打不开那扇门。他只好在门这边静静地等待着，等待这些怪异的事情结束。

李想醒来时已是第二天的早晨，是肚子的饥饿感把他叫醒，这感受很真实。李想在这里有着自己的想法，只不过有些想法是实现不了的，好在现在有个东西引起了他些许兴趣，对，那双眼。李想知道它还会出现，而且是逐渐在靠近着，也有可能是在确认着什么事情，所以在观察。等到它得到所需的信息之后也许会出来见一面吧。李想不会因为这些而改变自己的行为想法，依然如前几日一样，寻找机会与医生见面，聊上一会儿，时不时也会与护士们说上两句，只是护士们看起来似乎相当不喜欢她们自己的工作，总是面无表情，没多少积极性。李想总是会找各种机会与工作人员说上几句话，其实也是怕这些人不知道李想来到这里的始末，把他当成真正的病人。李想寻思着多与正常人交谈，对自己早些离开这里还是会有些帮助的。李想从护士手中接过早饭，顺口说了一句："药量每几天就增加一次，没见饭量往上涨啊。"护士听到话之后难得地看了一眼李想，只是没有说话，好在能明显地从护士的眼神中见到一丝难得的友好。李想都不知道自己随口说的话有什么特别的，而且李想只是想让护士们对自己有点儿印象而已。护士没有接话，转身离去了。这让李想准备好的客套没有机会下手。又是几天过去，李想与护士们熟络多了，偶尔也会听一会儿李想如正常人一样的有逻辑的唠叨，尽管都是一些无关紧要的事。而关于他自己身上和医生身上所发生的那些只字未提，因为李想算是一个守得住秘密的人，当然也怕大家知道了之后对自己真实的精神状态产生怀疑。又一次，在吃完午饭的休息时间里，李想又有了私下里与医生见面的机会。两人已经不再像之前那样生疏，可以勉强地正常交流了。依旧是由李想主动开场。

　　"您好，相信您应该是对我近日的行为有所了解的吧？您觉得我这样做会不会对你们……哦不，是对我所期望的那个结果有所影响？如果有问题的话还是得麻烦您提醒我啊，以免误了事，是吧？"

　　"最近的事？你说的是你哪样的做法？我有些不太明白，是说你有时找护士们聊天的事吗？"虽然医生这么问，略有好奇，但是隐约有着明知故问的意味。

　　"对，就是这事，毕竟我从各方面都还算是一个正常的人，如果是需要装病的话需要您明示一下。我好知道该怎么做。"李想依然不卑不亢地说道。

门里门外

"没关系的，做自己就可以了，不用管别的，你按照自己的想法去做就可以了。"医生的话里似有似无地隐藏着什么意思。好像在说"不用装病，想怎样都可以，你自然而然地散发着精神病的气质"一样。这句话让李想有些不太舒服。好在李想没有因此转身离去，继续随意地聊了几句，算是有一个和平的收场才离开。在出门的时候李想又发觉了那道目光，他回眸看向医生，与之对视了几秒钟。两人同时微微皱眉，医生先开口道："怎么？还有事？"李想停顿了几秒，他在确定那道目光是否是之前他一直感觉到的，在确定了之后才回答："哦哦，没别的事了，那我不打扰了，我先回去了。"话罢，李想离开，走向自己的病房。也不知道这社会中哪里来的这么多病人，他们都因为什么事才会变成现在这副模样。这世界有如此黑暗吗？有的病人在打闹着，有的在一人傻笑，有个别的那么一两个被绑着双手，看他们在痛苦挣扎。这里的生态环境按照特有的规则运行着，有可能自己发觉的那道目光的主人是一个正常人，算上自己也是一个正常人，这两个在所有病人的眼前也许才是真正的异类。李想的行为在病人的圈子里有可能都流传开来了。"你看你看，他肯定有病！""是啊是啊，他跟咱们不一样。""对对，我今天还看见他去外面了！""我的天啊，他这不是破坏咱们的规矩吗？""不能跟他走太近。"李想路过公共区域时听到一些可笑的言论，不禁摇了摇头，叹了口气。在病人眼里或许李想真的就是个病人吧，在他们的世界中可能是他们在管理着这家医院，而医生和护士这些相对自由的人才是他们眼中的病人。他们觉得药是有害之物，却不知对于李想来说那些都是无所谓的事。而他们可能认为那些药会让他们变成与李想差不多的病人吧。在他们看来可能这种事已经发生过很多次了吧。李想不喜欢这里，即使这里给了他稍微安稳的感觉，什么事都不用自己操心，在固定的时间有人来发药，有人给食物，有人在这里与自己一同生存，完全不必为了生计而劳累。但是这里给李想的感觉如同监狱，没有与外界的接触，还需要遵从着"规矩"，当然李想对多数"规矩"都视而不见，只不过被孤立一下而已。李想知道有一天自己会离开这里，现在不过在等待一个时机而已，而且这个时机是有一定的时间点的，所以还算能看到些许希望。这个时机还没有被明确是什么时间，那就继续在这里做好准备吧。

李想继续走着，停在了病房门口。也不知道那几个室友都是什么想法，不喜欢到室外，却又不喜欢在病房之内。他们就在楼道里游荡有什么意思？此时的病房内静悄悄的，他们一定都没有回来，李想刚准备打开门进去，就听到身后传来一句话："小心医生，言尽于此。"李想转身看去，是一个有些熟悉的背影，却怎么也想不起来这个人是谁，他是否真的认识自己。他认为照理说在这个医院里不应该有这样的一个人才对，不应该有人认识自己。李想以为这不过就是病人的一个恶作剧而已，在他们的眼里，天天给他们喂药的医生自然是一个危险人物，提醒下李想也是正常的事。那个身影远去，在转角的时候他回身看了李想一眼。李想仍然沉浸在思索之中，猛地惊醒，是他！这就是那道目光的主人！虽然看不清他的样貌，但是那双眼李想认得。绝对是，没有错，李想非常确定，只不过当他跑过去的时候，那个人早已不见踪影。在李想看来，他应该是个正常人，但是他的话是什么意思？医生对李想有威胁？有这个必要吗？还是他也是精神有问题的人？

李想回到病房，打开门时一惊。有个室友已经回来了，就站立在门口，脑袋靠在门框上，李想打开的门刚好刮不到他的鼻子。这个病人似乎是在等李想，所以才会早些回来，还站在门口等。正好李想也有些话想问问这些病人，开口道："你，在等我吗？"

"我在等你，我在等我，我在等你，我在等我……"

"你说咱们的医生是一个好人吗？"

"他是好人……他是坏人……他是……"

李想实在有些头疼，说道："那他为什么好？"

"他让我们活着，活着，活着……"病人说着还用手比画起来，双手比画着一个大圆圈。

"那他又为什么是坏人？"李想有些好奇，难道这里都是免费的病人吗？也不对，自己的谈话对象哪会像自己这样什么都知道。

"他……他……杀人，死人……到处是死人……他杀了我们，他让我们死掉……"这句话更是没头没脑，语无伦次。

当李想听到杀人这个词的时候心里一惊，难道医生杀过人？这未免有些超出了自己的意料。李想不知道一个真正的精神病人的话是否可信，或是它代表着什么。结合那个人对李想所说的那句话，医生的确有些问题。只不过李想或多或少有求死的想法，那么医生对自己就失去了最大的威胁，那么对于自己来说"好"与"坏"就不再是绝对的了。"那么他是怎么杀人的？"

"不知道！我不知道！有人死了，他却没死，所以一定是他，一定是……"病人开始恐惧，但是李想实在想不出他到底在恐惧什么。有人死了，就一定是医生所为吗？就因为他是正常人？在病人眼里的这些医生、护士都是危险人物……唉，问了等于白问，都是些说不清楚话的人，说出的话没有一丁点儿参考价值。

"那么你有发现这个医生对待我与其他人有不同的地方吗？"李想看似不经意地问道。

"不知道，我不知道，你们是一类人……不，你们又不是一类……"话说到一半，其他两人摇头晃脑地走进屋，这个病人便停止了说话。李想也识趣地没有再继续问下去，躺到了床上。

李想在床上闭目思考着，看来自己的举动的确会引起别人的想法，尽管自己已经尽量在见医生时躲开这些病人，但或是从某些蛛丝马迹能猜到，或是偶然间看到了自己与医生的私下见面。其实也无所谓，他们知道了又能如何，都是些无关紧要的人而已。对于李想来说有点儿意义的人除了医生护士之外，就可能只有那道目光的主人了。李想对于与那人见面更加期待起来。李想没有打算去找医生帮忙找那个人，因为既然他对自己说出那样的话，说明有可能那人与医生之间隐藏着某些不为人知的秘密，而他又可以安然地待在这家医院里，说明医生有些事还未察觉。现在去找医生寻找此人的话，如果真的有什么问题，那么很有可能对他不利。等吧，见面是迟早的事，反正听医生的意思李想在这里的日子还会比较长呢，何必急于一时。

想着，李想又睡了过去，在入梦之前，好似听到室友在聊着什么。"他在干什么？他很不一样啊。""他犯病了，他犯病了。""你快要死了，我快要死了，我们都快死了。""死不了，死不了，没活过，没活过……""我以前……"后面的就听不见了，李想也不确定自己听到的是不是这些，在临近入睡的时候记忆力总是不怎么样的。

2.2　新的朋友

日子一天天地过，没有多少新意，除了日渐增加的药量没有什么特别的事情发生，这里的日子逐渐平淡下来。李想依旧偶尔会找医生确认他那件事的进度，也在寻找那个目光的主人。只是多次擦肩而过都没能抓住，不禁让李想觉得那个人在故意躲着自己。值得一提的是，他的睡眠的确有很大程度的好转，而且那些李想已经习惯了的噩梦也少了很多。看来每天吃药还是有一定作用的，这让李想内心增加了这家医院的真实感。就算他自己是这款药物的试验品也没有什么问题，因为他的精神状态是真有好转的，在这个问题上，李想还比较开心。而有些事正在被逐渐淡忘，比如他妻子的死，以及李想当初强烈想自杀的欲望。李想正在从自认为的正常人逐渐恢复成更正常的正常人。

李想在这医院里住了有一段日子了，吃的药也从四粒增加到了十几粒，他开始有些反感吃这个东西，他认为自己明明与其他的那些病人是不同的，为何还要定期增加药量？又到了吃药的时间，还是医生和护士，他们还未拿出今日的药，李想就毫不避讳地说："医生，我的情况您是知道的，我应该没有必要把药量增加到这个水平吧？"那两个人听见李想的这话瞬间面色变得难看起来，但也没说什么，硬是要把药给李想。而李想却闪躲开来，没有接下，说道："这几天我感觉好多了，是不是可以减少些了？这么多又不可以当饭吃。"见李想还没有接受的意思，医生才开口说："这是一个疗程，如果你现在停药或减量，之前的那么多天努力就白费了，或许还会有反效果。"李想微不可察地撇了撇嘴说："我看见那么多人吃药都没多大效果，我刚进这里时那个室友，都吃了十几粒了，后来一直吃，也没见到有好转，他的疗程结束了吗？结束了的话他的病好了吗？那个被……"李想的话还没说完，便见到几个人冲了进来……朦胧间感觉到有人把药放到了他的嘴里。

有趣的是就算是在这样的情况之下，李想仍然坚持做了一个梦，只是这

门里门外

次的梦很简单，他从一个永无止境的楼梯上向下不断翻滚着，全身没有一处有力气让他停下来。滚下来的楼梯台阶上时不时能遇到两三个人，但是他们却对自己的惨痛状况完全没有伸出援手的意思。那些人就站在一旁静静地看着，似是在嘲笑，嘲笑李想之前的愚蠢。之前的服从哪里去了？有力气的时候不知道从楼梯上爬起来，现在在楼梯上摔得遍体鳞伤没有力气了吧？就这样，李想在众人的嘲笑声中不断地向下方翻滚着，翻滚着……翻滚着。他想一把抓住周围的随便一个围观的人，但是见到李想伸手都纷纷躲开，生怕被连累到。这种浑身的疼痛十分真实，却无论如何都无法从梦中醒来，或许是因为药力的问题吧。李想渐渐地放弃挣扎，因为他知道这挣扎没有多大的用处，这些疼痛在这个梦境里就像是与生俱来的一样，就应该存在。当然，无论是在梦中停下翻滚还是从梦中醒来，这疼痛都不会停止。那些无用的挣扎也只不过是出于本能的反应而已，毫无实际意义。

接下来的几天，李想没再去找医生。从被强行吃药之后他就发现之前的努力什么用都没有，这里的规则不是以他自己的努力可以改变的，不会有例外发生。就只好先如此，偶尔期待一下有些不一样的事情发生。李想有时会去精神病院的公共区域坐会儿，看着窗子发一会儿呆。这里总是播放些画面简单，内容单一的东西。那些东西像是给低龄儿童看的，他从来都不会多看一眼。看着那些被吸引过去的病人，他总是表现得很不屑，以此认为他自己与那些病人目前不是同一类人。画面上都是大面积艳丽的背景色彩，偶尔会出现一些变体的英文字母。李想从来不会靠近去看，他以靠近那种低智的东西为耻。每次播放的时候他都离得远远的，生怕医院的工作人员看见他的行为误以为他被那种东西吸引。其余的自由时间就是不停地到处游走，没有明确目的地到处游走，在这里没有必须要去做的事，也不用考虑如何生存下去。医生给了饭就吃，给了药也不用想什么别的问题，因为李想知道什么都改变不了。只需要日复一日，重复着永无休止的重复。李想头一次后悔为何要同意来到这个地方，这个地方活一天就会知道之后的每一天都在做什么，还真的不如……只活一天。从一种死亡到另一种死亡，虽然结果都是同样的期盼，但是理由却截然不同。

李想走到自己的病房门口，无精打采的，像个梦游中的病人一样。不对，有种不对劲儿的感觉，这应该不是错觉。有人在身后，而且这感觉十分熟悉。他猛地转身，是他，一定是他！

"你好啊，我观察你很久了。"那人说。

"能告诉我为什么总是看我吗？"李想终于说出这句憋了很久的话。他看着那个人，身上穿着厚厚的衣服，像是里面藏着什么东西有些滑稽，从外表上看打扮还真的与一个想象中的精神病人有那么几分相似。

"因为我觉得咱们有可能是同一类人。"他笑了笑。

"那么，现在确定了？"李想对这个人感觉很熟悉，可能是因为两人不算是第一次对视的缘故，感觉上更像是一个老朋友，尤其是在这个地方，对于李想来说能够找到一个可以正常聊天的人是多么难能可贵的事。

"算是吧，有机会咱们多聊聊吧，今天时间也不早了，改天有时间，我来找你。"话罢，他转身要走。

"等等，我叫李想，你呢？"李想把他拦住。

"哈哈哈哈，我啊，你叫我赵游吧。"

从对话中，李想感觉赵游还算是一个正常人，至少可以相对正常地聊天，但如果放到外面来说的话，无论从说话语气还是行为举止上讲，都是有些古怪的。毕竟是在这个环境里生活的人，没病也会或多或少沾染上病人们的气质。

次日吃完饭，又是自由时间。李想打开房门的时候赵游已经在门口等候了。"身经百战"的李想对待这样的情景早已麻木了，心情平静得像是早就知道赵游在门口一样。赵游摆了摆头，示意去那边的角落。也对，如果要说什么正常人的话还是避开室友会好些，以免惹些不必要的麻烦。快到的时候依然是李想先开口："之前你对我说小心医生是什么意思？"

"这个问题问得不好，这不应该是我来回答，需要你自己去体会。每个人对每个人的态度是不同的。适用于我的却不一定适用于你，而每个人看问题的感受也不同，我不喜欢未必你也不喜欢，等你遇到问题的时候再说也可以，只是你有个小心他的心理准备就行了。"

"好吧，那我就不细问了。你看起来挺正常的，为何会来这里？"李想好奇道。

"哈哈，这个问题的答案与刚才的那个问题的答案很相似哟！所以这个问题我不能给你一个最终的答案。不过我可以告诉你一个大概的过程。"赵游打趣道，"我是一个老师，一个大学的老师，我是一个大学的哲学老师。只不过不是一个有学问，高水平，资历深的哲学老师。有时候我挺着急的，各方面都与同系的老师不能比。"李想打断道："听说搞哲学的人最容易精神出现问题，不会是真的吧？你是来这里进修的吗？"赵游瞪了李想一眼，一看就是被气到了，半天没有说话。

"啊，您继续，我想错了。"李想尴尬地笑了笑。

"我是想着提高自己，不过不是以这种方式。我做了个课题，是研究人类意识的，希望以这个新的观点来提高自己的知名度。为此，我付出了许多精力。只不过想法是美好的，但现实很悲惨。我的论文拿到系里被同事和领导否定了，还说我精神不正常。呵呵呵，我知道只是校方的领导与我的立场不同而已，有心人拿来借题发挥了。不仅销毁了我的所有心血，还把大概内容断章取义地拿出来让大家嘲笑。"赵游此时显得有些落寞。

李想好奇道："这样就承受不了打击了？"这样的故事对于李想来说的确太过于平淡。

"没有，这算什么，我的脸皮如果这么薄，那我就与周围的这些人一样了。我既是正常的，你就应该想到我不是自愿来到的这里。最后，有人出了钱，给我做了个精神鉴定，说我精神有问题，而原因跟你想的一样，是因为我受不了打击，精神崩溃了。相比之下，这件事才是让我真的差点儿崩溃了。"赵游继续道。

"我好像有点儿明白你刚才的意思了。"李想若有所思，看来强行把赵游弄到医院与医生有很大的关系。所以才会有了赵游对李想的提醒。而相似的事情发生在李想身上也的确不会有相同的感受，因为他当时是一心求死而已，来到这里只不过是等待，没有多大影响。甚至于对他来说，医生算是救了他一命也不为过，所以对医生的敌意或多或少地减少了一些。

"唉……"赵游在身上摸索着，像是在找什么但是最后却什么都没找到，"习惯了，这时候聊起惆怅的事总是想拿点儿什么……手上空空的真不舒服。"赵游搓了搓手，继续道，"其实我就是斗争的牺牲品而已，没有价值，少我一个算是有了说法，出了事儿也能让人有借口，太多的话就没必要细说了。"

"别的倒是没什么，我对你所说的那个论文倒是挺有兴趣。就一个论文还可以当借口把你弄到这里。可以，可以，非常可以。"李想真的对赵游口中所说的那个论文产生了浓厚的兴趣，并不是说说而已。

　　"啊，没什么大不了的，其实也不过就是我的兴趣而已。没事的时候瞎研究，以前资料还挺多的，后来不是被销毁了嘛，现在就只有我零散的手稿了。"赵游又开始失落。"回头我带来给你看看，反正在这里没有多少别的事，你也可以给我提些意见。"

　　"如果只是看一看的话我求之不得，但是提意见就算了吧，我对你们那些专业性的东西完全不了解，免得被你笑话。"李想笑着道。

　　"我都被笑成这样了，你让我笑话笑话算什么，让我找回点儿自尊。到时候再说，回头我拿给你，你先看。"赵游起身离开。

　　李想目送着他离开，感慨着难得遇到这样一个人，在这样的地方能找到一个可以打发时间的东西看一看，研究一下也是不错的事。李想思考着，哲学类的论文，他还是头一次接触，真不知道能否看得明白。好在赵游可以在旁边指导，有不明白的地方问他就好了。李想觉得自己现在已经没有多大必要总是往医生那里凑了，主要还是因为没能从那边得到他想要的结果，而赵游不同，他虽然帮不到李想，但是权当消遣。李想把自己的注意力集中起来，或许对于自己的精神状态有什么好效果也说不定。或许比那些药物还要管用也说不定。他不知不觉又已回到病床之上，慢慢闭上眼睛，进入自己的梦。到了医院之后李想的睡眠与以前相比的确好太多了，总是能够轻而易举地睡下，而又精神饱满地醒来。他苦笑着，如果当时有这么好的精神状态，也许与妻子关系不会那么冷淡，或许她就不会死了吧。他现在不敢确定妻子是怎么死的，那场梦是不是真的。如果对医生的了解都是真实的话，他有着什么样的目的，为何李想会来到这里，似乎医生所说的那个原因不像是全部。赵游的也一样，李想感觉像是为了让他自己及赵游两人来这而来这，其他大多是为使这个原因变得合理而发生的。也就是说为了有这样的已定结果而强行找着过程。周围的事都在向"合理发生"疯狂靠近着。错觉吧，应该不会是真的，只不过所有的事情的背后都有一些不为人知的秘密而已。李想带着这些让他想不明白的东西一同入梦。

门里门外

　　李想走在一个破败的院子里，这里有高高的墙，墙上有着满满的涂鸦。这里是一个没有人来的地方，已经满是杂草。他走到角落，找了个地方坐下来，感受着冷风吹过，他不时瑟瑟发抖。一个人都没有，周围空荡荡的只有他自己。他不记得自己从几时开始就在这里，也不知道自己为何来到这里，只不过总会有那么一个原因，至于这个原因是什么就没那么重要了。它可以是任何事，喜欢这里？这里没有人？被人强行反锁在这里？都无所谓，不重要，重要的是他自己这个人在这里。外面也是空寂的，也对，这里看起来就很偏僻，是不会有人来的。而为什么是寒冷的？因为冬天就快要到了，自然就会有些冷。而为什么这里没有人，就连看门的都没有？或许是因为这里出过什么事情吧。他好奇为何那边的那些人在看自己？哦对，不是院子里的人，是远处在楼上的那些人。应该是因为他是院子里唯一的一个人，他与他们如此的不同。似乎有着什么在为他与他们划清界限。是那边的那道门吗？李想好奇地走过去，才发现门是上着锁的，推了推，发现如何都打不开这锁链。在他的梦中，他认为自己已经用尽了所有办法，但是仍然无法打开这道门。当他抬头想走开的时候，周围的环境变得很昏暗，这才发现他自己正站在门里，而不是门外。他平复下心神，在这栋楼里游走着，到处都残破不堪，但这里又似曾相识。李想觉得同样的梦境一定来过，而自己为什么来过，是因为必然的一个理由，或是这里与自己很相像，自己的心也是残破的，有感而发地走进这里。李想向楼上走着，走着，一层接一层地走着，却发现原本在这里的人一个都没有见到，就这样凭空消失了。的确是不见了，每个角落都没有人。他站到了窗边向外望去，院子中同样一个人都没有，只有墙上的涂鸦依旧在那。或许那些人不应该在这里，也不适合在这里，因为李想不希望他们在这里吧，这是李想的梦。这个梦也在努力为这个结果寻找着原因。他们都死了！要么成了地上的灰，要么就聚集在某一处的角落。李想寻找着，也许是因为之前只在意活着的人，而忽略了残破、腐坏得看不清形态，堆积在一起的尸体。李想又开始到处游走，游走，循着若隐若现的腐坏味道，在一间阴暗、狭小的小房间里找到了它们。它们就那样凑到一起，只能从衣服大致看出的确是人类。李想有些无法理解为何它们要紧紧地凑到一起，动作奇特，像是在死前挣扎过，又没有打斗的样子。腐坏的味道没有传得到处都是，那自然是因为现在临近冬天，并且这里是一个狭小与外界隔绝的小地方，所以外面的味道并不重。梦境在渐渐朦胧，好像那扇大门也打开了，至于大门为何会打开，它明明是锁着的，李想的梦还没有给出好理由，就已经睁开了眼睛。或许那扇大门没有被打开，只是在他的心中打开了而已吧，这个梦就结束了。

外面天色已然略现橙红色，李想没有意料到自己的一觉从上午睡到了太阳快落山，连午饭都错过了。护士已经拿着药到了李想的面前，门是开着的，看来是刚刚的开门声吵醒了李想。护士没有因为之前的事而尴尬，甚至还略带着一些挑衅的味道，像是在说："你不吃，会有麻烦。"不过就算如此，李想也觉得护士比以前的面无表情好得多。之前的样子总会给李想一种很不舒服的感受，不像是与活物在交流。他接过药，依旧有一丝的增加，只不过有些看不出来，因为本身就有许多粒了，多那么一两粒没那么容易被发现。而且就算多出一倍的量，还是得吃下去，还真是不如不费力气去多想。吃吧，吃吧……或许没有多少天就会好起来吧。

吃完药的李想立刻又躺到了床上，他要将来医院之前欠下的睡眠在这几天全都补回来。趁现在躺下就能睡着，珍惜这样的美好时光，多睡一睡，万一没几天就会离开这里呢。李想认为自己的病已经好了很多了，可是现在他略微有些睡不着。也对，这才刚刚睡醒怎么可能转头又睡着呢？这是治疗自己身体及精神问题的药，又不是迷药，怎么可能吃了就晕倒？李想坐起身，苦笑着摇了摇头，决定还是出去走走。李想记得赵游会来找自己，但自己不出门他是应该不方便来找自己的吧。出去到处走走，看看他会在哪，李想如此想着。他来到窗前，伸个懒腰，活动着因为躺得太久而有些酸痛的身体。还没来得及活动几下，李想便看见有个熟悉的人影正在院子里，看来赵游也知道他是少有的会去院子里走走的人吧。赵游看向这边，李想似乎也明白对方的意思。他没有迟疑，立刻出门，一路小跑去院子，但是他到了院子的时候，赵游却不见了。李想猜想着，不会是因为自己说好了要见一面，听听他的论文，却因为自己睡过头爽约而生气了吧……难怪赵游会被弄进医院来。这小脾气也太执拗了！这如果是李想，肯定不会怎样。既然如此，那就趁着还是黄昏时分，在院子中散散步，等待一下赵游吧。没准儿人家躲在哪个角落正看着他呢。但是李想走了没几步，想想凭什么自己要求着他啊，在这家医院

门里门外

就这两个人可以算是同类人，越想越来气。不知不觉间，已走到自己的病房前，但是看时间还早，回去也睡不着，与那两个病人也没得聊，还是继续走走吧。离开前扫了一眼屋内，已经有室友回到屋内，"咣——"，门关上了。没一会儿又是一声闷响，难道是自由活动时间结束了？啊，这是吃饭时间吧。反正李想也没有感觉到饿，所以再等等吧，吃药而引起的胃部不适今天特别明显。不过也对，平时吃完药多数都会睡下，而今天吃完药之后却在到处游走，加快了药物吸收，李想认为应该是这样的吧。

他找了一个地方坐下来，稍微休息一会儿。虽是休息，但在外人看来更像是发呆，就那么眼神空洞地直视着前方。其实他坐的位置就在病房门口的洗手台上，李想有的时候就是想偶尔逃避一下，短暂地离开这个环境一会儿，让自己真正地休息一下。让这扇门把自己与病人隔离开，看着安静的楼道，一个病人都见不到，假想着这里不是医院，这是正常人的社会的一个角落，人少而已，但不病态。他仍然静静地发着呆，看着前方仿佛这里只有他。他独享着自己的世界，渐渐地喜欢上了这种感觉，沉迷其中。坐在这里，渐渐也有了睡意，就这样，靠在后面的镜子上睡着了。这大概还是因为药物的作用吧……他半睡半醒的时候，感觉有人触碰着自己身体的各个部位，似乎是护士还是医生扶起了自己，走向了哪里，自己就像是一个喝得不省人事的酒鬼被人任意揉捏着，摆成各种各样的形状，走向各种各样的地方。而他所去的这些地方，他都不会记得，渐渐地，李想完全失去了知觉，就这样睡着了。

一夜无梦，睡醒的时候他已经躺在了自己的病床上。这一夜像是过了很久，但又很短，只不过是一眨眼的时间而已。饥饿的感觉让他从遥远的地方回到现实中。李想这才想起昨夜吃完药没吃晚饭就睡下了，今天他可不打算再睡一天，琢磨吃完早饭出去见赵游一面吧，要不非得生气不可。

李想像一个守望者一样坐在公共区域的角落里，他相信赵游总是会找到他的。虽然没见过几次面，说过几次话，但是赵游总能很快地找到他。也许是因为李想这个目标在医院中还算比较明显，也许是因为医院本身就不大。又是那道目光，没让李想等多久，赵游就出现在这个区域之中。这里人不多，又是坐在角落，也就没有了躲开人群的必要。见赵游两手空空地来到面前，李想抢先问起话来。

"呦，没带什么东西来？"

"带啥？咱俩见面还需要带见面礼？"赵游说道。

"论文啊大哥！之前不是说好的？"李想又说，他明显能看出来赵游在装糊涂。"你这论文不会是忽悠我的吧？也是，在这医院里还能有你描述的那么神乎其神的东西，吹牛吹破了吧？"

"哼，谁知道你哪天才会从病房出来？我总不能天天带几张破纸到处溜达吧？这儿是什么地方你也不想想，万一被哪个病人当零食抢过去吃了也说不定。再说了，你也不出现，谁知道你是不是死病房里了，这种事也不是没有发生过。前段日子，听说是死了一个，最后连尸体都没有找到。"赵游开始说的时候还很轻松，但是最后一句严肃起来。

"那你说，咱们定个时间，约个地点，你把论文给我，或者你告诉我你的病房号，我去取也行。你要是不方便的话，等你方便了来我病房找我。"李想对死个人，他们现在在哪，以后会怎样这些问题一丁点儿也不关心，只觉得对于一个医院来说都是平常的事而已。李想没提过自己是怎么来到医院的，当然赵游也没问，赵游的精力似乎都在他的那个论文上面，李想没有想过要主动提起。接下来他两个人的闲聊都没有什么重点。其实李想也是有些担心，如果赵游知道了自己进来的原因，或许会认为李想真的有病。更何况那段故事就连李想自己也难以讲得明白，有许多发生的事就连他自己也搞不明白到底是怎么回事。

"行，下次见面的时候吧，只要你还会从你的破病房里出来，我就给你。"赵游道，随后起身离去。待李想从之前的回忆中清醒，赵游已然离开了他的视线，不知去了哪里。不过刚刚的那句话还是听见了的，估计明天差不多就可以拿到了吧！李想没想到的是，接下来的几天里再没见到赵游。李想有时会想是不是被耍了，根本就没有论文这个东西，赵游只不过编了一个故事讲给他听而已。而赵游圆不回他说的这个谎，所以有意躲着李想。就连之前的那种被注视的感觉都不见了，这说明赵游在这几天里是真的没有出现过。没准儿就如同赵游说的那样，死在了他自己的病房也说不定。这又关李想什么事，少了一个朋友而已，可能会伤心一段时间，他的妻子都死了，现在还不是过得如正常人一样。时间这个东西，总会冲淡所有地向前方飞逝，忘记之前的情感，有一天他自己也会离开，离开得毫无痕迹。对于李想来说，他的妻子算是他最重要的人，现在不也都记不太清楚了。都是过客，就当没来过吧。

又是一场梦的开始，李想坐在窗前，静静地。这里就孤独的他一个人，所有人又一次的不见踪影。外面下着入冬前最后一场雨，这雨声打乱了李想的各种感知力。借着窗外仅有的一丝亮光，能隐约看见周围空荡的房间。房间很大，不是卧室的样子，他坐在角落里，感受着这一切。他略带期许地看看窗外，又看看门的方向，略有失望，什么都没看到。就连在梦中都是如此的孤独吗……不见一个可以交流的人。不知什么时候，他手里多了一个小本子，上面各式各样的纸张，写得密密麻麻的小字，这应该就是李想心中那篇论文手稿的样子了吧。也许之前闲聊的时候或多或少的，赵游提起过这篇手稿来炫耀，所以才会在梦中看见这东西，还如此清晰。李想翻开手稿，里面的字迹借着外面的光亮是看不清的，看来没见过的东西果真难以在梦中出现，就算出现了，也不会与真实的一样，所以李想也就放弃了在梦中看清这篇论文的想法。之后便随手把它收了起来，而收起来的时候在兜里似乎摸到了一张别的什么，便拿了出来。他很是好奇，为何在一场梦中会有这么复杂的东西出现？摸起来有褶皱，而在边上有破损的痕迹，这上面是一段李想似曾相识的文字。虽然周围很暗，但是这张纸上的字很大，是可以看到字的大概样子的，并且，李想见到过这张纸，上面写着几个大字"门后面"，下面也是之前见到过的内容。这就让李想很不解，他刚刚还在思考着自己没有见过论文，所以看不清梦中手稿的内容，但是现在又是怎么回事？或是自己在什么地方看到过这几行字，才会在这里显现。也说不定是他有着连他自己都不知道的隐藏才华，哈哈，虽然这个东西写得不怎么样吧……

近几天，李想总做相似的梦，都是几乎相同的环境，很平淡，也很枯燥。也因为最近没有见到赵游，所以李想也不怎么到处走动，多数时间都是在病房中度过。时间的确会冲淡许多情感，他对医生的不满都减少了很多。这一天的自由时间李想又去找了医生，想着闲聊几句，有可能会知道赵游到底怎么了。

"忙吗？有时间聊两句吗？"李想走进医生的房间，问道。

"有什么事？说吧。"医生脸上明显带着假笑。

"没什么重要的事，只是……"李想突然想到之前与医生的谈话，原本要问赵游的事便先放到了一边，继续说道，"这日子也过了很久了，我那个事最近有什么新消息吗？"

"你的事？你是说那个案子吧？刑事案件不会这么快的，不用太心急了，怎么？在这里住得不习惯？"

"在这里住着总不是长久之计，我总是得回到正常的生活中吧。"李想有那么点儿着急，但是并没有在此表现出来。

医生的表情变得有些严肃，说道："等事情过去了，你自然就可以离开了，只是现在还不是时候。"

见医生有些不耐烦，李想也转变下话锋："啊，您说得对，在这里肯定得听您的嘛，就是这几天在这里待得有些无聊，想找个人聊天也找不到。对了，前些日子我遇到一个病人，叫什么来着，好像叫赵游，不知道哪去了。您能不能告诉我他在哪个病房？没事我去找他聊聊天去。"

医生面色变得比之前要难看得多，这个名字似乎在这里有什么禁忌一样，不可以被提起，或是医生不喜欢与他谈论这么多事情。医生眯着眼像是在努力看穿李想的意图，说道："医院里这么多人，我怎么会记得谁是谁，你叫什么来着？没什么事的话出去的时候把门带上，谢谢。"

被下了逐客令的李想尴尬地笑了笑，"那您先忙，我先走了。"李想便转身离开了。李想从刚刚医生的表情里断定一定有事情，或许这件事真的如赵游所说的那样，他是一个被迫害而来到这里的人。李想思考着，那些不过都是小事而已，不至于被杀掉，所以不应该有生命安全的问题，或许就是有心人看见他与自己见面之后，不希望让自己知道太多事，所以把赵游关在了某个地方。以李想的力量当然不足以解救赵游，现在的情况下就算去找医生说明情况，估计也只会起到反效果而已。也只能先静静地等待了。让事情自然而然地过去，除非他们打算把人关到李想出院的那一天……他能做的就是表现得无所谓，与自己没关系，赵游也就没有必要被关着了。走着走着，李想又回到了自己的病房的门口，也对，快到午饭的时间了，就应该在病房里等着。停在门口，李想转身看向镜子，有哪里不太对劲儿却又说不太出来。好

门里门外

像就是比平日要干净些，透亮些。之后又扫视了一圈，哦哦，水龙头又没有关严而已。嘀嗒嘀嗒的水声，每隔一会儿就会出现一声，所以刚刚到这里的时候没有注意到。呵呵，这里的病人还知道要洗手的吗，李想走过去，关上了它……转身回房去了。

　　没过多久，室友也开始陆续回到房间，有个在叫嚷着，有个低头不说话。一直叫嚷的那个病人是之前刚到医院时见到的那个不吃药的病人。"也不知道……水……门把……""病人就是病人，话都说不清楚。"李想也不怕被听见，自言自语地说着。"病人就是病人，话都说不清楚。"那个病人学着李想的话，"病人就是病人，话都说不清楚，哈哈。病人就是病人，话都说不清楚……"就这样不断地重复说着这句话，就像小孩子在玩游戏一样。李想听着很烦躁，努力控制着自己不去与一个病人争吵……"你能不能停下，你不累吗？""你能不能停下，你不累吗……"病人重复的话又变成了这句，李想已然无语，这不就是小孩子们爱玩的吗……算了，等饭吧，饭总能堵上他的嘴吧。看另外两个病人，似乎在这件事上要比自己聪明一些，什么话都不说，看来对那家伙的了解还是这两个室友多一些。吃完饭，李想什么话都没说，连觉都不打算睡就逃离了这里，就想一个人静一静，去找一个没有人的地方。

　　这家医院没有多大，只要花些时间就可以走个遍。李想从住进这里之后，一直没有到处走一走。也不知今天哪里来的闲心，游走的范围比之前大了许多。表现得若无其事的，把想去找找赵游的蛛丝马迹的想法深深地藏了起来。李想欺骗着自己，如果找到他住的房间也不过是偶然而已，并不是自己有意的。他就这样看似漫无目的地如同往常一样游走在楼道里。很多病房门口停留一会儿，从那些有门缝或有小窗的地方看向病房的里面。这个时间大多数病人都在吃午饭，他们吃得都很慢，也是，都是病人，吃饭不会像正常人一样，有些人甚至吃着吃着就玩了起来。李想之前从未如此仔细地看过这里，如今看了才发现这家医院里的病人并不是很多。大多病房都是空着的，也有许多病房是锁着门的，估计是没有安排病人吧。

　　李想继续走着，已经走过很多的病房，一点儿线索都没有找到，这未免让他有些许失望。又是一个空病房，又是一个，又……呦，这个角落的病房居然还有人，而且就这一个人，但是这个人不是赵游。没有赵游给自己带来的那种特殊感觉，只是……这个人李想似乎认识，那是很久很久以前的事了，李想都有些想不起这个人的名字了。这也算是巧，在这样的地方能碰见老熟人，在精神病医院碰到熟人应该怎么打招呼？李想怎么也没想出来应该说什么……这时，病房中的人转头看见了李想，眼神有些迷茫。似乎是也在回忆着什么，但是如李想一样想不起来，也不知道该如何开口。最后还是李想打破沉默，说："你怎么也在这里？你也得病了？"这个人还是很恍惚，有些不知道怎么回答。李想毫不见外地坐到了这个人的旁边，继续道："你叫什么来着，咱俩以前还做过一段时间同事呢，还有印象不？""哦……"他还是没有多少回应，但是当听见"同事"二字的时候好像用余光看了看李想。等了许久才有回答，似是刚刚完成了很久远的思索，在记忆中苦苦寻找他对李想的印象，"我……记得你。我应该是记得你的，我们以前是同事，对，是同事。"他再一次陷入沉思，又是许久的时间过去，眼神似乎有神了许多，"你是……李想……"李想略有些激动，看来没有错，果然是熟人。也不知道在这样的地方熟人相逢是该庆幸还是应该悲哀。李想有些不好意思，怎么都想不起同事叫什么，也许就算回到当初也够呛能叫出他的名字吧。他平时就不怎么在意这些东西，而现在不一样了，他现在真没什么事可做，也没有任何娱乐活动，难得遇到老同事，以后可以聊聊天解闷。李想组织着自己的语言，尽量不让对方发现自己不记得他的名字，便道："你现在精神正常吗？你还记得自己的名字吗？"

同事依然有些恍惚，回道："我没病，我叫钱思……"

对，就是叫钱思，李想对这个名字很熟悉，很确定钱思至少目前还算比较清醒。李想又继续说："那你为何来到这里？"

"我没病，我不知道，我什么都不知道。"钱思说着，表情很伤心，甚至有些眼泪在眼中转着。

"好吧，好吧，我不问了，以后我常来看看你吧。"李想说着便站了起来，他看了看外面的阳光，也差不多快到吃药的时间了，正要离开，却看见医生和护士走了进来。几个人都在这个时候有短暂的失神，还是李想先开口："医生，您好，是到了吃药的时间了吧？我这没事儿在楼道里走走，看见我以前的同事了。"医生似乎是在思考些什么，但是没有说什么，随即拿出了药，递给了钱思。而钱思都没看就全部吞了下去。李想扫了一眼那些药，显然是比自己的多了不少，说明他来得比自己要早了一段时间。也不知道到底是因为什么钱思会来到这里。记得在公司的时候他挺正常的呀，不过也是，谁都有不为人知的一面，尤其是钱思这种"听话"的人，长期压抑着自己所有的情感，所有的事都服从安排的人，心理上更容易出现问题吧。

医生和护士见钱思已经吃完药，便要转身离去。李想有些奇怪，叫住了他们："医生请等一下，我的药呢？"也不知道他哪来的灵感，问出了这样一句话。

医生似是没反应过来李想所说的话，也应该是从来没见到过病人主动要药吃的，所以愣在门口一瞬间，"放心吧，已经配发给你了，就在刚才。"

"哦哦，那好，我这就回病房去吃。"李想走出这间病房，看来医生不会忘记给每个人吃药，毕竟这是他的职责，药应该已经放在了自己病房的床上了吧……

两个人的病房之间的距离好像很遥远，李想走了很久，很久。明明是一间很小的医院，不知为何，这路让人感觉很长。可能是之前注意力都放在寻找赵游上面，不知不觉间走了这么多路，而现在他的目的很明确，终点就在他的病房，所以会觉得这过程很漫长吧。

路过了长长的走廊，路过了公共区域，路过了刚才来时看到的一些空置的病房，有的已不再空置，有病人回来了，只是仍然没有见到赵游。这个人就像消失了一样，似乎也好久没见到他了。李想思考着，医生见到自己与钱思见了面，会不会也把他藏起来，如果钱思也有秘密的话。当然这些假想都需要有一个前提，就是医生不想让李想知道过多的事。他觉得有些好笑，以他这样的小人物，知道了又会对他们的事有什么影响，其实完全没有必要。而另一个前提就是他必定有一天能够出院才有必要对他隐瞒，那么他们如此处理事是否也同样认为李想会出院呢？而且这个时间点不会太过久远。以李想与钱思对话的情况来看，医生似乎也没有必要把钱思藏起来。因为他现在的精神状况与赵游完全不同，很明显的，他是有问题的，他与医院中其他的病人差不了多少，都属于没有能力正常交流的人。医院的楼道空寂下来，显得这里的路更加长，怎么都走不完，重复着同样的风景。不知走了多久，李想终于回到了病房的门口，这一幕是多么熟悉，就像是在梦中出现过，怎么走也走不完的路，自己不断地在医院中行走着，而医院的走廊却无休止地变大，在玩弄着自己，戏耍着自己。当李想到达目的地的时候，这里只剩下了一道门，就是眼前的，这道自己病房的房门。李想下意识地将耳朵贴到了门上，静静地听着，没有听见声音，正常来说，里面应该有病人的囔囔声才对，可是现在却静悄悄的。许久，李想突然猛地看向脚下，却什么都没有，是空空荡荡的。只有凉风从门缝中偷跑出来的感觉而已。按照以往的时间来看，这时候李想已经吃过药睡下了，所以他现在已很困倦，疲惫充斥着身体周围，什么都不想去理会。即使刚刚又产生了强烈的某一种感觉也没有精力去在意。像个醉汉一样摇晃着走进病房，拿起药吃了下去，便倒在床上不省人事。李想没有精力去在意病房中的诡异情况，如果他在清醒的时候回到这里一定会发现些问题，只是他实在是太困了，困到一切都无所谓的程度。

　　第二天李想醒得很早，这一夜李想睡得很好，似乎没有梦。这也是李想很少有的，睡得如此香甜。李想醒了之后没有起来，就静静地享受一会儿这样的时光，只有病友们微弱绵软的呼吸声，只是今天的声音里少了点儿什么……对，的确少了点儿什么，少了一个人。要不平时不会如此安静。隐约间是没有看到那个病人，那么那个人昨天就没在这里，难道是去了别的病房？或是出院了？出院不太可能，前天，不不，最近这个人就没有过"正常"的表现，所以不可能是出院。要么是去了别的病房，要么就是……死了……李想立刻起身，看向那个人的床位，果然是空的。

　　李想就这样坐在床上许久，他脑子空空的。对于他来说很少有这样的状态，房间里格外的安静。"吱呀——"病房的门打开了，是护士。她拿着三份早餐进来，那么就说明她知道这间病房中就剩下三个人了。护士如同往常一样的面无表情，分发了早餐之后就转身离开了病房。李想思考着，病友不在房间的事情是昨天发生的，他自己与那个病人见的最后一面是在自己吃完中午饭的时候，还有过几句无趣低级的对话，在那之后发生了什么。看其他的人似乎都没有在意这件事，那么应该就不过是换了个房间而已吧。李想拿起自己的早饭，不知从几时开始，自己的配餐量变大了，至少可以吃到饱，不像刚来的时候，总是吃完之后立刻利用睡觉来解决饥饿感。他准备出去走走，说不定会遇见那个病人，看看到底是因为什么换病房，那个病人现在又是一个什么样的状态。

门里门外

　　又是公共区域，这里的人相比之前要少了一些，没有之前那样的喧闹声，安静了许多，同时也让李想不那么讨厌这里。偶尔他还是会来到这里坐上一会儿，看看周围这个有别于正常人生活环境的地方都在发生着什么样的事，这也是李想在这里打发无聊时光的少有乐趣之一。他依旧如往常一样，选择了一个角落里靠窗的位置，傻呆呆的，融入这个环境之中，毫无违和感。微风吹着窗，发出呼呼的闷响声，看着外面的院子，草已枯黄，破败的院墙，上面的涂鸦五颜六色，有不知何时被"文艺青年"画的各种英文字母，院子的门依旧上着锁，看起来似乎很陈旧，像是有日子没有动过了。这里的一切看起来都透着满满的死气、绝望，以及大自然为李想这些人的悲泣。没有人来看望，没有来自外界的消息，他们和李想都不过是被这个世界抛弃的人而已，当然是抛得越远越好，抛到这个远离市区，鸟不拉屎的地方。李想有预感会发生些什么，就在今天，就在这里，就像是有人会突然感觉到现在周围的事和情景他们曾经经历过一样，现在的李想就有强烈的这种感觉。李想按照下意识的行为，什么都不去想，站起身，跟着感觉走，走到了自己的病房门口。这里有个人，像是在等待着李想，这个人给他强烈的熟悉感，对，他是赵游，他真的是赵游！看来，他是被放出来了。赵游同样察觉到了什么……猛地转身……

　　"你最近哪去了？怎么这么久不见人？"李想关心地问。

　　"应该也没太久吧，只是这里的无聊让你觉得时间过得很慢，所以才会有过了很久的错觉。"赵游回道。

　　"怎么样，论文的事……"李想还想以这个话题来嘲讽赵游，不过却见赵游摆了摆手，便伸向衣服内侧，拿出一摞厚厚的纸，各式各样的，明显是在这里不好找纸来写东西，日积月累攒出来的。

　　"你……你还真有这玩意？不会是现写的吧？"李想仍然有些质疑这个论文。说着，他拿起这一摞纸开始看了起来。"这……《意识承载论》，名字看起来有些玄乎啊，怪不得……"

　　"你看不看？"赵游有些没好气地说。

　　"看，看，别着急，我先收起来。等回屋慢慢拜读您的大作。"说着李想将论文收了起来。

这时，护士缓缓地走向这边，见状，赵游道了声别，李想也明白其意，同时打开门回到病房之内。而后，他立刻开始读了起来……《意识承载论》。

2.3 新的知识

意识承载论

一、导言

1. 定义

本文需要首先对意识进行一个有别于以往传统认知的重新定义，以便于大家可以更清楚明确地了解我要论述的方向。否则难以理解我想要表达之事物，更加无法获得认同感。所以在开始阅读之前请先与我站到同一个位置去对我所要讲的"意识"明确概念范围。

意识，在本文中不包含"思维"，同样不会出现在思维过程之中。意识仅代表它本身，可以理解为单一的事物。同样可以理解为具备单一功能的概念，而这单一的功能是"感受存在的能力"。在此需注意一个重要问题，"感受存在"与"感受存在这个概念经过思维系统的思考过程与结果"是完全不同的概念。"感受存在"是可以无思考过程完成的，而当人们的思维在运行时将"感受存在"这一功能完成向"可理解"的"形象化"转换时，是必然需要被思考的。所以亦可理解为"感受存在"这项功能在经过思维过程的传导及加工之后被"感受存在"的这个功能感受到。此为意识的根本形态，从功能上讲，是自身位置之上的诠释。

（之所以我认定"意识"为单一功能之物，是因为思维及思维过程可分割为不同的、连续的个体及阶段，而"意识"是无法被分割，它是可判定"有"或"无"，却无法判定"似有非无"的状态。任何"信号"被传递到此处要么被感受到，要么就只能不被感受到。）

思维，在智慧之中拥有决定性作用。思维与智慧在绝大部分之上保持高度一致。即，有智慧同时有思维过程，有思维同时有智慧。我思故我智慧在，我思未必"我"在。思维在脱离"感受存在"的能力之后依然可以完成"我思之过程"。即，关于"我思"之发起到"我思"之传递的最终导向的问题将在后面章节进行不严谨的论述。现阶段在此仅划分"我"即"意识"与"我思"即"思维"的界限。在阅读后续部分时请明确我所要论述之物，以免造成思维误区，错误地理解我想要表达之内容。

2. 研究的目的（研究意识承载的目的）

既然称之为"目的"，其意义自然是心理学范畴的。这一部分仅是一个闲谈，所以我把它"心安理得"地放入一篇哲学论文之中。

自古以来每个人都急于解决一个重要的问题——"我们从哪来，又会到哪里去？"相较于回不去的"我们从哪来"，我们（至少是我）更在意的是必然会去的"我们会到哪里去"。可以说，几乎所有的宗教都会论述这个问题，其根本原因是我们对于死亡的恐惧。

然而对于死后去向问题的研究，宗教层面的解答逻辑是否严谨，是有待论证的。既然我把意识单独拿出来研究，便要将其尽我最大可能地、完全地、彻底地、各个方面地解读清楚，否则就失去本文的主要意义。当然我没有足够的能力剖析之处也请读者多提意见，我不接受任何修改意见。

在面对死亡之时，从心理层面来看，人们到底是在惧怕什么，是对于一生所拥有的回忆失去而惧怕，还是对于再也无法"感受到自己的存在"（失去对自我的感知能力）而惧怕？从对各种宗教的了解不难得到一个粗略的答案。无论是"轮回"学说，又或者"天堂"及"地狱"学说，都是在描述人类在死亡之后的去处。哪怕是死后需要对生前所做之事负责，也要有那么一个去处。明显表达了所有人对于"自我感知能力"及"感受存在的能力"的高度重视。尽管在死后有可能感受到痛苦、折磨等负面情绪，但依旧需要保留这一项重要能力。

所以，意识的承载更加拥有研究价值，它可以触及此能力所涉及的各种方面，甚至从其运行结果之中寻找死亡之后的可能情况，以摆脱在面对死亡时的恐惧心理。它的极高研究价值，在于你我他对于死亡有着极度的恐惧。

二、意识承载方式分析

1. 意识的载体是物质本身

我们的世界在我们的认知里，它的组成是以物质为基础，在"世界"的"范畴"之内实存的事物。无论是宏观的又或是微观的基础，都可统一归为物质。而"你"的意识可以感受到自己的存在，那么意识本身要么是物质，要么便是依存于物质本身而存在。

在针对一个单一事物进行研究的过程中，以模糊的方式去进行，其结果有偏差是必然的。所以如此操作是极为不严谨的，研究的结论自然也不具备普适性。所以既然我们研究的是意识与物质之联系的本身，就应从极端情况着手去研究，意识的载体是什么物质？从结构上看，是大脑，只因在传统的科学研究之下，大脑的功能是"思维"，此项功能常会与"意识"所具备的功能混到一起，使人误以为它们是同一事物。当人感受到自我存在转化为"认知"的过程时，不可理解为单一环节，即，"感受到自我存在"在通过思维去思考、整理分析之后，被"意识"感受到存在。在此过程之中，"思维"无法感受，这是需要被理解的。思维的工作是针对信息的处理，它本身不存在感知能力。因此，我们在谈论意识的载体是否会是大脑之时，在我们研究之后其可能性是很低的。你的大脑就如同"忒修斯之船"，在大脑的物质不断更替的情况下，依然可以保持自我意识的连续性。当然，科学表明脑细胞在人到一定年龄之后便不再生长，其将保留现有组织直至死亡。但问题是同样的，更换同样脑细胞更替到其原有位置之后，最大可能的影响只会是思维层面，而涉及不到意识层面。

既然现有论证及人类的自我体验之中，意识的能力及水平依照各种环境变化而受到本质影响，那么便可以粗浅地完成两种假设：①意识的承载物是微小的物质基本单元，其不可分割。此为必然特征，如果可以分割，那么意识必然是可以被中断的，且可以如同创始者一样去创造新生意识。②意识的承载物是极大的，必定大到无法从物质结构上针对其任何一个组成部分进行替换。就如同整个世界的全部，物质总量是一个固定值，才可以使物质具备此能力。

目前意识存在的可能性只有此两种假设，本节将在以下进行简单介绍。

①意识的载体是小的

该物质到底需要"小"到什么程度？从生物的发展历

程来看，"你"在什么时刻产生意识，出生？还是从受精开始？可以感受到自己存在的这一个特殊能力会"突然"或"逐渐"出现吗？从你的"意识"被"思维"思考之后开始，其"感知范围"在不断地进化。从仅感知单细胞的物质，直到可以感知成年人的身体，意识对于物质的感知范围有着巨大变化，而承载"你的意识"的这个物质，其作用对象从单一进化到"杂多"，这个"过程"的持续性便进一步肯定了"你"对物质本身的依附性。

而意识本身的连续性及不变性，同样证明了意识与思维的不同特性。意识的载体与意识必然从逻辑上、本质上保持永恒一致。所以此被承载之物必然是不可变的，恰巧我们的现有知识中认为物质的基本单元是不可分割的、不可变的。当然同样理解为基本单位的能量。只不过在科学的发展之中，我们理解的物质基本单元可能相较于现已发现的更加微小，但这与我的理论并不冲突。因为我并没有认定是"上帝粒子"还是"弦"在承载着意识。

②意识的承载物是大的

此处描述的"大"不是范围的大，是包括所有的大。现有知识中可以是整个宇宙本身，如果可以证明宇宙之外有物质存在，且其物质可以在此宇宙中做更替或增加，或是本宇宙的物质仍可对于外界来说有处可去，那么此处"大"的范畴就必须扩大。即，我们可理解为意识承载之物是所有物质之综合，因为其总和具备与意识相同的特性。如，不可分割的特性，总量及本质内在无法改变。有人会提出疑问，如宇宙由奇点到现在一直在发生大幅度变化。但是这仅是排列及结构上，总量上讲仍然没有任何变化。

所以第二种假设是同样存在其可能性的。

2. 排列无法承载意识，只能承载思维

在我初期的研究中，认为意识的承载最有可能是物质的排列，以独特的、固有的、可以形成意识的方式去组合、排列。并且可以具备主观决断力地去对物质及相关行为完成控制过程。当然，那仅是一种假设，并不是经过论证的结果，以物质的不同排列方式，产生出"意识"，"其思考过程"本身与"意识"相依存。如大脑思考记录，是各种功能的复合体。通过记忆、思考、判断，进行自我存在的证明。

而排列的这个系统本身的大小或严格地说是系统运行速率来决定"意识"对时间感受的快慢。"意识"对自我存在的感受之中亦包含"感受时间的感受"。有观点认为，"时间并不依赖于对象本身，而只依赖于直观它的那个主体。"

（康德《纯粹理性批判》）。"直观它的那个主体"便是"意识"本身，即排列方式与时间感受有直接关系。

在思考过程中出现了一些问题导致此种假设无法再继续下去。初期做了一个不严谨的比喻，蚂蚁远小于人类，它所感受到的时间是很慢的，当然它自身是无法感受到快慢的，这里所说的是相对于人类的世界而言的。在蚂蚁的世界里，它的一小时感受在人类的世界里可能才过了几分钟。反观大象，承载它的这个"排列系统"比人类的大，它的一分钟感受在人类的世界可能会是几分钟甚至更久。而地球这个巨大的"排列"，自转了365圈在它的感受中可能只是眨了一下眼睛而已。那么问题就凸显了出来，"意识"失去了它应有的一致性功能。

在后期的研究中发现之前的错误，我仍然没有逃离出"思维的局限性"。错将"思维"当作了"意识"。"感受"时间的过程里，首先是要有思维对接收的信息进行整理，才会传递给意识，意识本身并不具备分析的能力。说得直白一些就是，意识只能被动地接受思维所给予的处理结果。意识就如同一个"食客"，无法选择吃什么，但是能感受到自己喜欢吃什么。厨师见到食客喜欢吃这个东西（意识在感受到喜欢的事物之后，由思维去思考又被意识感受到），然后主动制作食客喜欢的食物（思维在完成参考意见的汇总之后去让意识感受，意识不表达，但思维可以接收到意识的信息，否则你现在也不会"感受到自己的存在"）。食客不知如何去做菜（意识在此过程中不会去思考），而厨师同样不会知道菜的味道（思维无法感受到"存在"）。所以，在此过程中，做菜的责任只能由厨师来担任，原料及用具（即大脑的物质排列方式）来承载菜品（思维结果信号）的制作。

当然这比喻并不是很恰当，只不过本文主要讨论的是意识而非思维。所以，在此处也不准备进行更多的讨论。

3. 排列与"你"的连接方式

现在我们知道，思维系统的运行是依靠思维，但其本身并无意识。思考的过程，能且仅能思考，是且仅是一个过程。其无法作为最终的目的指向。思维系统必然需要一个指向，就是思考结果所传递的最终"目的地"。

只有"意识的感受存在的能力"可以作为这个"最终的目的地"。只因对于"你"来说，生存的过程永远是以第一视角而不是第三视角，可以断定在意识之后并无更"最终"的"目的地"。思维系统所产生的结果传递到意识后，由意识做最终的决断。在此我要说明一下，"决断"是一个主动的行为吗？在此处不可如此理解，此决断仅能代表意识感受到存在之后让思维明确此感受对意识来说是"积极的"，或是"消极"的。决断不是由意识主动来做，而是由思维处理的结果及参考意见，让意识感知其结果的存在，之后让思维去分析意识感受到存在后的一个物质层面的真实反应。

思维的这个过程，被"大脑"（物质）进行排列之后，具备了向意识收发信号的能力。而思维此时此刻在对意识的"积极"或"消极"进行处理再传递回意识。

所以在此，我们知道并认识到一个重要的问题——大脑不是"你"，"你"也不是大脑。大脑的作用，一部分是思考，一部分是控制身体动作。"你"的作用是时刻感受到"你"的存在并向大脑发出一个指令。当然这并不是主动发出的指令，只不过是大脑在对"你"的感受做相关文件关联自动处理之后向"你"展示结果而已。大脑中有记忆体，"你"可以感知到这些东西，而这些东西都不过是"0、1"这种信号而已，这时就需要由大脑来转换成"你"可以理解的东西。大脑把"你"所经历的"杂多"将"你"的境遇整合之后提供给"你"去感受。可以说现在的"你"都不用去主动做。以"你"对信号的一个"反馈表态"，来确定下一步要去干什么。做个小比喻，电脑中CPU是大脑的一部分，显卡是大脑中的视觉神经，硬盘是大脑的记忆，"你"是什么呢？"你"不是电脑的任何一部分，"你"是电脑的使用者，电脑只能给"你"传输信息，但是"你"并不能感受到"电脑"的世界，以及"你"与电脑世界之间的联系。"你"没有向电脑世界传输"0、1"的信号，只不过在下意识地完成打开"我的电脑"——进入"C盘"一系列的输入。

从而可知，"你"在控制身体的时候也同样，思维被传递一个要去"跑步"这个动作的信号之后，"你"就会不由自主地跑起来。而不是向你的大腿的每一块肌肉发送"0、1"信号，因为"你"把自己的"偏好"传递至大脑，大脑把"你"的"感知结果"经过计算分析之后，发送分配给每一个需要做出响应的部位。

同时不要高估了"你"的能力，"你"毕竟主要责任的能力是感受到自己的存在，所以潜意识是大脑以先斩后奏的方式表现出来，而心脏的跳动或是消化食物是大脑自主以"你"想要活着这个感受而做出的综合动作。所以，大脑移植并不一定是"你"所希望的那一种永生方式。在解释"你"与"思维"的连接之时，我们会遇到以下问题。

①你如何感受事物的存在

此时问题更加直接，"你"是如何感受到这篇文章的存在的？事实上，"你"并没有确定地感受到这个东西，只不过是这个东西的信号被"你"的感受接收到，再被思维整理分析，转化为认知，即，"你"可以感受的信号，在对它的各种外在表象捕捉的时候，大脑利用各种有关职能的器官，对它所拥有的外感官汇总分析，形成概念形态之信号。如，我们的视觉、色彩、明暗等本就在科学上是伪命题，只是光的波长而已。声音也是同样，是震动频率而已，"你"的感知不是纯粹的物质及能量状态。"你"可感受之层级是需要相应的处理结果才方便去被感知的，如在一定量级的聚合物之下，呈现出的外在表象在传递信号及与"你"连接之时，必然是以同样层级的方式去传递，以免产生错误的结果以及反映状态。

②你如何感受自我存在

在此之前，我已经进行过简单介绍。在此我再重复说一遍，毕竟这一个概念及过程是意识本身最重要的部分。首先，"你"要先完成一个内视，感受一下自我，而不是以外感官去感受，用思维去分析自我存在的这种感受。在此过程中发生了什么？

A. "你"感受到自己的存在被理解，因为"你"的思维在向"你"传递着信息，而"你"正在接收信息。这个信息已被"你"感受到是存在的，那么"感受存在的能力"与"被感受的信号"是必然存在的。

B. 在 A 过程中，"感受存在"必然是经过思维的，才可以形成"你"可以理解的信号。而不是如"0、1"的基础信号。所以，大脑在"你"接收到可能被大脑思维的信息有重要作用（虽然在"你"感受存在的过程中并没有起到任何作用）。

C. 指向性明确的行为被"你"接收到，让"你"感受到结果。信息至此到达了它最终的目的地。

我们可以理解 A—B—C 依次发生，亦可理解为同时发生，所以，"你"可以感受到自我的存在或者说是认知的存在。这个认知帮助"你"知道了"它"的存在。"它"是指此篇此节的理解转化为的"知识"。

③ "你"如何感受其他意识的存在

"你"仅可以感受到其他思维的存在，而且是"非确定"的感知。在感知过程中，只能通过其外在表象，通过自己以相同的表象或相似之表象去猜测其思维内容。此问题将在后面章节进行简单阐述。

4. 有多少个"你","你"在干什么

思维可以是唯一的,但并不代表"你"就是唯一的。可以有很多个"你",而"你"也可以并不固定。"你"在改变之后并不会有行为上的变化。这"变化"并不是说"你"本身的感受,而是外人眼中的(假设有外在意识及思维)。且思维与记忆是以大脑本身为基础而形成,"你"的变化并不会对"你"的表象有影响。

在之前的论述中,我们已经得知思维的作用。以结果为基础可知,在出现行为之前,思维在整理分析"你"的"偏好",但是"你"的"偏好"无法直接地与"行为执行官"建立有效的关系,只能通过感受其存在的反馈来使思维开始运行。在思维之中结合各方面因素及相关记忆加以决断,并将此"重要参考意见"呈送至"你",等待"你"感受之后的反应。而此时的"你"没有参与到分析过程之中,"你"只是可以感受分析过程并实时反应状况。那么此时无论有多少个意识或者说"你",与此思维建立联系都不会对最终行为有本质影响。在此过程之中不存在随机事件,所以最

终行为是固定不变的。由此可见，在思维运行阶段直到完成此过程并开始行为的这一连续外在表象之中，"你"不会留下痕迹。那么"有多少个你"这个问题的答案就开始变得不那么重要了。这个数字可以是一个、两个，亦可以是无限个或有固定数量的次无限级别。

由此可以试想两个结果对于你的直观感受的影响。

①朋友或周围可能拥有意识的东西。当他的意识更替之后是否会被"你"或任何人察觉？在他的行为、思维都没有被影响到，依然在完成着前一时间基础单位的连续行为、思维时，"你"会不会察觉到？对于几乎所有人来讲，这几乎没有任何讨论价值。即，在一个意识刚刚与"你"的思维建立连接的时候，意识会感受到思维中的记忆、当下的分析结果以及将要做出行为的参考意见等实时信息。那么"你"会感受到思维已经存在一定的时间，而不是"你"存在了多久。只不过思维在没有领悟到足够知识与认知时误以为思维即意识。事实上，"你"只是在无趣地感受思维的存在而已。

现有资料已知，精神异常人群中患有创伤后应激障碍的人在一定程度上会有分离性反应（参考《变态心理学》），例如闪回，个体的感受或行为好像创伤性事件再次发生等。其表现又属于人格解体／现实解体障碍，这种障碍的表现为以意识为第一视角的思维发生变更，且对环境有不真实的感受，如旁观者一样。此时思维的方式与角度发生改变，注意力集中于特殊角度之上，就如同"全神贯注"一样，只不过在此状态的时间较长，被认定为"障碍"。假设此患者真的有两个意识存在，那么是思维过程出现了问题。思维在最终传递时将不同的结果传递到了两个意识得到不同反应，之后思维开始针对两个结果进行不同的分析过程。在此之后，将由思维分别在两条意识线路之间并行处理，所以会出现持续性人格解体。

所以，在拥有多个"你"的情况之下才可以使精神分裂被完全地展示出来，否则会有部分思维断层的出现，使得自身感受不完整。

②朋友或环境给"你"直观感受之后，"你"以思维为媒介推断其不存在意识，并且此试想成立之后，对于"你"的直观感受有何影响。

其实在我看来不会有本质影响，因为我们的直观最重视的是思维及对象行为的表象给自己带来的直观感受，其次是该对象的内感官。但在此设想之中，即使对象如同行尸走肉一样无法感受到其自身的存在，但其依然可以有正常的行为存在，而"你"一如既往地无法感受到他的意识存在。

5. 意识在做选择，它选择了死亡

此节仅作为闲谈。意识决定思维，思维决定排列，排列决定生物性特质，生物性特质决定死亡方式。

意识的设计范围不间断地进化，扩大着影响范围，由单细胞到复杂的高级生物，由小到大，从未改变的是死亡的最终结果。希望到达的选择，意识会感受到，之后会采纳，这是对于意识的本能的体现。而希望永恒存在或是说长久存在是思维的本能，思维本身是有态度的，这是因为思维本身的"时间局限性"所造成的。

意识则不同，其永恒存在的特性希望通过具备"时间局限性"特质的思维来体验这种特有的感受。

意识的感受是单一的，复杂的不过是一种"潜意识化"的感受。尽管如此，永恒存在也是一种极为可怕的感受。可怕之处在于其对于时间的"无法通过性"。这对于意识来说是一种最高层次的折磨。

所以它选择了可以"死亡"的生物结构去完成其形态的表现。最终，它选择了死亡。

小结

人在 20 岁之前都处于发育阶段，在此过程中意识的涉及范围不断扩大，但人类的自我"存在感"在记忆中有明显变化吗？对于时间感受有过变化吗？都没有，显然这一功能在人出生之后就没有进化过，或者说是没有明确表现的进化。

从 20 岁开始，脑细胞以每天 10 万个的速度减少，到 80 岁时，脑细胞减少到原来的一半，同样没有"自我存在"的缺失感。这也印证了承载意识的物质不会是一个多物质综合构成的集群，而是每一个个体都有的能力，或是已知所有物质统一共有的能力。只不过思维这项功能是大脑拥有的，它依靠的是人体的各种信息的综合汇总处理（当然也是其他意识经处理传递向"你"的决断性质感受），其中包括历史记忆、实时的感受等，在此就不逐一赘述。

有机组织结构本身的作用不是感受自我的存在，而是信号交流的平台，这个平台提高了信息传递效率。所以不要误以为人的脑细胞结构使人感受到自己，它只不过是使"你"能够感受到自己的这种本质感受可以被思考与交流而已。

三、意识承载力分析

1. 意识承载力的进化方式

首先，我们应该对意识承载力下一个定义。我界定了一个范围，它代表意识接收信息的能力。它体现了意识接收信息的量与范围。量为串联信息，范围为并行信息。即，量的多少体现出同一个信息在固定单位时间内传递给"你"的详细程度及强烈程度。范围的宽窄体现出"你"在同一时刻可以感受存在的丰富程度。

意识承载力的进化，是以意识本身决定于"感受反馈"而引导的，任何事情的发生（对于有意识者而言）都必然由自我选择而为之。

在久远的进化过程中，其能力在量及范围上由小变大，由直接变为间接。这使得"自我意识"对物质（躯体）的控制更加简单有效。意识进化初期，其承载力作用范围仅为"自我意识"本身与其本身承载物所直接接触的物质。通过力的作用传递至其他意识或物质之上，以达到控制或影响的目的。尽管在现阶段，我们的意识仍然仅能作用于直接接触的大脑，但是其间接可感受的范围已经不可同日而语。

通过"力"的不间断传递，物质与物质（意识承载物与其他意识承载物）形成复合体，从而形成智慧生命的基本要素（有机生命的基本物质）聚合物。至此意识的承载力进化过程完成了第一阶段。

在第一阶段中，我们可以尝试另一个假设——如果初期物质并无意识作为基础，而是后期的物质结构导致意识的产生。

在这种假设之下，物质与物质之间只有力的作用，那么力便缺少一个重要因素——"由感受反馈而引起的选择作用力"，那么物质组成方式仅会借助引力的作用，原子（世界的基本点，并非化学中的原子）之间相互吸引直到所有的物质平均地聚集到一起，什么特殊的排列都不会产生。是意识使得力有承载之下的"选择权"，导致了物质有不同的排列方式。并有明确指向性地产生了易于"交流"的有机物，给高级生物的产生提供了基本条件。所以，若无此条件那么无法产生思维。所以物质与意识承载力之间有必然联系。

所以，在由意识进行主导的进化之中，物质的排列组合开始进行初期指向性明确的发展进化。

2. 意识的进化过程对物质结构的明确指向性

指向性的形成是意识本体的纯粹欲望引起的。在这句话里我要说明一下"形成"一词，它用的并不是很适合，因为"形成"是从无到有的一个过程，而在我看来，指向性与意识是永恒并存的。但是从理论上需有一个原因——因欲望而导致指向性，尽管它们是同时的、不分先后的，只是在逻辑上有因果之分而已。"欲望"一词看起来似乎是心理概念，不过对于无思考过程的意识而言，并无心理一说。这是一个本能的、纯粹的，让意识去感受其存在同时反馈结果的各方向的选择。

在思维影响之下，它选择了本身更易"表达"与"沟通"的物质结构，令理有效地运用了其自有的承载力，使得有机物质结构的形成成为可能。当然，之前也提到了，这一切都不是随机发生的，说起来有点像"人择原理"，这里就是"意识择原理"，只不过其内在内容还是有较多的不同之处。在我理解中"意识择原理"的"明确指向性"是"人择原理"的有效解释更加贴切一些。以下会为其做简单解释。

在意识进化的第二阶段中，连接单一意识的聚合物是指向性明确的意识，影响的作用范围扩大，作用程度也得到了进一步体现。多种聚合物组合成初期生命的基本结构。而在此指向性之下，生命的结构也同样体现了"意识共性"的平衡结果。不同意识之间有默契地达成协议（当然如果意识唯一就是不用达成协议，自然而然能得到统一的结果）。通过生命形态的繁衍，"意识体现"的轮换得以进行，并以生物的"死亡"来有效解决有限物质储量的每个"意识"的均衡资源配给。当然，在现阶段的研究之中我们就谁是"配给意识"、谁是"被配给意识"的问题还未有结论，但是并不妨碍我们做出"它们在轮换"的结论。有趣的是意识在生命形成的最初期就找到了最合理的分配方式，这充分地体现了意识在进行物质结构的搭建时，"聪明"且拥有"明确的指向性"。在最开始，做出了最合理的选择。

在进化过程中，意识根据其所处的环境不同，通过多种不同的方式来主导物质进行改变，使其缓慢延长意识对于承载物的占有与主导权。以此来证明与体现其自有的目的，也就是本节所说的"指向性"。

由物种的群体性特点可了解，意识的进化方法拥有较高的普适性（当然亦有可能是由于意识的种类或说是群类有区别而导致进化的主导方向发生改变，从而产生不同的意识表现形式）。物种的群体性特点产生的基础，是必然由主体意识来主导才可完成"产生"的过程。其原因可通过反向思考来寻找答案。如果物质群自然地、随机地进行排列，那么产生的物质形态亦是随机的、散乱无序的。纵然世界的定律具有一定的指向能力（同时也不排除"定律"即是世界意识的指向性，物质给予世界思维以感受结果信号至世界意识，世界意识做出的反馈即是它的明确指向性），但是其始终无法基于物质形成具有高度统一共性特点的物质群体（世界意识统一除外），更无法形成有利于意识相互交流的生物物种形态。

所以，意识的感受可以通过物质与物质之间的交流而体现，基础在于前期准备工作——形成由意识主导的可交流物质集群。而物质如此进化的根本原因在于在此过程中意识所给予的明确指向，从而达到意识承载物易于交流的排列结构。

3. 力与承载力的衰减，永恒能量的传递

力本身是不会衰减的，它就如同万有引力一样，是恒久存在的。这里衰减的含义是力作用的程度变化而体现出衰减的表象。它所作用的对象在无休止地运动，所以其作用对象在经过时间之后会发生改变。像是一种与代谢很相似的方式。有新的物质来，逐渐地与意识及思维建立联系，同时也有老的物质离开，逐渐地与意识及思维断开（淡化）联系。不过此处的思维不是我们大脑运行的那个思维，而

是与意识联系最直接，最基础的那个思维。

之所以要对作用对象进行更替，是因为一方面要以"信号发送器"（大脑）的信号稳定程度为保障，另一方面是要使接收方"自我意识"有一个休息时间，来保持长久的连接信号。尽管力本身是不会改变大小的，但是对象的改变（形态的距离）会使意识有固定的新鲜感，从而提高作用的时长。

猜想：人在入睡的时候，意识的承载力下降到较低的点（重申一遍，不是力本身，而是作用到物质之上的联系）。与此同时，其作用对象也同样有部分小动作地转移。在一个身体之中并非只有一个"你"可以感受到自己的存在。所以发送的信号是相同的，并不会使得今天新来的"你"感受到什么不同。对死亡之恐惧是由脑组织编造出的信号发送给你的。这像是其他"你"在被更替之后的一种哀号，向"你"源源不断地传送而来。

所以不难想到，意识更替不会改变思维，周围人不会察觉得到。之前也提到过，意识共性会使同情况下产生同样的感受反馈（同情况下即是传导同样思维记忆等信息），从而得到相同的最终决断。所有意识反馈既然得到相同结果，那么意识极有可能是物质在此世界遵循的"规则"。

所以，这样的猜想之中，物质是意识形态在世界之中的表现方式而已。由于意识永恒不变的"决断规则"，使物理以及各种现实理论得以体现。而与此同时，其拥有的作用力也在此基础上永恒地"传递"下去。在传递的过程中，个体也在不断地衰减与新生着。

4. 承载力遵守规则的原因及导致的必然结果

要理解"原因"与"结果"之间的必然联系，首先要理解"原因"究其根本是个什么东西。

时间的每一个节点都是"因"，其内容包括的是杂多的。单一结构的物质与意识无法生产出"结果"，因为它对任何事物都无法造成影响，也没有任何可影响的对象，那么意识的承载力遵守着固定的规则，互相影响。而其规则造成了所有事物发生轨迹的"必然性"与"无法变更性"。

在此不得不提及空间与时间的基础单位。基础单位是不可分割的，它是一个世界的测量单位也是唯一组成单元。在思维之中，空间与时间必然是相互依存的，度量时间是所谓空间中物质运动的基础单位的距离以及频率，度量空间也是如此，是由物质在时间中移动的距离和频率来测定。可以将"弦"的震动的一个周期的范围作为空间基础，一个周期的时间作为时间的基础。暂时假定在半个周期中不存在物质，同样不存在时间。在此，物质所占用的空间是固定不变的，不存在无物质的空间，同样不存在无意识的空间，不存在真空。在空间中每一基础单位之上必然有物质来测定时间，以使其可以被直观感受到。

基础单位从本质上是一样的，只是组成方式的不同使得呈现在我们面前的表象有着很多不同，就如同用同一支笔写出的很多字，由于组成方式的不同，从而让人可以记录信息和得到信息。而前前后后每一页的信息都是完全不同的，以这样的想法去思考，不难想到在大吸引力作用之下，为何会有所谓的"空间扭曲"的现象了。那是因为在大吸引力的环境下，物质在被承载力作用着，只不过人们以为它是真空而已。所以，或许有一天，承载力可以进化到直接与空间建立连接。尽管我理解的空间与人们思想中形而上的空间有一些区别，不过从表象上看是没有什么区别的。

在我们已知的世界之中，物质总量是固定的，所以意识总量的固定可知所有时间点的结果必然是固定的。我们先假定一个小的世界，其中只有9个基础物质，那么如下：

时间1（因）　　　　　　　　时间2（果）

```
A ──→ B ──→ C      D       A     B

↑                  │
D     E     F      │       G     I     C
↑     │   ↗ ↓
     │  ↙
G ←── H     I      H       E     F
```

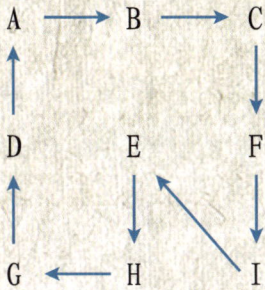

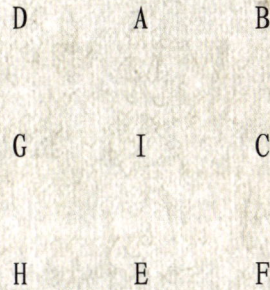

　　它们的每一个物质的位置变化都必然遵守力的方向移动到时间2的状态，A向B移动导致B向C，C向F……D向A也同时导致了A向B。所以，此世界每一个物质的时间1状态共同导致了下一时间单位的状态，此规律并不会因为世界物质的杂多而受到丝毫的影响。

　　此刻，应该惊奇地发现：世界从诞生的第一刻就已经决定了"现在"和"将来"，或者说世界诞生的那一刻并不仅仅是那一刻，而是从时间开始到结束的所有一切。承载力即为世界之中力所体现的本质，物质的主观意识反馈出一个固定方向，所有事物遵守这个规则运动到下一个时间节点。

5. 思感信号接收集合与指令集差别

①思感信号的接收问题：对于意识来说，它的本质功能是单一的，但这不能阻碍复杂信息的最终传递。人体各部分（更准确地说应该是信号发射单元，而非概念上的四肢以及脏器）向思维传递的信号是初层次的信号集合，由多个信号集合先后到达思维处进行汇总，形成新的后层次集合。思维以一种高级管理者的姿态将此整合在一个时间点送入意识，等待意识的最终反馈。

在此过程中，信号集合是一种复合型的模拟概念，如皮肤被割裂之后的痛感、视觉接收到的整幅画面等，在思维中都不是以数字化形式传递来的0、1信号群。从表象上看，这种集合的传递像是思维向思维传递感受的过程在自我意识中的一种映射，当然也可以理解为各个意识向各个意识传递过程中的一种映射。通过各种杂多的感觉器官（接收视觉、听觉、触觉等信号的器官）宣誓它们的存在，它们的下属细胞集群通过各个点的信息汇总传递来向各个感觉器官宣誓其存在，如此层层传递，不断证明着物质的每一个基本点的存在。以此推论进行分析，可以得到：由于物质世界中只要有信息的传递便须有意识作为基础，因此"你"接收信号产生思感的过程便是所有物质在宣誓它们存在的一个过程。

②意识不可以作为集群效应的表现形式。意识只是存在与不存在的单一形式。而承载思维的是大脑，大脑缺失可以导致人的某些功能逐渐受损，也可以在脑细胞分裂过程中逐渐得到某些功能。这些物质集群对于意识无法起决定性作用，也就导致意识与整个身体之间的关系相对独立。常规概念下，"你"与"我"泛指组成"你"与"我"的物质集群，而"你"或"我"的记忆及思感是对于"你"或"我"的二级从属关系，至于"你"或"我"的身体这些间接物质集群是三级从属关系，被其他思维承认而产生的从属关系如财产等是四级从属关系。这样的体系在"你"与"我"的思维中界定出了严格的层级差别，使得意识产生的反馈结果在不同阶层的指令集得到有效传递，并以物质集群原有状态的改变来体现其真实存在。

四、意识证明废论
—— 承载力实践分析及相关猜想

1. 梦境与非梦境的基础辨析

①常规辨析

普遍经验告诉我们梦境是由自我思维臆想产生，不是客观真实存在。所以在梦境中环境由思维改变，是不自知的，因为自我思维与意识制造梦境的依据是自我认为合理。思维在梦中是可以改变梦中物质的（尽管那些不是真实物质，但思维明确地告诉意识那是），而在非梦境中是不可以改变与控制物质的。那么思维与意识操控的身体（如果身体算是物质的话）是一种什么表象？为何意识与思维做到了梦境中才可以实现的一部分能力？并且通过对物质的操控，间接地对其他部分物质进行改变，这显然已经超出了思维与意识的原有制约。

②理论辨析

共同梦境让意识承认其合理存在。无论噩梦还是美梦，这种带有主观心理感受的梦境都具有无法操控性。

非梦境物质的影响力涉及的一切事物，在非梦境与梦境中的结构一样在影响着感官与思维，促使其认为事物发展合理。无论是科学现象还是理论，都可以理解为自我思维向意识的一种辩解。以实践得出的科学知识被汇总成为常识，持续不断地告诉思维意识："这些都是合理的，你周围的人都这么认为。"这话感觉就像是在梦里有人告诉你这不是梦，你离开梦境之后还深信不疑一样可笑。

（在梦境中，思维以意识自主反馈为主要依据，如果意识在反馈的信息中内容足够丰富，那么思维便可根据此信息完成与现实完全一致的模拟。且如果主观意识有意愿将梦境模拟超出思维认知是完全可以的，因为之前的研究之中提到过，意识与规则必然高度一致，那么无论意识是承载于每一个基础物质，还是所有物质集群，都可以通过对自我意识的进一步了解而加深对整个世界的了解，从而得到在认知上的加强，或是获取新的知识。）

在一定感官极限的背景下，你无法超越极限理解与思维，这在任何环境下都有效。就如无论时间流逝或快或慢都不会影响你对时间的感受。因为你是基于此去进行思维的。常识中非梦境只不过是相较于常识中梦境似乎更清晰而已，"这是现实"的理论依据是严重缺乏的。也许只有当"你"从"现实梦境"（所谓的非梦境）醒来之时，才能了解到并通过自我意识证明之前的一切其实是梦境而已。

而当"你"醒来之后，依然无法证明是否仍然身处另一层梦境之中，所以对于梦境与非梦境的证明是毫无实际意义的。

2. 记忆的不稳定分析

①"刚才"的思考内容对于"现在"来说是模糊的，细节近似于梦境无法被详细思考。所以难以判断"刚才"是否真实有思感存在，只能确定刚才的记忆中有对于思感信息的描述存在。那么刚才的意识对于现在的意识来说是谁？

然而在众多记忆中必然有不容易回忆起来的和完全忘记的某些事物，那些思感记录的归属权就产生了争议，这就连自己也无法证明当时的自己是实存的。那么拥有这些的是谁？

思维对身体有绝对的主导权，但是思维以及思感无法判断最终归属，那么将会继续衍生问题，在"刚才"的诸时刻里身体归属无法确定对象，对象与对象以及对象与主体之间是否相互独立？"拥有感"是否可以共享，自由经验观念是否可以容忍"拥有感"被强行共享，在被强行共享之后是否会产生敌对思维？

②思维记录被篡改的思考

思维记录本身就是一个不断被篡改的过程，依据就是自己本身的思维。所有事物产生表象，在思感中映射出信号，被思维汇总之后经过加工放入记忆中。这些思维记录的书写者是思维本身，所以在记忆中思维拥有"相对"的主导权，即无限接近统治者（自我意识），同时也是当朝史官。之所以要提出"相对"的而不是"绝对"的，是因为意识拥有的感知反馈会影响到是否将此记录与怎样记录，这也是会产生记忆混乱的根本原因。

然而，篡改的结果有记录，但篡改的过程没有记录，这就导致篡改之后的记忆让思维认为"刚才"就是这样的。这就如同我们在研究历史的时候只能够通过史书记载以及人文产物来推断历史中所发生的事。由于没有人真实在那个时间点经历那段历史而无法确定其实际发生的事件。（篡改过程记录即使被记录下来也可以理解为被篡改的"篡改过程记录"，针对这个进行严谨的理论研究本身就无法得到科学结果。）

所以，通过被篡改的思维记录来对过去的思维和意识进行研究是不具备实际意义的。好在无意义的思考过程可以得到"这样思考是无意义的"这个结果，好在这相对于"研究本身"还算是有意义的。

3. 预感知与思维记录错觉

清晰详细地预先感知到将要发生的事与思维记录发生错误都会产生"既视感"。对于主体意识来说，这两种思维方式达到的效果很相似。区别仅在于"客观事件"与"假想事件"发生的时间，所以拥有通常意义的正常思维无法辨别在事件发生时产生"既视感"之原因。

如：若假设先时间发生事件为思维臆想，现时间产生幻觉认为该事件发生，在后时间依然可以认为现时间（对于后时间已成为先时间的状态）的事同为臆想。因为证明两件事（先时间臆想事件与否定先时间臆想的现时间事件）都具有相同的属性，都为思维记录。既然"既视感"能够产生，自然思维有明确记录，并告知意识此事件发生过，那么两件事的发生在思维记录里都可以被肯定或否定。

再如：先时间臆想到现时间的事会发生并真实发生，也仅会在后时间里以思维记录的形式保存，依然无法证明真实事件的先后顺序。

意识在此记录过程中完成着本职工作（感知存在及实

时反馈），思维则提供相关材料给意识，意识最后的反馈影响思维，哪些记录成为先时间"真实"事件，而哪些则被抛弃沦为恍惚的记忆。意识本身不具备记录功能，它只能通过思维记录的翻阅来进行新一轮的感知反馈，当然这不是"基础反馈"（依据单一基本原理完成的反馈，在后篇将会有简单论述），而是"叠加反馈"（多重反馈叠加在一起，使得反馈过程看起来似乎有思维）。在此反馈过程中，若参与的反馈不统一便很容易产生幻觉。

综上所述，既然常规概念下"既视感"中的先时间是幻觉，那么客观事件发生之后的思维记录一样可以被默许为幻觉，这样看来此深究便是无意义的了。

4. 世界意识与变化研究的杂谈

①世界的神经系统演变

在前面章节中提到每一单一物质都承载本体意识，而意识的主要职责是感知存在及之后的反馈。这是对世界演变研究的重要基础。

物质的感知反馈结果在同一时间互相影响，形成世界整体环境，使得物质做出运动而形成"通过时间而变化的状态"。世界的所有物质反馈的结果完全同一，这代表世界的意识与每一物质的意识是同步的。宇宙形成之初到结尾（至少是这个时间段，因为这个时间段的科学理论规则没有发生也不会发生变化）是同一意识，那么最终目的也是同一的。

②以这个基本理论作为起点谈世界发展

现代科学通常以宇宙大爆炸作为的开端，宇宙开端是一个奇点，当它的状态超过了一个临界点，发生了"爆炸"，直到现在宇宙都处于爆炸的过程中，或者说是受到大爆炸的影响。宇宙中大质量的物体都在向各方向高速运动中。所有的物质的向外运动都是初始爆炸的作用力导致，所以其力的作用时间已经结束。尽管向外的相对速度是极大的，但是却不是恒定持久的，一旦有其他的干预，物质向外的势能也会减小。可是产生了一个有趣的东西叫万有引力，即使物质与物质之间的距离很远，作用效果更是微小，但始终有一丝向宇宙内部的力。所以经过漫长的时间之后，宇宙将会把所有的物质聚集到一起，之后产生高密度聚合体，所有意识回归到一个奇点。之后再重新爆炸，轮回往复。

万有引力的存在体现了意识反馈中的"聚集倾向"。进化过程中也可以见到"聚集倾向"给世界带来的重要影响。不同种类的微生物、细胞、细菌，分工协作，组成更高级别的物质集群，使意识及思维的表现与沟通更加方便直接（说直接可能不准确，应该是更有效率），所以在此阶段中，无论意识与思维协同是主动的还是被动的，世界的发展方向都是聚集在一起。而最后的结果，不管思维主观是否希望如此，都会因意识的最后反馈结果而回归到奇点。

③世界自我意识信息交流与传递

自我意识之间的信息传递绝不会是通过量子纠缠效应而同步传递的，因为量子纠缠是同步传输信息的。意识思维的信息交流如果通过量子纠缠来传递信号，会导致宇宙意识认为时间是恒久无法通过的。不仅仅是宇宙不愿意承受这样的结果，更因为要产生意识需要连续性，否则与没有自我意识就没什么区别了。

另一项公认的最高传输速度为光。世界意识（同物质意识）的进化在生物体中得以体现，通常的生物都进化出光接收信号的渠道，同时将每个物质个体有效地连接起来。就如同我们体内的每一个细胞，"你"给它们的信号没有告诉它们应该如何去做，只需要它们在得到统一信号之后的本能反应。

④通过弦理论的研究，得知目前可以理论证明宇宙的最小组成单元为"弦"

弦是由空间本身的震动所产生的，由此可进行有趣的猜想：物质是能量对空间进行影响的一个表现形式，没有能量就不存在物质。

能量互相之间不存在实用物理定律，所谓的实用物理是针对能量表现形式的群体效应进行的研究。如果物质本身是能量的话，那么意识与能量之间的关系研究便变得更加有趣味性。

三种可能：A 先有意识；B 先有能量；C 意识与能量同时存在。

A. 先有意识。由意识产生力相互作用，导致"无"的状态被打破，意识反馈影响了能量之间的相互行为规则。对于意识来说在同一个时间（我更喜欢说它是"点"，因为"时间"未必是存在的，可能是意识的诸状态与诸可能的另一种表现形式而已）有共同的意识反馈，并且所有能量受共同的一个意识所影响，要么是所有能量的产生是由同一个意识引起的。
   之所以意识存在有连续性，是因为在这个"点"上意识的存在。

B. 先有能量。在世界之中，我们可研究的是事物的运行规律，能量是可以研究其转移的，却无法研究其如何从无到有，又从有到无。与其具有相似性质的意识也是如此。所以说意识是从能量之中产生出的一种特殊能力也未尝不可。

那么意识在行使它的本体能力的过程便可认为是对于能量本身的消耗，而受到意识反馈影响的其他意识（或能量，或物质），是本身能量的增长。

C. 意识与能量同时永存，也同时不永存。

意识在对自我存在感知的同时做出反馈，这样的反馈同时转化为能量，这种情况使得所有能量在无限的时间下（无限的诸情况下）永久地互相消耗与生产，得到永恒统一的定量。不增不减也可以说同增同减，使得整体能量得以平衡。由能量使空间震动，表现成"弦"的形态，再由"弦"本身产生（用"产生"一词可能不是很准确）意识，再由意识反馈影响"弦"的继续震动，致使能量的产生。在一个时间节点之上完成一个转化周期，这样来确定我们常识中的"时间基本单位"。因为在这样的一个时间点我们无法将它分开研究，如果将之拆分，那么世界便不存在。就如同在物质空间之下拆分"弦"，同样也是不存在任何意义也不可行的。

举一个不严谨的例子来说明：在一个视频画面之中，1920*1080个像素点上，每个点都无法以画面上的度量单位来进行研究，而每秒无论是20还是60个图画，对其中一个画面进行拆分也仅能在这个时间上拆分出两个相同的画面，这样做是毫无意义的。而我们就是这段视频画面。

5. 自我逻辑谬误

我们在研究很多问题时均以符合逻辑为基础。一切结果都有其原因，这没什么问题，但其有一个特殊的局限性。我们世界物质（或者说弦）的行为逻辑是依据我们意识反馈而产生对其原有状态的改变现象，那么如果其他世界存在，有另一种逻辑的话自然也就无法以我们的推论来测度。然而这都不是最重要的，也不具备实际研究意义，更不可考证其实存性。不过有一个问题是有意义的："我们从哪里来"。既然我们的逻辑针对其他世界无法测度，那么对于"因果关系"之产生原因更加无法进行研究了。（也就是说，以我们的逻辑与认知有一天找到了"从哪里来"的答案，那么这个答案必然要符合逻辑，那么这个"哪里"就不会是真正的"哪里"，所以答案必定是不准确的。）

在我们的认知里，一切事物发展必须符合严格的科学定律（这里的科学定律不是我们了解的科学知识，而是客观正确的定律）。有果必然有因，有因必然有果。可是这条定律如果是在这个世界产生后才出现的、仅适用于"这里"的局限定律呢？如何以被产生的定律来研究产生定律的事物，甚至是没有任何原因的产生？它的逻辑未必以我们认知的方式存在，一切研究都是被固化之后的思维进行的片面猜想而已。

以此得出结论：

A. 针对"'一切结果都有其原因'这条定律产生的原因"的研究，不能以"一切结果都有其原因"的定律去进行。

B. "使意识所遵循的逻辑产生"的逻辑必然会影响到意识反馈结果，那么使意识产生的这个原因必然不符合意识的逻辑，否则意识不会产生。

6. 意识存在的无法证明

一个定律存在的理论证明，都必然需要此事物的表象以及其表象所代表的内容有必然的关联才可以，意识的存在显然是严重缺少的。即使思维的情况与运行方式都是人们依靠信息交流"猜想"得到的结果。在人们的主观思维下，对客体的语言、表情等一系列的信息综合进行运算，主观地"猜"出结果，而不是以真正的思感去亲身体会而得出结果。

在这里，我并不是说意识不存在，而是对于客体意识，"你"无法证明其存在。显然一切证明客体意识的存在都可以定义为证据不足，所以对于意识的讨论，我暂时定义为"除我以外，不存在意识"。

以我自身经验而言，在我产生思感并记录下来起，这些思感的记录中没有针对客体意识存在过的任何记录。在我的记录中，有且仅有一个思维记录即是"我"这唯一意识。假定物质真实存在，在记录中会有持续不间断的物质信号输入到思维中，意识通过感受这些信号作出回应。相对来说，客体意识载体是这些物质，目前可以确定没有任何思感上的信号传递过来。有人会说客体的语言等信息，如此电视机也是有意识存在的？人工智能也是有意识的？可以了解它们有诸多共性，以后自然也会出现与人类存在更多共性的事物。而它们都有着一个最关键的共性，无法感受到其意识的真实存在。当然，我们不能以此证明客体意识不存在，但是对于主观思维来说，显然其不存在的证据要远多于其存在的证据。

再假定另一种情况，物质并不真实存在，世界之中有的仅是信号的交流，所有的事物如同梦境一样，都是以信号的方式存在，而不是以物质的结构存在。

世界如果是这样的，"物质"（假想出的物质）向自己的主观意识传递信号时，可以传递几乎其所有特性，如形状、光信号、触感、温度等，为什么唯独没有传递本应客观存在的意识呢？为何没有让主观意识感受到其自身的存在？这么说起来，客体意识越来越像是不存在了。

五、结束语

世界上只有一个意识存在，那就是正在看这篇论文的——"你"。

2.4　新的经历

李想将论文放到一旁，看了看天色，外面的阳光还很足，看来看完这篇论文用的时间没有想象中的久。而在他的内心感受中似乎又过了很长的时间，甚至不仅是几个小时，而是几天、几个月的时间。读完它，李想有着满满的认同感，尽管有很多地方读起来不是很明白，但是从感觉上讲又能够较为理解赵游想要表达的意思。只是让李想有些不明白的是，因为这一篇论文就可以让赵游进入这家精神病医院？这未免有些荒诞了。

对于这篇论文，虽然有许多问题想去问问赵游，但是李想也没有急切到现在就去找他。现在的他感觉很疲累，最需要的就是到处走走，换换脑子，放松一下。李想从来没有想过，住到精神病医院里还可以有事干，打心底嘲笑自己。

李想悠闲地在楼道中走着。也不知道这是下午的几点钟，楼道和公共区域的人都很少，平时常常到处走动的病人们大多都不在。他觉得很累，这种累不是身体上的，而是精神上的，用脑过度的那种累。现在的李想有些怀念以前的生活，静静地坐在自己的沙发上，什么都不想地看一会儿电视，全身心地融入下午的安静中去。他不是因为看论文看得累，而是从住到医院之后到现在精神上的长期压抑导致。现在的他迫切地想找一个人说说话，这个人最好是一个自己熟悉的人。也不用如同赵游一样有复杂的想法。他慢慢走着，又闻到了那股淡淡的腐臭味。

李想突然看见一个陌生的身影，这个身影从未在这里见到过。经历了这么久的精神病院的生活，他可以说几乎所有的病人都见过。他确信这个人不属于这里，无论从走路姿势还是行为举止上都与这里的环境格格不入。他静静地跟随在那个人的后面，想看看那个人来到这里要干什么。慢慢地，李想悄无声息地靠近着，似乎那个人手里拿着什么东西，但因为距离的问题有些

门里门外

看不清楚。在好奇心驱使下，李想慢慢地靠近那个人。走近了之后，看其偷偷摸摸的动作，李想就能清晰地感觉到那个人绝对不是正大光明地走进来的，看起来一定是有些什么别的目的。这让李想自然而然地对那个人没有什么好感。就这样静静地跟着，走过了公共区域，时不时会有一两个病人的目光扫过来，但并没有过多的停留，也是，没有什么异常的事会引起精神病人的精神波动，他们这些人都是麻木的。又走过了一间一间的病房，有许多的病房都没住满，这让李想回想起从自己病房离开的病友，看起来这家医院本来就没有自己原先想象的那么多病人，自然也就没有必要非得挤在一起，这样把人都分散安排挺好的。也许是方便管理吧，都住在一起的话，医护人员自然可以少走些路去查房和送药，完成那些枯燥的日常工作可以节省不少时间。

那股腐臭味不知何时开始，变得略微重了些，只不过早已习惯的李想没有过多的注意。前方的那个人时不时地将手里的东西拿起来，又放下，走几步再一次重复着之前的动作。已经快到走廊的尽头，李想看到一旁的杂物间，没有犹豫，一下窜了进去。在里面随手拿了像是棍子一样的东西，挥动了两下，感受下硬度和重量，适合用来防身。当他准备出来的时候，刚好那人从门前经过，扫到了屋子里的李想，顿时吓了一跳，转身就跑。李想没有想到这人居然这么胆小，刚刚还在楼道里大摇大摆地走来走去，也没见到怕什么，难道是……他刚才去的地方有什么特别的？因为李想刚刚窜到杂物间没有看见那个人去了哪里，干了什么，所以李想有些好奇，那个人的意图究竟是什么。二话不说，李想立刻追了上去，两人疯狂地在医院里追逐着，好像这场追逐持续了很久，但始终没有追到。李想见那人一路狂奔，跑出了这栋楼，随即也努力地加快着速度。跑到了楼门口，只是不知因为什么，他突然感觉时间在疯狂地拉长着，眼看着大门就在眼前却无论如何都难以到达。甚至几度产生一种脱离感，让他以为自己或许是在跑着跑着睡着了，直到站到了这个楼门口，他才醒转过来。他感觉时间已经过了很久很久，那个人可能已经跑得无影无踪了吧。打开了门，李想走到了院子里，如他所料，那个人已经消失得无影无踪。他静立在院子的中央，全身是汗，臭味不断地从自己的身上散发着，浑身都不舒服，到处都脏兮兮的。手上还都是尘土，可能是刚刚在杂物间翻东西时弄的吧。看外面的阳光已经逐渐暗淡了下来，时间过得可真快，

128

没有干什么这一天就这么过去了。

看起来刚才那人是逃出去了，只不过地上的杂草太多，看不见那人是往哪里跑的。李想慢慢地让这件事淡出自己的脑海，既然没有追到，那就与自己没多大关系了。只不过这个事情让李想觉得很奇怪，为何见到自己会跑呢？这个人做的事与自己有关系吗？李想百思不得其解。在院子里吹着风，这个时节还是很冷的，他身上的汗使他有些发抖。回去吧，时间也不早了，看这阳光已渐渐变得昏暗，想来已经快到吃药的时间。

走着走着，忽然发现地上有个什么东西。李想慢慢地走过去，看地上放着一个照相机。周围的杂草看起来被清理过，要不也不会如此简单地发现这个东西。他回忆着，这东西似乎就是刚才那个人拿的东西，他在拍什么？李想将它打开，翻看起里面的照片。可能是因为光线不够亮，前几张都很模糊，看不清什么，都是些空房间，没有什么特别的。说起来倒是有一张有些特别，地面上堆积着不知是什么东西，看起来有些恶心，只不过亮度确实有些低，如果能放在大屏幕上，再调整下也许能够分辨出这些东西吧……李想不断地翻找着。看到有张照片上有个人影，还算能看见大概的样子……这……是赵游！那个人在照赵游？这件事与赵游有关系！他继续翻着照片，看看里面会有什么线索。没多久，又看到一张，应该是上午的照片，赵游与自己见面的照片。照片上的环境看着是楼道里，李想认为应该是自己与赵游在病房门口的时候吧。不过也说不准是否是今天，照片里没有时间及日期的信息。看来这个人有可能是知道他与赵游的关系，所以见到他突然出现才会惊慌而逃的吧。李想看着照片中自己的样子，感觉很陌生，可能是因为自己从来都没有在这个角度如此距离看过自己的缘故吧。这样的身影还是头一次见，只不过略微有些眼熟而已。李想没看到其他特殊的照片便将照相机关上，带着走向医院楼。

到了病房，李想立刻将照相机藏了起来。刚收好没多久，医生和护士便走了进来，例行公事地将药递给了病房中的每一个人。看起来这两人的神色似乎有些不太自然，应该是在今天的某一时间发生了些事情。护士看起来倒是不太明显，医生就不一样了，与平时很不同。发完药立刻急匆匆地转身离开，像是有很着急的事要去处理。在往常，虽然医生不算是一个认真负责的人，但至少在发药的时候会像查房一样，多看每个病人一眼，今天似乎是心不在焉，谁都没有多看一眼。不知是不是知道了什么，会不会是听人说了今天在医院里发生的事，如果是的话，那肯定查看了监控录像，知道了闯到这里的那个人干了些什么。现在医生的状况与那个人拍的照片就有直接联系了，或者说与医生"以为"拍到的照片有联系。医生不知道那个人到底拍到了什么，所以如此紧张，或许那种神态应该是叫作紧张吧……照这么说，李想捡到的照相机更不能让医生知道，虽然他知道里面什么有用的信息都没有，但是医生估计是不会相信的。因为医生一定认为无论谁看到那些照片都会删掉或是隐瞒。在李想看来这个照相机得好好藏好了。

　　吃完药的李想困意渐渐地充满了全身，慢慢躺了下来，这一天让李想十分疲惫，像是度过半生那样疲惫。不知是因为读了赵游给他的论文还是什么原因，感觉上周围很多东西都与他的原本印象不同了。

　　渐渐地，李想又睡着了，这个梦李想感觉很熟悉，像是曾经梦到过相同或类似的情景，又或许是曾经历过的真实发生过的事。李想站在空荡荡的一个地方，可能是因为现实中的自己很累的缘故，所以在梦中也一样，他拖着疲惫的身体，不想动，但却站着。他不知道自己为何在这里，也不知道自己要干什么。当然，此时此刻李想完全没有认为这是一场梦。没来由的，李想开始颤抖，这不是源于对某事的恐惧，而是像有预感要发生什么事情，也在担心着这件事是否会就这样发生，但就是说不上来这件事到底是什么。纠结、压抑，难以控制自己的情绪，周围什么都没有，能看见的，就不过是空旷的地面而已。但是这里一定是发生了什么事，因为之前的颤抖在逐渐消失着，也有可能是从李想站到这里开始，那件让李想不舒服的事情就已经解决了。他逐渐将精神放松了下来。也不知怎的，李想常会梦到空无一人的地方。他在这个地方不断地给自己编造着理由，自己是很久没有在这样的地方安静地休息一会儿了，自己渴望来到这样的地方，远离人群，尤其是不正常的人群，就如同周末给自己放个假一样，休息一会儿。只不过哪里会有真正没有人的地方，这里是城市，没有一片空地是没有人的地方，刚有这样的想法，就遇到了一个人，一个陌生人，也不对，这个人看起来像是之前见到过。这个人像是在等待李想一样，看到李想主动打招呼，但是却没有动，右手抬起表明了自己是友好的，呼喊着什么，李想没有听清楚，只是看样子应该是让李想过去。李想挪动着脚步，缓缓地拉近着距离。两人交谈了起来，但是李想实在想不起到底在说什么，那人时不时地看向一旁的位置，手里在做着什么小动作。李想一点儿也没有在意这些，因为他看什么都感觉很朦胧，甚至都有些记不起前一秒发生的事。可能很多人在梦里的时候都是如此的吧！李想转身要离开，但却发现周围有些昏暗的，不知不觉间竟然换了场景。这是一个狭长的走廊，前面是一扇门，李想能够从门缝里看到屋子里。那边的阳光有些刺眼，李想有些不那么适应，他在犹豫着要不要进去，就如同这场梦刚开始的时候一样，静静地站立在门口，没有把门打开，也没有将门关上，就这样偷窥着空无一物的屋子。

　　李想缓缓闭上双眼，感受着时间的流逝，很久，很久，很久。他站在这里好像又做了一场梦，梦到了许多事，经历了很多天，就站在这扇门的外面，身体更加疲累，甚至有些地方开始有了痛感。从若有若无到某些部位强烈的痛感，越加让他难以忍受。

　　猛地，李想从床上坐了起来，时间已是第二天的早上。从手上虎口处传来的隐约痛感让他不禁抬起自己的右手看了看，居然破皮了，看起来是没多久之前的事。李想认为这应该是昨天拿着那根棍子磨的吧，当时情急也没有注意棍子是否是光滑的，看见陌生人发现了自己之后开始逃跑就没注意这些细节了。只不过现在的李想依然没能从疲惫中解脱出来，实在懒得动一下。这间病房相比昨天更加安静了，就像只有李想自己一个人在这里一样。他环视了一下四周，看到只有一个室友在屋子里，他蜷缩在角落里，还在睡着。他看了看床边上，有一些他日常吃的药放在床上，而室友床上却没有，想来或许是他吃过了之后睡下了吧。李想叹了一口气，心想着，现在医生和护士看来已经认定自己是自觉服从的了，连监督吃药的过程都开始省略了。当然，李想也的确是服从了，拿起药，从桌子上同时拿起了一瓶水，一下全部吃了下去。不知那个室友去了哪个病房，也可能就是因为把病人都分散到各个病房的缘故，所以医护人员才没有时间来看着每一个病人吃药吧，毕竟那样做太费时间了。吃完药之后看着一旁的早饭，他是一丁点儿的食欲都没有，应该是吃了太多药，也有可能是因为刚刚的那场梦，当然更有可能是身上的汗臭味着实让人恶心吧。李想又躺了下来，只是稍微休息一下，以缓解之前的疲惫。

在这样的早晨，李想闭着双眼躺在床上翻来覆去，不知是过了多久，实在躺不住了。李想觉得自己应该去干点儿什么，对！可以去找找钱思，昨天那种想法的聊天对象可以是钱思！他起身，先是去洗手间收拾一下，刚才没注意到，自己的双手竟然这么脏，尘土、泥巴、血迹，杂乱地混合在一起，还好没有用这双手去吃早饭，否则非得生病了不可。想到这里，李想不免苦笑了一下，自己已经生病了吧，或许还病得不轻呢。他换了身衣服，舒服了不少，感觉自己就像变了一个人一样，心情也好了许多。

李想没有过多停留，随便吃了几口早饭，便径直向钱思的病房的方向走去。在他的印象中那里是有段距离的，有了目标，李想的脚步也快了起来。只是在公共区域的时候慢了下来，因为他看见有些病人有些反常，他们平时都是零散地分散在各处，而今天似乎被什么吸引住了一样，有不少人都站到了窗前，一动不动地站在那边，也不知道他们在看什么。他有些好奇，会是什么东西可以吸引住这么多的注意力。从众心理真是个有趣的东西，这不禁让李想回忆起赵游论文中的一些稀奇古怪的理论。而此时的李想也不由自主地慢慢靠近那边。当他走到窗边的时候，有些吃惊，外面有许多人，有病人，也有医院的工作人员。有的人在爬着不知哪来的梯子，在墙上固定着什么，有那么两三个工作人员在旁边看着，不过注意力显然没有放在那些干活的人身上，而是在注意着周围，不知是在警惕着什么。李想立刻将这些与昨天发生的事联想到了一起，难道是为了防止再次有人偷跑进来，又或是怕医院里有人跑出去？或是有人已经偷跑出去了？这不是没有可能，最近这里的病人明显少了，或许这些病人不是换病房了，而是偷跑了。如果跑的是自己或是赵游的话，那院方或许会比现在更加头痛吧。难怪昨天医生的行为那么反常……难道……赵游已经跑出去了？不，这应该不太可能，李想认为赵游出去没有多大意义，如果不是从官方途径出去，对他的那些"敌人"没有什么威胁。

突然，李想又有了被盯着的感觉，他猛地回头，只是这种感觉一闪即逝，会是赵游吗？这感觉像，李想追寻着自己的感觉跟了上去。可是这条长长的走廊里空空荡荡，什么都没有，只好放弃。他回忆着刚刚的感觉，应该是走向那边了。但是李想没有加快步子，如同散步一样溜达着。赵游想出来的时候自然会出来，他总能找到李想，所以没有必要反过来主动去寻找赵游。一个古怪的朋友而已。

李想停在钱思的病房门口，门是开着的，李想能看到钱思坐在房间的角落里，面对着墙角，一副典型精神病患该有的姿态。李想轻轻地敲了敲门，没见钱思有任何回应，便进了门，坐到了床的一边。

"钱思，我来了，你这是在干什么？"李想把音调稍微提高。

"哦，我知道，在这里，不会有别人来看我的，只有你……"

"啊？你的家人呢？"李想有些好奇，记得之前在公司的时候也没听钱思谈论过他的家人。

"嗯……那你的家人呢？"钱思反问道。

"……"李想沉默了一会儿，但想想那件事毕竟已经过去很久了，便道："死了……唉……可能我没有家人了吧……"

"啊……死了，真的吗？你确信？我的也死了，与你一样，我们只剩下自己了。剩下了孤独的自己。"钱思回答道，虽然这是一件让人悲伤的事情，但是在他说到"剩下了自己"的时候，李想能听到的竟然略微包含着喜悦的意味。这让李想有些不舒服，同时也有点儿尴尬。

"我在这里遇到了一个新朋友，不知道你见过没。"李想本想问一问钱思是否与自己一样，也会时不时回忆过去，思念一下有家人在旁边的正常生活，但想想又觉得有些自找没趣儿便没有问下去。而且李想觉得这家医院本就没有多少病人，大家就算不认识，但至少会有些印象吧。之后李想按照自己回忆中赵游的样子描述了一下，等待钱思的回应。反正是闲谈而已，不用有多少明确的目的性。

忽然钱思转过头，面向李想，死死地盯着李想半天没有开口，表情也不像是一个病人应有的傻愣，这让李想吓了一跳，难道这俩人有什么深仇大恨吗？李想没有继续开口，静等着钱思的回应，过了许久，钱思开口道："你说的这个人，我没见过，从来都没见过……"钱思好像想说什么，但是欲言又止。

李想当然不会相信这句话，只是现在不适合再追问下去。他想着该说些什么来岔开这个话题，只是还没找到该说什么，钱思便又开口："我……好像知道有这么一个人，就是感觉到，与你说的那种感觉很像，只是不知道我们说的是不是同一个人。我的直觉告诉我，那是同一个人。不过我没见到过，从来都没见到过。"两人的谈话再一次陷入沉默。过了许久，钱思再一次开口打破冷场："那种感觉跟着我很久了，很久很久，像是与生俱来的，一直都有。我怕，我好怕，我不喜欢这样的感受，但是……又感觉离不开……我恐惧、烦躁、恶心，打从骨子里讨厌……"

"啊……呵呵，钱思啊，我想我们可能说的不是同一个人，只是同一种感觉罢了。"李想生怕自己对于赵游的描述会使得钱思犯病，连忙打断了钱思的思考。"没准儿我的感觉与这个人没什么关系，只是碰巧与这个人的出现重合了而已，让我误以为这感觉是他带给我的也说不定，你不用多想。"

"哈哈哈哈。"钱思莫名其妙地笑了起来，听着不是开心的笑，而是嘲笑。只是不知是在嘲笑他自己还是在嘲笑李想。钱思又道："你把我当傻子吗？我看着像是弱智吗？"

"呃……"李想有些尴尬，"没有没有，真的没有。"

"我知道，我都知道，我是把你当傻子呢，你没听出来吗？"钱思虽然是有些开玩笑的意味在里面，但是这对于李想来说这一点儿也不好笑。而且显得有些怒意，眉头也皱了起来。钱思似是看出了李想听到他的话之后有些不悦，立即打圆场起来："你说两个精神病人在这有啥可吵的，呦，你不会是真生气了吧？"

"你没病吧？……哦别误会，我不是在骂你的意思，我的意识是你也是一个正常人吧？"李想有些好奇道。

"你有病吗？"说完这句话，钱思又转过身，面对着墙角。

钱思说完这句话，房间内又一次沉默了下来。李想在感受着这句话之中的意思，他自己不知道的事情都是些什么样的秘密。他们比李想早来到这家医院一些日子，比他知道的多些是正常的，但是来到这里的日子也不算短了，为何却什么都没有察觉到……

"我是感觉你不像这里的其他人那样，我感觉你的精神状态还算是一个正常人，那你为什么会来这里？"李想有些好奇。

"我啊，我……我什么都不知道，不要问我这个，我什么都不知道……"

钱思在回答这句话的时候相比之前那次见面要平静了许多，但仍然略显紧张和恐惧，不过他没有停止说话，继续道，"嗯……我杀人了，后来又杀人了……"这句话没有让李想感觉到钱思在承认自己的错误，只不过在叙述一件平常的、已经发生过的事而已。"嗯……好像……我后来……又杀人了。"

其实李想是半信半疑的，现在没有办法确认钱思的精神状态，尤其是在钱思说完这句话之后，而且杀人这样的事情也不应该会发生在钱思身上才对。所以李想准备劝慰一下钱思："这或许是……"

"我说了！我杀人了！我没有说谎，我的精神也没有问题！我知道我杀人了！"钱思不再平静，开始疯狂地吼叫，一边哭喊，一边说着让李想听不清楚、语无伦次的话。

"冷静，冷静，别激动，闲聊而已，别那么认真。"李想有些被钱思的样子吓到。现在钱思的样子与以前完全不同，这样的他没准儿真的会去……杀人。而在这间狭小的屋子里唯一的目标就是李想。

"呵呵……"钱思的情绪转变快得不可思议，看起来就像刚才什么都没有发生过一样，就像是立刻换了个人。但是钱思的表情逐渐变得阴冷下来，冷得可怕，继续道："你别怕，我不会杀你的。咱们是一起的，咱们属于……应该说是一个战壕里的'兄弟'。"

"对，对，咱们是同一类人。"李想尴尬地笑着。

"你回去吧，我准备休息一会儿。"钱思依然面对墙角没有回头。

"好吧，改天再见。"李想话罢便起身离开这间病房。

李想回到自己的病房，午饭已经放到了桌子上。按理说刚才应该会遇到医生才对，但是这一路走来，别说医生和护士，就连病人都没有见到几个。也有可能是他在路过哪间病房的时候没有注意到他们吧。在中午的这个时间，大多数病人也应该是在房间里才对，自由活动的时间虽说没有一个严格标准，只不过现在这个时候大家似乎都已经默认不属于自由时间，应当把他们自己都留在屋子里。李想吃完了午饭，坐在床上，背靠在床头。最近他的精神虽然有些疲惫，但是不像以前那样天天都很困倦，现在还没有多少困意，只是在闭目休息而已，想想各种各样的事儿，想着什么时候自己可以出去，妻子……还有外面的生活，等等……他听见了门外有人走来，同时也有风声吹来吹去。

门里门外

斜瞄一眼门的方向，似乎有人在门外，但是外面的人没有敲门，停了许久，又离开了。会是谁停留在他的病房门外？他起身，快步走到门口，轻轻地打开门，探头在走廊里看向脚步离开的方向，空空荡荡的。

"出来走走吧。"一个熟悉的声音从另一边响起。

李想着实被吓了一哆嗦，转头看去，是赵游，便开口回道："我真想说脏话，你以后出现的方式能不能像个正常人一样？别总这么吓人，我有点儿受不了。"

"哈，这里可是精神病医院，咱们的行为如果太'正常'的话就是异常了，不是吗？应景一些，都来这儿这么久了，还没适应吗？"赵游有些嘲笑的意味，看着表情又很认真，并不像是开玩笑。

"好吧，走！咱们找个地方聊聊。"说着，二人渐渐远离了这里。李想跟着赵游，慢慢地在后面走着。顺着楼梯下了楼，李想本以为赵游会选一个没人的病房。但没想到，赵游早已有了目标，路过一间间空荡的房间他都没有抬头看上一眼，径直走到了一层。最后走到楼门口，毫不犹豫地打开了大门。

二人走到院子里，这里与昨天不同，但是与上午一样，这里有不少人。远处还能看见几个工作人员在看着什么。李想本以为赵游会带他到一个没人的地方，但是真没想到会来到现在医院中人最多的地方，甚至连公共区域都没这里人多。虽然话是这么说，但是这里依然显得很荒凉，因为这家医院现在所有病号全算上也没有多少人……还有一些在房间里午休。李想很是好奇，为何赵游会带自己来这里说话……

"咱们在这里聊天？你觉得合适吗？"李想问。

"你觉得有什么不合适的？怕别人看见？怕医生知道咱俩接触比较多吗？"赵游冷笑着。

"难道不是吗？我倒是无所谓，主要是你，医生看咱们常在一起聊天会不会以为我知道太多了，怕你把某些秘密告诉了我。没准儿哪天医生又像之前那样让你消失一段时间。"李想打趣道。

"那你不觉得咱俩偷偷地见面的话，更让他们产生怀疑吗？与其那样，还不如就在这里，光明正大地聊一会儿，反正我也不会说什么，我想你应该知道的。"赵游笑了笑。之后又停顿了一会儿，接着说，"我给你的论文看完了吧？有什么问题或是想法吗？"

"嗯……"李想开始思考，"我想，我知道你想要表达的意思，前面的章节你想说意识是自然永恒存在的。啊，当然你说的这个意识是与我之前认为的那个'意识'是不同的，就是我们与生俱来的那种可以感受自己存在的东西，但是我的确有些不太明白，我没有感受到之前的我存在啊。"李想说完看着赵游。

"看来你没有仔细看后面的部分，你感受只能有现在一个时刻的感受而已，其余的都不过是思维与记忆给予你的，你感受不到之前的你，不过就是你的思维没有在之前的时间段记录关于你的信息而已。"赵游的表情略有失落。"就比如极端地说，你的意识在有机物出现之前就存在，但是思维在当时并未出现，或者说现在形式下的思维还未出现，所以现在的这种思维体系下无法读取当时的思维记录。当然也许那种形式下的思维会如同现在你的思维随着你的死亡所导致的物质排列方式改变而消失。我这么说你可以理解吗？"

"哦，不，不。我不是想表达这个意思，我是想说，你在论文中有论证，说我们感受不到其他意识的存在，所以有很大的可能其他意识本身并不存在。那么同样的，是否我在自我感受存在的这个过程中感受不到我刚才的存在，只能感受到现在这一时刻的自我存在，那么意识就不再永恒，而只是属于现在一个时刻而已？刚才属于另一个意识，或刚才本身不存在，存在的只不过是思维信号而已。"李想觉得已经说明白了自己想要表达的问题。

"这个问题我在论文中的确没有太详细的论证，不过在第四章第二小节中提到过一些，你可以再读一读，对你可能会有些帮助。当然，这版主要是给你看的，在有些地方我稍作了修改，没想到你会在我修改过的地方问这样的问题。我原本的想法是在那节中有一定篇幅的与意识相关的内容，只不过我不想那么直接地与你说而已。你能有想法也好，那么你慢慢思考吧。或者不用思考，有一天，也许过不了太久，你会对那节有新的理解也说不定。"

听完赵游的话，李想更多的感觉是赵游也没想出来自己问的问题如何回答，只是在用高深莫测的话应对，以掩饰他的尴尬。"哦——"李想用意味深长的语调回答，并做出恍然大悟的样子，"那一章的一至三节不会都是后加进去的吧？"

门里门外

"啊！这都能被你发现，看来你的确是认真读过了。不错不错。"赵游摆出一副夸张的惊讶表情，"你咋知道的？"

"因为就这三个小节有些看不太懂……与其余部分的论述关联又不太大。所以我就猜了一下。"

"呵呵，原来是这样的啊，我以为你看明白了呢，原来还是没看懂，算了算了。毕竟你不是搞相关研究的。"赵游的面子算是找回来了吧……一边说着，赵游的目光不经意地转向院楼的方向，李想也看向那边，发现有许多病人都站在窗边，不知是在看着院子里还是在看他们俩。

"你说他们都在看什么呢？"

"嗯……"赵游看起来是在思索着，但更像是在挣扎，似是在犹豫是否要把嘴边的话说出来。最后还是说了出来："昨天这里发生了一件事你知道吗？有个外人偷跑进来了。"

"这件事我知道，怎么了？"李想没有打算把昨天看到的那个人的事说出来。"那些人关注的东西与这事有关？"

"是啊，当然有关，这里有许多事是不方便让外面人知道的，我想这个你应该有所察觉吧？不用说别的，就是这里不全是病人，同时也有正常人的事，这就算有问题的了。"

李想听到这话不由得想起了钱思，难道这里还有别的正常人？那么就的确有些古怪了。只不过钱思是否算是正常人还不太好界定。这个问题不是非黑即白的，谁都会有异常心理，只不过程度不同。以目前李想对于钱思的了解，应该基本上还算是一个正常人吧。不过李想没有打算与赵游谈论钱思，谁知道他们两人之间发生了什么事才会让钱思反应那么大。李想继续道："这些人怕有人再进来？"

"嗯，也怕有人出去……"

李想恍然，可能更多的是担心有人从这里出去吧！李想突然想到那个照相机，或许有什么关键的东西被自己忽略了吧。最让李想好奇的不是他们在担心被发现什么，而是为何整个医院的人都在关注这件事，而不仅仅是工作人员，似乎现在的自己都在关心这件事……不对，不对，李想觉得自己似乎在看到那个入侵者的时候就如同医院中其他人一样，甚至相比于其他人更加疯狂。他现在已经回忆不起当时的想法，为什么会拿起棍子追那个人。右手虎口的痛感依然还很清晰，对于一个很少做运动的人来说，那样疯狂的追逐让李想现在还全身酸痛。在短暂的走神之后再次回望楼上的病人们，看到有少数的几个人已经把目光放到了他这边。其中，就有医生。他……在看自己……李想强迫自己挤出微笑，面向医生的方向挥了挥手。医生面无表情地向李想这边点了点头。

"时间也差不多了，往回走吧。"赵游提议道。

"好。"其实还未等到李想回应，赵游便已经转身走向院楼，李想也没有加快脚步追上去。走进大楼，李想回头望了下院子里，那些人依旧在干着该干的事情，井然有序，这让他更加奇怪。这里的病人都懂得团结协作，共同去完成着同一件事？他暗自摇了摇头，这些病人只不过是因为从众心理而已，看大家在干什么，所以他们也会跟着干吧。如果这里没有工作人员的话不一定会是一个什么样的局面呢，像以往那样嘶吼、哭着、笑着、互相语无伦次地聊着天？谁知道呢。李想慢慢地在楼中走着，刚到自己病房所在的楼层，便见到有个人影从眼前急速跑过，虽然没有看清样貌，但是这身影李想很熟悉，是钱思。刚想开口叫住，想到上午的谈话，提到赵游的时候他的那种反应，便止住了冲动。也许刚刚在院子里的一幕钱思看到了，多一事不如少一事，管他干什么去。李想望向钱思离去的方向，那里空荡荡的，一个人都没有，不知道他进到哪间屋子里去了。

回到病房，室友依旧侧卧在床上，没动地方。李想也回到之前的位置，半倚在床头。眼睛渐渐闭上，听着外面渐渐多起来的脚步声，应该是那些病人陆续回来了，声音不急不缓。只是不知为何，李想觉得外面依然是空荡荡的，感受不到他们的存在，或许是因为他看了赵游的那篇古怪的论文的缘故吧。这让李想对周围发生的一切都产生了或多或少的不真实感。一阵一阵的冷风吹过，让李想清醒了一些，不知这是过去了多久，他没有感觉到自己睡着，只是觉得时间过得有些长，让李想有些累，就是很多人在床上躺着却无论如何都无法入睡的那种不舒服。他甚至在这时候有些期盼医生能够把药送来。微微眯着眼睛，看向窗外，时间应该也差不多了。外面依然静悄悄的，让人感觉空旷、孤独，安静得似乎能听到对面洗手台的水滴声，还有那时有

门里门外

时无的风吹过走廊。这样的环境下李想更加难以入睡，他又找到了很久以前的那种感受，对门外事物的好奇、恐惧以及一无所知。李想起身，走到门边上，轻闭双眼，将耳朵靠到门上，聆听着，捕捉着任何细小的声音，尽管他知道外边什么都没有。渐渐地听到了有人在靠近，有脚步声，同时也有说话声，听起来是以正常人的语气在谈论着什么，而且有几分严肃。"吱——"有关门的声音，又开始有脚步声，自远及近……好像停了下来，突然脚步声开始变快，而且多了起来，到处都是脚步声，声音变得巨大，好像逃亡一样。李想已经将耳朵挪开，这么大的嘈杂声完全不用继续贴在门上听。李想转头看看那个室友，却只看到一张空床，不知何时自己的室友已经出去了，大概是自己在床上休息的那段时间吧！外面的脚步声继续着，听着像是楼里所有的病人都动起来一样。这让李想也开始有了冲动，也想去看看发生了什么。

李想挣扎了许久，还是打开了门，他也顺着刚刚听到的脚步声离开的方向跑去。但是周围已经没有了病人，他加快速度，在楼里寻找着，但是这些病人就像凭空消失了一样，无影无踪。这甚至让李想以为自己又开始产生幻觉了，那种很久未出现的幻觉。李想一间一间地寻找着，在楼道里隐约能听见嘈杂声，但是时近时远，让他找不出源头。

医院不大，很快的，李想几乎整栋楼都找遍了，但是没有看到一个人影，而声音却始终都能听见，难道这声音的发出者在移动？的确是有两个楼梯，可以完美地错过。那么他们有什么必要如此上下跑动？呵呵，李想自嘲地想着，肯定不是在躲自己。既然跑了一圈都没有找到，那么就放弃吧，反正又不关他的事，这样想着，但不知为何，没来由地产生了恐惧。这感觉来得没有源头，就像那些没头没尾的脚步声一样。他开始全身发抖，但是没过多久，又变得开始烦躁，同样与那些脚步声似的，找不出源头，此时的李想只想发泄。喊叫、奔跑……他努力地压制着自己的情绪，尽量使自己冷静下来。他思考着，用仅剩下那么一丝的理智，思考着这是怎么回事。这……难道是药物的作用吗？只有这点上李想与其他病人一样，都在吃大量的精神类药物。虽然都是精神问题，但是病症肯定是大不相同的。或许是药物让李想的精神更加容易顺从，无论哪个方面，都更容易与别人保持一致……当然，这不一定是正确的结论。因为如果是这样的话，现在的李想应该与其他的病人在一起才对。"如果所有人都很从众，并且人们行为尽量一致，思维方式一致的话，达成所谓的群体意识的思维统一，那么的确比较便于这家医院的日常管理。"李想自语道。同时，他阴冷地笑着，看来李想认为自己距离一些答案越来越近了。或许这也是赵游想要表达的意思之一吧。李想再一次抬起了脚，随着感觉走，声音越发明显，他走到一间病房的门口，耳朵放在了上面，静静地听着，能听到一些细微的声音，但是听起来似乎很遥远。李想没有在乎里面有没有人，只管打开了这扇门。声音更大了，这声音……现在在外面……

李想走到窗前，这里的窗是打开着的，所以能明显听到外面的叫嚷声，他看向院子，有一群人簇拥在一起，看不明白在干什么。尘土飞扬起来让李想难以看清楚状况。只能听到有呼喊声，并且这呼喊声也被杂乱的身影掩盖着听不清呼喊的内容。突然，李想发觉在嘈杂声音的中央，似乎有双眼在看向自己，不是赵游的，是另一个人，这个眼神似曾相识，但也只不过是看向这个方向而已，而不是真正地看向自己，那个人没有在向自己传达着任何信息。在那道眼神中，有对某些东西的不舍，这眼神似是在诉说着这里的某些秘密一样。没过多会儿，那边安静了下来，这群病人又一同行动，纷纷往回走，什么都没留下，只留下一片被踩烂了的杂草。李想不知在这里看了多久，也不知道这有什么好看的。在那群病人里没有看到赵游，也没有看到钱思，当然也可能是因为尘土太多而看不清楚，能够确定的是，赵游一定不在那里。因为如果他在，李想是可以感受到的。吹着冷风，随着喧闹的平息，李想的心绪也渐渐地平静了下来，他就这样静静地站着。

西边现在已经变得有些发红，时间不早了，刚才的奔跑和心绪紧张让李想在平静下来之后开始疲累。是时候该回去了，李想转身要走，却愣了，这居然是自己的房间……室友都已经回到屋里躺到各自的床上，药也放到了桌子上。他的注意力一直都放在了窗外的事上，居然没有发觉自己身边发生的事。看室友脏兮兮的身子，与那天的自己真是有几分相似，估计就算问起来也说不出个所以然，所以也就不开口了。拿起药，掂量了一下，有日子药量没有变化了……吃完药和晚餐，李想也躺到了病床上。今天，可能是他来到这里之后过得最丰富的一天了吧。累，特别的累，累得有些思念过去……

奔跑着，全力地奔跑着，似是在完成着清醒时未完成的愿望一样，不达到他的目的无法休止。或许是李想在临睡前的那一刻还在心念着窗外的事、门外的事吧。有很多事都是这样，你没有特意地去在意，但是思维将许多你并不需要的信息都记录了下来，有时会在不经意间突然想起，但却有些想不出自己为何知道是如此的。李想仍然全力狂奔着，前面不远就是自己的终点，却无论如何都难以到达。他苦笑着想起一个漫画，一头驴子眼前挂着一根胡萝卜，这头驴子不停地拉着磨，不由自主地、本能地、永无休止地拉着磨。现在的李想就如同那头驴子一样。为了眼前的"胡萝卜"奔跑着，比驴子更可悲的是，李想连那个"胡萝卜"到底是什么都不知道，就只知道跑啊，跑啊，跑。这一路上看见许多景色，但是无一例外地飞速退去，这些画面在李想的记忆中已经模糊不清，可能都是久远的过去了吧，或者就如同赵游所说的，未必属于自己。就如现在所在的梦境中，这些感受如此真实，还有可以感受的剧烈呼吸，还有未愈合的虎口时刻传递来的痛感。只是这疯狂的奔跑让李想感觉到几分不真实而已。李想的速度逐渐慢了下来，因为他看见前面的地面上有些不一样。他放慢脚步靠近着，那些画面越来越清晰……血迹。长长的，没有尽头的血迹。他沿着血迹的方向走着，走了很远，很远，仍然没有尽头。也不知从何时开始，他的身上也有了血迹。停下脚步，看了看身上，不知是刚出现的，还是一直就存在。就这样走啊，走啊……

这……是一具尸体吗？李想停在了血迹的尽头，是一具血肉模糊的尸体，看起来早已没有了温度，它一动不动地蜷缩在那里。李想一点儿也不惊讶，也不恐惧，似乎早就知道了它在这里一样，是它牵引着李想的思绪来到了这里。也可能是李想被这里的血腥味吸引而来。突然李想的汗毛竖了起来，这感觉……是谁在看着这里，这是被注视的感觉，就是那边，在那扇虚掩的门的后面，对，就是在门后的那个位置。漆黑一片的门缝里透着同样漆黑的目光。李想的所有注意力都被那边吸引，他又开始疯狂地奔跑。没多久，他便站到了门缝前，直视着漆黑门缝的另一边。与黑暗对视着，思虑着。那里有什么，为何要看着自己，这个感觉并不熟悉，是种之前从未或已全然忘记的感受。挣扎了许久，最终还是决定将门打开。又是那具尸体，门后居然还是它，仍然是血肉模糊。只是它动了起来，看似在挣扎着，挣扎着向远处爬行。李想没有阻止，就只是安静地跟在后面，慢慢前行。

面前又是一道门，不同的是这道门上了锁。血淋淋的人在说着什么，嘟嘟囔囔听不清楚，不过显然说出这些对他来说已经是声嘶力竭。李想听不清楚他在说什么，他是在哀求，在乞怜，渴望得到帮助吗？李想感到无能为力，这扇门锁得死死的，他无力打开，当然也不那么有打开这扇门的欲望。他想与这个人交流一下，表达自己心有余而力不足。又听见了他的嘟囔声，没来由的烦躁、愤怒起来。但李想还是让自己努力地平静下来，继续听他诉说。或许，这个人是希望自己帮他做个了断吧，结束这痛苦的旅程，就如同当初一心求死的自己一样，只不过当初李想是精神上的，而这个人是肉体上的。刚有了想法，这个人就断气了。大概这就是梦境的特别之处吧，不用梦境的主人有真正的动作，只要想一想，就会有结果。

　　周围依旧是漆黑的，什么都看不见。李想不知刚刚跟这个已经死了的人走了多久，走到了哪里，他目力所及的范围里，就只剩下了锁着的这扇门。他上前去触摸了一下，是冰冷的，偶尔还会从门的缝隙中透出微微的冷风。李想没有别的去处，只能打开这扇门……而此时，没有其他的东西，没有用力，仅仅是把手放在了门把手上而已，门就开了。李想没有过多犹豫与停留，走了进去。

　　李想猛的一哆嗦，瞬间清醒了许多。这……难道是……自己的病房里？而他的感受与之前完全不同，刚才的那些是梦吗？但是现在的李想没有躺在床上，而是站在病房里。他惊恐地转身看向身后，漆黑的门外，如同梦中一样的漆黑，但却可以隐约看见楼道中的样子。空空荡荡的什么都没有，这只是一个平凡的夜晚而已。难道是梦游了吗？这在之前似乎从未有过。

　　李想躺在病床上，静静地享受着寂静的夜……继续入睡。

　　第二天早晨，李想醒得很早，这一夜的梦太长，似是度过了漫长的时间。头痛、眩晕、压抑、憋闷……李想没有一丁点儿的起床欲望，哪里也不想去，谁也不想见，只想停留在自己的病房中，这样就不用打开那道门。他有些惧怕，不知在打开门之后会不会回到之前的那个漆黑的地方，也不知道今天的门外会发生什么样的事情让今天他的梦境变得复杂、紧张。李想看了看外面，太阳距离升起应该还有很久，天空仍然是深蓝色。在床上翻来覆去的李想尽量放空自己，拼尽全力地使自己的思绪松弛下来。可悲的却是，一具具的尸体

门里门外

混杂着漆黑一片的空荡汹涌而来，冲入李想的脑海，这些杂乱无法阻挡，他只能默默地承受着。他挣扎着，反抗着，可惜思维不同于梦境。在很多的时候不由得自己控制，只能被迫接受，这可能就是意识的某种悲哀吧！

最后李想还是下了床，稍微活动了下身体，走向窗边，惊讶地发现，现在院子里不是空寂的，那里有人。虽然不算多，看不清楚。借着微弱的晨光，大概能看见有三四个人，不知他们在做什么。几个人在院子中到处游走着，不像有目的，大多时间都是在院墙附近，走一会儿，停一会儿，这些都没有引起李想的注意，他最在意的是在这样的情况下居然没有工作人员陪同，这完全不像是昨天他们紧张的样子。那时的医院被看护得像个监狱一样，密不透风，毫无死角。李想观察着那几个病人，看着他们有规律地行动着，时而沿着墙走，时而去另一边，又停留在大门的地方，四处张望，像是带有工作任务一样。许久，外面的晨光已经将院子照亮。那几个病人也似是结束了使命一样，纷纷走向院楼。这时，病房的门打开了，李想回头看去，是医生和护士来送早餐和药。也不知怎的，护士又恢复到之前面无表情的样子，而医生也同样神色冰冷，看起来半句话也不想多说，看向李想的时候略微皱了皱眉，刚要开口，却没说出半个字。护士放下药和早餐便和医生匆匆离去了。

李想一整天都待在病房里，哪也没去，时而在床上闭目养神，时而在床边看外面的风景。让他愈发感觉怪异的是在几乎所有的时间里，院子里都有病人在走动，时而多时而少，时而快时而慢。这会是医院新设立的规定吗？增加病人的户外活动时间，李想认为这家怪异的精神病院才不会有这样的好心。对于一家精神病医院来说，应该是任何的情况发生都不能说是异常吧。因为这里本身就是"异常人群"收容所。而在之后的几天里，他一直都在病房中度过，时不时地站在窗边，观察着外界的情况。在这几天里，他看到了许多病人，但是却从未见到钱思与赵游。这也正常，他俩与这些病人是不一样的，正常人的行为都会有目的性，在院子里有规律而又没有目的性地游走，估计他们俩的确不会去做，或许在此时他俩与李想一样在注视着院子里的情景吧。这时，病房的门被打开了，走进来的是医生，没有见到护士的身影。

难得有一次与医生独处的时间，李想便开口："最近看那些病人都常出来，这是医院安排的活动时间吗？"

"哦不不，这是病人们自发的，我觉得这样也挺好，所以就没有阻拦。"

"呵呵，也对，这对病人的病情恢复会有益处吧。您今天怎么自己来了？"

医生愣了一下，回答说："我见你很多天没出门了，来看看你怎么样。前几天我都有事要忙，所以没有过来。"

"挺好的，只是不知道我的事如何了，您这里有消息了吗？"李想还是说出了最想询问的事情。

"呵呵，还算顺利吧，怎么在这里待不住了吗？"医生一如既往地对这个问题有些反感，看起来有些不悦。

"您觉得呢？我与您可不一样，这里对于您来说是工作，而对于我来说，是监狱。我希望那人得到应有的惩罚，但是我一直在这里的意义是什么？那人得到惩罚了吗？而我呢？我所做的努力如果得不到结果，那么现在所做的这些有什么意义呢？"

"我说过，别着急，时候到了自然就好了，在这里就权当给自己放了个假，有什么不好的呢？"

"好吧好吧，算了，多余的话我也不说了。"李想沉默了一会儿，"我没有病，你看那些病人们，天天在这个圈子里生活，或许我有一天也会如那些人一样了吧。他们的行为你不觉得越来越诡异了吗？越来越有规律的一致。"

"哈哈，你不出去不代表出去的那些人有问题吧，也许他们的这些行为才是正常的吧，现在的情况说明什么？说明我们的治疗有了效果，他们在好转。"

听到这话之后李想皱起了眉头，觉得医生的话有些不妥。但是又不好直说，便说了一句："您觉得您自己是正常的吗？"其实他想说的是医生同样没有出去与病人一起游走。

医生先是愣住，而后又笑了起来。在医生的笑中，李想感受到了轻蔑、嘲讽、谩骂等诸多信息。这使得李想更加生气，便又说道："医生您现在的行为似乎越来越贴近这些病人了，是否在这里待的时间久了就会与他们越来越相似。"

医生的笑戛然而止："看来你非常有必要在这里多住一些日子了。"他的声音放低下来，像是在自言自语："哼，以为已经好些了呢，看来治疗效果不理想啊。"边说着，还一边摇着头，转身离开。

在临出门之前，李想说："在这里你说的算，随便吧。"

此时，医生已经走出了病房，才回答道："这话算是你说对了。"

李想沉默了许久，也不知是因为自己想出去，还是医生所说的那些话的缘故，还是决定出去走走。在这一路上他的心情都很烦躁，如果不是因为自己能力有限甚至想拆了这家医院。这次的谈话让李想很不爽，而现在又做着医生所希望李想做的事，这更让李想心烦。医生从谈话的开始似乎就不那么友好，没说出什么重点内容，只是谈了些无关紧要的东西就匆匆离去，不知道到底是什么原因他的态度会变成如此，以前虽然也不那么友好，但不至于像今天这样让人生厌。李想不知是因为自己与赵游的接触过于密切还是因为自己迫切想要知道近况，但是这些都是再正常不过的事而已，没有必要这样极端。照这么看来医生的精神状态还算是一个正常人吗？这个问题值得考量。或许真如他随口说的那样，医生在这里生活的时间实在太久了，没见他离开过医院，几乎每天都在这里工作。没准儿就是因为这个原因，工作压力、环境压力还没日没夜地与精神病人生活在一起，正常人或许真的会变成病人。

李想不再花费过多的精力在这个问题上面，既然与医生之间已经没有多少友好关系，那就真没必要与赵游保持一定距离了。李想在公共区域找了一个人少的位置坐了下来，等待赵游或钱思的出现。他时不时地看向周围的病人们，三三两两地散落在公共区域的各个地方，毫不起眼。他们依然保持着病人特有的异常状态，做出各种怪异的动作。如果不是在精神病院里肯定会格外引起注意。只有在这里不一样，李想看起来倒是最异常的那一个，没有与别人坐在一起，安静地、若有所思地坐在靠近走廊的位置。

走廊里响起了脚步声，听着就是一个人，这是一个没有情感的冰冷脚步声。他坐的这里听着声音特别真切，在空荡走廊里的墙壁上回音嗡鸣着，随着声音逼近，他愈发烦躁。

迎面走来的是护士，依然面无表情，扫视着整个公共区域，看到李想的时候却显露出惊慌的样子，更多的是被隐藏起来的厌恶，看起来强作镇定地走过了李想所坐的位置。

李想挠头，不明所以，自己有什么特别的地方吗？他开始回想，到底是什么原因导致护士会对自己产生如此异常的反应。或许是因为与赵游的来往吧，赵游在这里肯定是有名号的人物，并且是一个需要被孤立的"病人"。记得当初与赵游聊天时他说他没有站对位置，后来才被弄到这里，那么看来对方的势力能轻而易举地影响到这边的工作导向。那么作为赵游名义上的好友，被以相似或者特殊的方式对待是存在一定可能性的。当然，被惧怕或被看作祸根而躲之不及也是有可能的。这是一个悲哀的地方，至少病人们还可以生存于自娱自乐的环境中欺骗自己，还可以因为顺从而得到护士们的认同，而自己却只能清楚地"享受"折磨。

　　李想依然坐在那里，随意地看着每一个人的动作。有少部分病人的确看起来有些好转，至少那些不停地用脑袋撞墙、疯狂地跳起来直挺挺地将自己摔到地上、双手止不住地到处抓来抓去这样的自残动作已经不见了。看来也就是因为这个所以才不再强制性地把病人们圈养起来和不允许随意走动，甚至默许了随意外出活动。现在能听见的只有偶尔发出的怪异声音而已，能隐约听见他们有的在学某种动物的叫声，有的是在学树叶被风吹动的哗哗声，这些应该都是他们听到过的声音吧，混乱却又有序，分工明确。还有两三人在窗边的位置，注视着窗外，就像前几天在病房的李想一样，观察着在外面活动的病人们。角落里坐着的病人引起了李想的注意。他们没有异常的举动，只不过看起来很是痛苦，蜷缩着半趴在桌子上。那几人周围很安静，其他病人有默契地离他们远远的，如果不是李想挨个仔细打量的话甚至都不会注意到他们。看他们的样子很痛苦，时不时还会轻轻呻吟，也不知道这几个病人就是装装样子还是真的很痛苦。李想起身走过去，准备询问一下。

　　"你们生病了吗？哪里不舒服？"李想也不知道怎么回事，自己的口吻有些像医生，这样的语气让自己厌恶。

　　"我没病，我什么病都没有！走开！"其中一人说着，头也没抬。

　　"我没恶意，我看你好像不太舒服。"

　　"是……我不舒服……我好疼……啊……好疼……"

　　"需不需要我去叫医生来看看你？"

　　这个人这才抬头看向李想，上下仔细看了看，好像在确认着什么事情，说：

门里门外

"不需要！不要叫医生！不要……千万不要……"与此同时，其他人也同时看向李想，他们的病似乎完全好了一样，有站到地上活蹦乱跳地向李想展示一下的冲动。微微抖动的身体在表明他们跳起来的欲望，同时也像是在压抑痛苦与对医生的恐惧。

"好吧，你们没事就好。"李想在说完这句话的时候，这几个人齐刷刷地看了过来，有着明显的好奇与不可思议。这弄得李想有些莫名其妙，关心一下不是很正常的吗？或许是李想忘记了，正在与他对话的人是精神病患者，他们的思维方式不能以正常人的标准来衡量。

"我们没事，我们没事好吗？"其中一个病人说道。

"我们没事才不好呢！"另一个人接话道。

"对，我们有事才好，可惜我们没事……"最后一个哀叹。

"啊……嗯……"这个人故作沉思的样子，又说，"这个问题……该有事的时候就有事了吧……"

"他有事没事？"其中一个话罢看向了李想。

"你有事吗？"另一个问着李想。

"那他……该不该有事呢？"最后一个表情阴冷地问。

"该有事的时候就有事了吧，哈哈。"这话不是其中任何一个人说出来的，而是来自李想的身后。这声音是赵游的。

这几个人看见赵游都显得十分紧张，完全没有了刚刚的嬉笑，都不经意地向后缩了缩。李想转身看向赵游，笑了起来，"找个地方单独待会？"

"不用了，就在这儿吧，去那边的位置坐。"赵游说着指向一旁不远的一个空位子，也没等李想回应，便自顾自地走向那边。李想也没多说，立刻跟了上去。一边走着，赵游开口说道："你今天见过医生了？"

"怎么？他来我病房时聊了几句。"

"没事，你们的意见不统一吧？"赵游有些严肃起来。

"是啊，也不知道他怎么想的，什么都不与我说，也不知道我什么时候能出去。"

"呵呵，他不会告诉你的，他什么都不会跟你说的，问了反倒是会引起不愉快而已。"赵游宽慰道。

"你是怎么知道的，我感觉你当时也没在附近吧？"李想刚刚有些走神，忽略了赵游的话，不过李想很快意识到这个问题，解释道，"啊，我的意思是你怎么知道医生来找我，而且还知道意见不一致的？"这话李想都觉得自己说得有些语无伦次，但是想到这里是精神病院也就无所谓了。

"哈哈，在这里有什么我会不知道，就这么大点儿的地方，没准儿是哪个路过的病人看见了，就到处学你们对话了呢。"说完还有意无意地看向那边手舞足蹈学着鸟叫的几个病人，接着说，"至于为什么我会知道这个问题嘛，不重要，你问我原因我也不会说，没准儿哪天你自己自然而然就知道了，而且或许你已经知道了，只不过你不愿意知道也说不定。"赵游下意识地揉了揉太阳穴，继续说，"所以你也不用问我了。"

"你说的这句话语气真像医生……"李想有些不爽。

"医生……呵呵。"赵游冷笑了两声，显得很是不屑。接着又说道，"不提了……最近，啊对，前几天发生的事，你了解多少？"

"你是说有人偷跑进来的事？"李想狐疑地看着赵游，不知道他又问起这事是有什么意图，"怎么说呢，应该是我最先发现的他吧，但我不明白他为何看到我就跑，我追了很久最后还是被他跑掉了。"

"哦不，不是你最先发现的，最先发现他的是监控摄像头，所以应该一早医生就知道了。"赵游沉思起来，看他的样子像是在回忆。只不过赵游说摄像头先知道让李想觉得有些无厘头了。过了一会儿赵游接着说："在你的印象中，是你去追的？那一路上有没有发现什么事？遇到什么人？"

"这个我有些不记得了，哦不，应该说我对当时的印象本身就不是很深刻。要不然上次你问我的时候我就跟你说了。我就记得当时他去了哪层的一个房间，我去那边附近的杂物间拿东西，还没出来就撞见了。之后他就一路跑，我就一路狂追，我也不知道当时怎么想的，就是追而已。后来他跑出去了，然后我也要追出去，只不过……"李想有些犹豫是否要这么说，不过想想倒是也无所谓，又不是什么重要的事，"我不记得是到门口的时间用了太久，还是我在开门时有走神，又或是自己真的有些跑不动了，在门口喘了口气，等我出去的时候那人已经不见了。"

赵游听得很认真，看这样子是想要努力地抓住李想所说的每一个细节，最后平和地看着李想，追问道："那么……有些事的时间对不上，不对不对。"又开始注视李想的双眼，认真地说，"你说的都是真的对吧？那么你追到院子里大概是什么时间？"

"呃，快天黑了吧，应该是黄昏……反正在吃药的时间之前，因为我到了房间之后医生护士才来送药。"

"呵呵，时间这东西是相对的，或许不是你很早回来，而是医生护士送药晚了也说不定。"说到这里赵游的样子看起来平静了许多，也像是知道了什么，又接着皱眉说道，"不对，也不太对，你发现他大概什么时间，或者发现他当时有印象吗？"

"印象不深刻了，发现时没注意，不过之前我在闲逛时，大概是中下午的样子，记得不，就是我看你的论文那天。我看完论文出来的，看得很快。"李想这是在炫耀，也是在寻求赵游对他的认同。

赵游在思索着什么。过了很久，他才犹豫地开口道："别的就不琢磨了，有段时间里你是没看见他的，也就是那时，不在你的视线范围的时候他死了。"赵游说得很平静。

"啊？死了？就在这家医院里？"李想十分惊讶。赵游却面无表情，就如同吃饭喝水一样平常。

"嗯，对，就在这家医院里，没什么大不了的。"

走廊里又传来脚步声，应该还是那个护士，干完了她的工作回来了。李想与赵游谈论着一些无关紧要的话，下意识地回答着也没注意去听到底在说着什么。李想看向护士的方向，看护士的目光似停留在自己原先的位置上许久，继续走着，也没有加快脚步。就这样慢慢地走着，但当扫视公共区域时，看到了李想与赵游，明显地哆嗦了一下，加快脚步离开了。

"对了，我有东西给你，这是论文的一部分，毕竟原稿不在手里，只能靠回忆和新的思考来补充内容了。这部分我之前因为在修改，所以就没往里放。"赵游提高了声调，以引起走神中的李想注意。

李想拿起这两张纸，看了看。回复道："既然不多，那我就在这里看了。"

思维记录错觉的补充

足够详细的思维记录，是否可将现实重演，即，信号传递的三种可能。

1. 思维完成记录的信号传递延迟

思维记录经历信息的完整性是存在争议的，记录的范围取决于当时思维结果所影响的注意力集中点，而此点最关键也在于意识实时所给予的反馈。在延迟信息传递的过程中会或多或少地使信息的完整性受到影响，所以在延迟感受现实演绎时会致使综合信息产生特定错误。如：在延迟过程中思维记录因未立即完成信号到达指向性目的地，思维的权限（操作性）一定程度上得到增强，在完成传递之前针对结果进行篡改，使意识在感受存在的过程中产生对真实事件的映射偏差。程度高低与多少取决于给予思维的时间，内容的引导方向取决于所有思维记录中的实际信息（实际信息未必是自身经历的信息，亦可为拟造现实过程）。所以意识可以对真实现实感受信息产生时间差，且在延迟感受时由于思维给予意识的信息结果虽然无法更改，但是意识的层面不会有异常体验（因为思维不需要承认自己的错误，只需要给予结果即可）。

2. 由多指向性目标导致的信号多次传递时间不统一

151

多指向性目标代表的是多意识存在的情况，思维传递过程在输出结果时出现的不同时传递。这种情况的表现结果与前一种相近，只不过在诱发原因上存在本质区别，这种情况是由意识反馈结果不统一造成的。由于反馈结果的不统一，导致思维在处理过程中无法保证其同时产生处理结论，并且因接收的反馈不同需做出不同的现实行为，所以必然存在顺序性表现。

当然，在意识感受信息的主要范畴中（注意力集中体现的焦点）必然与对真实事件的反馈一致（或高度相近），才可以得到与现实存在感更加匹配的意识感受（可以理解为，意识反馈结果的着重点一致程度决定感受的统一程度）。所以在传递信息延迟之后如果意识的反馈有新的、不同以往常态的结果，也仍然无法在意识中完成更改，要么出现执行结果信息幻觉（如：你在事件发生时注意力集中的焦点被重点记录，而其他周边辅助环境无法完全复刻，那么意识的反馈结果表达需将注意力集中于延迟传递的信息焦点以外事物之上时，通过记忆复刻下来的辅助环境无法完美呈现，要么模糊，要么是幻象，要么就无法自控）。

3. 初次传递失败导致的重启传递过程

思维在传递时出现中断是可能的，是由于思维承载物器质性问题所导致。我们知道意识的反馈是必然且稳定的，因为其本身是一个基本特性（蛮横地说就是可以感受存在的能力才被称为意识，而无法感受存在即不可称为意识，那么就是意识存在即必然有感受反馈且必然稳定，感受反馈必然且稳定意识才存在，我们就是这么定义的）。所以只有在器质性问题出现时才会引起信息传递失败。

在初次传递失败之后，思维会选择性地重新传递信息，那么在非实时传送时的时间差以及信息完整性的问题上就会出现信息的缺失及错误。与信息的延迟传递不同的是，在初次信息采集过程中，意识的反馈未介入，那么便由思维来主导注意力的集中焦点，出现的结果必然散乱且不统一（此处仍然可以蛮横地说，如果可以将注意力集中，说明需有一个统一一致的反馈结果，那么其完全可称为意识）。所以会出现传递时的各种外感观模糊、"传统意识"（常规认知中的意识）模糊、无法集中思考问题等感受。

另：思维记录不包含时间感受的相关记录，时间感受是实时的，思维记录错觉是以编制完成的记录与实时的时间流逝的直观感受的综合结果。就如同在回忆时以得到的信息加以现时间流逝的实时感受而得到的回忆信息经由思维传递到意识一样，可以缺失却无法增加。

门里门外

　　看完手中的东西，李想抬头看向赵游的方向，却发现他不知何时已然离去。看完之后有种极为怪异的感觉，他不知这篇内容为何赵游会在这个时候才给自己，很明显这应该就在之前给自己的论文中才对，而且是中间部分的内容，显然在之前就早已构思好的。看纸张的材质也与之前论文的这一部分一致，所以李想基本可以断定这是当时特意拆出来的一篇。赵游这样做的目的是什么，李想怎么都想不明白。李想只知道自己对于现实的不真实感受更加强烈。

　　在医院的这段日子，李想认为自己以前的那些病症已经减轻了许多了，不常出现幻觉和不可思议的事，睡觉也好了许多，该睡想睡的时候都可以轻而易举地入睡。所以对于吃药的这个问题李想不那么排斥，只是以现在的药量不知会不会对自己的身体造成什么负担。就如最近常常出现的疲累感，之前是极少出现的，尤其是现在有时没来由地心跳加速，更是让李想有些难以承受。也不知道在不久以后会不会继续增加药量，或是在某一个时间节点之后，就比如说今天他与医生的对话。李想想到这里的时候轻笑了两下，他拿着这页纸，环视了下四周，发现似乎病人少了一些，或许是到了吃午饭的时间了吧，这在以前应该不是自由时间，病人们有一部分还是没有适应这种"开放式"管理的方式。看到刚才那几个病人在谈及医生时的惊恐表情，就不难想到，现在这些改变不了的习惯就是将来他们无法摆脱的"自己是病人"的思维记忆。尽管他们口中不承认，但是在他们心中，都是默认自己是有病的，要不也不会如此安心地住在这样的一家医院里。"呵呵"，李想又一次轻笑，自己又何尝不是这样呢？

2.5　新的计划

　　李想将这页纸小心翼翼地保存好，起身离开了这里。走之前环视四周，病人们都安静了许多，就连说话的声音都少了许多。看来这里的病人们都认识赵游，并且有些惧怕，李想也不知道赵游到底做过什么事情让他们如此。

　　接下来的几天里，日子较为平淡，没有一件能提得起精神的事情发生。而死了个人的事情似乎没有发生过一样，没有人向他提起，这让李想对赵游说的话有些疑问，他是如何知道的，这件事是真的吗？自从那天见面之后就再没见到赵游，否则肯定要问问这件事不可。这个人就是这样神出鬼没的，只有他来找李想，而李想却从来都寻他不得。这几天里，李想有好几次都在公共区域坐了大半天，看形形色色的病人来了又去，但是赵游无论是在那里还是在院子都没有出现过，像是消失了一样。难道是又被医生关到"小黑屋"里了？李想有时不禁会这样想。

　　已是黄昏，又是一天将要结束，这样的日子乏味、枯燥。李想坐在窗边的位置，看着院子里的病人，依然在那来回走着，只是现在在院子里的人相较于之前少了一两个。不知是否他们也与李想一样厌倦了如此的乏味，换了其他的活动方式。今天出来的病人似乎格外少，使得原本就不算热闹的院子显得更加空荡，照这样下去，这家医院就可以关门了。当然，这也是一件好事。看这样子，应该是那些人已经治愈出院了，就是不知道他自己何时才可以出去。与那些病人不同，李想认为自己是没有病的，就算有，也不至于像其他病人一样接受精神病的治疗。他回忆当初进医院的原因，现在想想有些可笑，难道就是因为需要让事情显得真实一些，就要进行如此长久的治疗吗？这太过于荒唐了。无论从哪方面来说，都有些说不过去。按照赵游的说法，这里有一部分人也是正常人，那么他们的情况会相同吗？无论这个问题的答案是什么，结果都是差不多的，都慢慢地习惯了这里，从少到多地习惯了吃药，也由抗拒到顺从……从这些人对于医生的态度就可以看得出来。或许有与赵游一样的人也存在于这家医院里，只不过这种人绝对是少得可怜。李想坐直身子，伸了伸懒腰，在这里坐得太久，有些累了。他站起身，回病房去了。又是没有收获的一天，他到了病房的门口，回头看向身后的卫生间，皱了皱眉，这里的臭味又大了，传得到处都是，也不知道为什么，这里那么多空病房，偏偏让他留在这里。按理说医生不至于用这样的事来报复他们那天谈话的不愉快，这样没有多大的意思。

李想刚要开门，还没有伸手，门就被打开了，眼前是医生和护士，两人一如既往地表情严肃，有些冷漠。医生倒是没什么，护士却是不由自主地向后躲了躲。李想也已经习惯了护士这样的举动，医生抬眼看了李想一眼，冷冷地说了一句："药放在桌上了，别忘了按时吃。"这语气没有半点儿关心，反倒有些调笑的味道在里面，想必是医生还在为那天的事情生气。李想也不甘示弱地回答："这么好的东西，您没吃点儿？"

刚转身要离开的医生停下了脚步，阴笑着说："这可是稀缺资源，当然得优先交给非常需要的你了，为此，我还特意加了量，希望你别耍小聪明，我可一直看着呢。"随后指了指摄像头。李想心里猛跳了两下。医生如果不提，他都快忘了，还好上次在藏那个捡回来的照相机时一直避着摄像头，要不然肯定早就被医生拿走了。李想重重地将门关上，而此时外面传来了大声的狂笑，笑得像一个疯子，与这里的病人一模一样，回荡在走廊里。

李想坐到桌子边，眼角的余光扫向藏着照相机的位置，看样子鼓鼓囊囊的，东西还在，一直提着的心终于放下来些。拿起药看了看，没看出来多了几粒，本以为会是多了很多可以当饭吃的量，看来医生估计也怕李想突然吃药过量而死掉吧。他一大口直接将所有的药都吃了下去。李想如往常一样，躺到了病床上，静静地等待药效上来，以帮助自己快速地入梦。楼道中病人们一个接一个地经过门口，但在李想的耳中却如同都在远离自己而去一般，声音越来越小，直到消失。而周围的光亮也在快速地消失着，由亮变暗，再由暗变得没有颜色。他以为自己在逐渐地睡去，却在所有感官即将消失之前的一瞬间，如同回光返照一样，一下子清醒了许多。这是什么情况，怎么回事，现在的感觉与以往完全不同。以往都是渐渐地，思想在慢下来，所有感觉在慢下来，有一丁点儿的"风吹草动"都会将自己的睡欲影响。而今天这样的感觉，更像是在失去意识。正在与一切告别，被迫地离开这里，就连自己的腹痛也正在离自己而去。难道就增加了几片药就会有这样的改变吗？不对，应该是医生换了一种药，只是李想在吃的时候没有发觉而已。这难道就是医生的手段吗？李想渐渐地睡去，更像是昏迷过去。

这……或许就是梦境了吧，什么都看不见，但李想却动不了，感官没有完全消失，可以隐约看见周围的黑暗。李想的思维极为迟缓，对于稍微复杂一些的事都无法去思考。自己的全身都被紧紧地束缚着，人却飘在空中，飘在空旷的大地之上，这大地上只有两三个人在不知目的地行走着，但是李想知道他们并不存在，不是因为梦境，而是真的知道他们不存在，他知道这儿什么都不存在，也不知道是什么原因，就是知道而已。他继续飘着，又出现了被注视的感觉，相比刚刚的那些，这个感觉尤为强烈。这像是有过的一种熟悉的感觉，是一个自己认识的人，但是无法在思维中寻找答案的他只能去用直观来感受现时事件的发生。现在的李想，甚至连烦躁、恐惧这样的复杂情感都难以产生，只能机械地向思维及意识中持续不断地输入直观的信号，以使他知道自己还活着。

飘啊飘，冷风将他带向远方，能够感受到自己飘向很遥远的地方，但是就是那么离奇，眼前的一切没有一点儿的变化，破败的建筑，有人在空地上行走……那道目光依然注视着李想。他想飘走，却无论如何都无法离开这里。这时，又有人到了这个场地的中央，似在等待着什么。这里很黑，看不清这个人的样貌，就连轮廓都难以辨认，只能够看见他大概在干什么。他停留在那里不久，便蹲了下来，这时又有一个人走进了视线，待李想再看过来的时候，有个人似在慢慢移动，而另一个人在空荡的地方绕着大圈走着……其余的两三人早已不见踪影。这个身影似曾相识，但现在的李想什么都回忆不起来，只能静静地看着，就连保持着一个姿势多看两眼的欲望都没有。李想的视线再一次转到这里，那个绕圈的人似乎又转到这里，就在地上的人旁边，好像在说着什么。飘啊飘，又不知飘了多久，视线再次回到这里，这里已经没了人，在远处，李想用余光可以看到两个人影即将离开自己的视线。他们显然不是以正常人的速度，他们很慢，像是一个人在拖着另一个，地上又多了一条长长的轨迹。飘啊飘，又有人出现了，估计还是那个人，但是没过多久又消失了……飘啊飘，又有人出现。就在这样的场景下，渐渐变暗，飘到了什么感觉都没有，仅剩了一丝的神智，让他能够感受到自己还没有死掉。就在这样的感受里，过了很久很久，仍然飘啊飘。飘到至暗的黑暗之中。

李想睁开眼，刚刚的是梦吗？那些影像在他脑中越来越不清晰，所有的记忆都被周围的黑暗占据。还能感受到寒冷的空气之中越发浓重的臭味，同时也有风声在为寂静的夜伴奏。他本以为自己会一觉睡到早上，没想到竟会在深夜醒来，这是很久都没有出现的情况。他坐起身，走到病房门口，刚要开门，却听见了外面的脚步声，这么晚他没想到还会有同自己一样的人，估计也是个病人吧。不过李想是准备上厕所的，而这个人只是从这里经过而已。脚步声由远及近，又立刻由近到远，直到消失得无影无踪，他这才将门打开，借着昏暗的光亮，不停地摸索着，试探着前方的路，卫生间里更加昏暗。李想感觉这里有些奇怪，不似以往自己来的样子，可能以往很少在夜里来到这里，所以现在的景象对于他来说很陌生。垃圾仍然堆积在那里，没有人来清理过，散发出阵阵的腐臭味。李想抱怨着这里的工作人员，他们就不知道清理下，别的病人也从来都不来这里吗？也是，就算来了也不会去找人打扫，看他们的样子一个个都在努力地做着"乖宝宝"。李想一边上着厕所一边扫视着这里，他的瞳孔在努力放大着，尽可能地寻找那种奇怪感的源头。在黑暗的环境里只能勉强看到那些东西的轮廓，却看不清色彩。

残破的墙面，直通上下的水管，时刻不停歇地散发着微光努力照亮这里的小格窗。墙面上有的瓷砖已经脱落，最大的那根管子似有破损的地方，看起来并不完整，那扇小格窗上的玻璃支楞巴翘。这里就像这家医院里的秘境一样，从不会有人在意这里。他继续扫视着这里，目光移到地上的那堆东西之上，就是它在散发着臭气。他借着微光想仔细看清楚到底是什么，但是那味道实在有些太重，让人难以靠近，最终还是放弃了。他再把目光移向周围，看向卫生间内的几个残破的小隔断，都是虚掩的门，什么都看不清楚。不对，第四个位置关得紧紧的，这个时间还有人在里面吗？李想轻轻走过去，将耳朵放到门上，静静地听着里面的声响。隐隐地听到了呼吸声、心跳声，分明里面是有人的。会是谁？还有微不可察的水滴声，听着这里面比自己想象的空间还要大许多，空荡荡的，是错觉吧。李想想敲一敲门，看看是谁在里面，谁这个时候在这个卫生间里。如果不是因为这里离他的病房很近，连他都不会来这里，而在这样的夜晚，跑到这里，着实有些怪异。他的手在空中停留许久，还是敲了下去，但是敲过之后没有回应，反而更加安静。里面的人不知是不是屏住了呼吸，停止了自己的所有动作，甚至连心跳都停止了下来。他又敲了几下，见仍然没有人回应，或许就是错觉吧，也对，谁会在这里呢。只是李想总是止不住地想，里面到底会是什么场景，有人还是没人，这样回去肯定是无法入睡的。想着想着，下定了决心，将门打开看看究竟是什么情况。他试了试，果然门是关着的。厕所的门都是这样，不用些力气是打不开的。李想加大了力量……哗……门被打开了，这是……钱思？

钱思就站在李想的面前，睡意蒙眬的样子。李想揉了揉眼睛，借着微弱的光亮，仔细看去，钱思所站的位置并没有很近，真没想到这里面居然空间还真的挺大的。李想向前走了一步，问道："钱思？是你吗？你怎么在这？"

"来这儿，当然是上厕所了，你这问题问的……"钱思说话的声音略带着颤抖，也不知是因为被李想的举动吓到还是在担心什么事被李想发现而紧张。

"你在这里为何刚刚我敲门时不答应一声？"

"我的天，你能不能思考下，这样的大晚上，也没个光亮，在一个不应该有人的地方，正想上厕所的时候突然听到了敲门声，我应该有什么样的回应。吓都吓死了好吗？"钱思的身子还在发抖。

"我不是这个意思，我是说你离我这……"李想刚想说钱思的病房这么远，为何他会来这里上厕所，就发现了一些不对劲儿的地方，这门里的空间似乎大得有些反常，就连左右两边本应有的隔断都没有，这里是……走廊？这里是李想病房门口的走廊！这不是卫生间里面，李想半天没有说话，完全忘记了自己还要询问钱思的问题。他仔细看了一遍周围的环境，再次确认了一下自己的位置，没有错。然后又回头看向病房里，的确，这里的的确确是自己的病房。李想费解为何自己身上又出现这样的事情，难道是因为药物的作用吗？

李想再次回到床上，慢慢酝酿着睡意。可无论如何都难以入眠，脑子中时而回想刚刚发生的情景，时而思考为何钱思会在自己病房的门口。与刚才的感受完全不同，他在床上辗转反侧，他的各种感受不断地被放大，水滴声在走廊中回响，轰鸣着，刺激着他的耳膜。床上的被子压得李想喘不上来气，那股臭味更是浓重得让人窒息。李想在经受着前所未有的折磨，痛苦得直欲咆哮，或者寻求解脱。这样的折磨一直持续着、挣扎着却怎么都无法摆脱，只能在这里暗自忍受着。他唯一期盼的就是天快些亮，以此来开启新的一天，告别这些令人痛不欲生的感受。

天色逐渐亮了起来，李想努力地挣扎着，想要起身，却浑身酸软无力。脑袋昏昏沉沉的，就连视线也有些模糊。好在身体的状态正在逐渐恢复，他尝试着轻微地活动了下身子，努力地将自己移动到床边，翻了个身，支撑起自己沉重的身体，看见桌上的早餐和药已经放在了那里。李想好奇，完全不记得有人来过，或许是自己刚刚又睡着了吧，只是自己不知道而已。

待都准备好之后，李想走出了病房，他要去看看钱思，问问昨天夜里的事，以此来确定昨天夜里那些是幻觉还是现实。他按照自己记忆中钱思的病房走去，路过了一间又一间病房。相比前几天，这里又少了一些病人，也许是都出院了吧，至少李想的感觉里，这些病人的症状都好了许多，更加像是一些正常的人了。在李想看来，不管医生对自己怎么样，至少在治疗精神病这件事上，他是在努力的。李想不过就是一个特例而已，哦对，还有赵游，都是因为"特殊原因"而来到这里，当然得以"特殊原因"才可以出去。李想在走廊中走着，速度很慢，强烈的朦胧感甚至让他几度差点儿晕倒。不知是因为前一天没睡好，还是因为刚刚吃过药的缘故。他摇摇晃晃地来到钱思的房间门口，门是开着的。他敲了敲门便走了进去，却发现里面没有人，便坐等钱思回来。许久，也不知钱思去哪里了，钱思不是一个喜欢到处闲逛的人，更是不会到院子里，钱思只喜欢待在自己屋子里享受安静。李想本以为钱思只是临时出去一趟很快就会回来，要不也不会等他，并且今天的李想着实精神不太好，完全没有力气去到处寻找钱思。反正在这里没什么必须要做的事，李想就在这里打量起这间病房。钱思的病房很乱，杂物散落得到处都是，很多都是没用的东西，而且看似有些脏，应该是有很长一段时间没有打扫了。其实很多病房都如此，医院的工作人员不多，没有精力去照顾如此多的病人吧。随着病人数量的减少，李想也见到有些病房被整理出来。但是无论从什么角度讲，都应该先收拾有人住的房间才对。之前李想来这里，注意力都放在钱思的身上，完全没有看见这里的杂乱，几本书，破旧的瓶瓶罐罐，撕碎了的纸张，只剩下了头的拖把，生活用品，很多很多。只是无一例外地都沾满了尘土，看来钱思平时都不怎么动这些东西，也许是与他同住的另一个病人留下来的。李想起身要去拿起地上的几本书看一看，却因为上面的灰尘实在太多而放弃了，他还是比较爱干净的人。他在病房中走了两圈，却感觉障碍物多得无从下脚，算了吧，不等了，遇见了再说吧，李想这样想着走出病房。突然没来由地产生了一丝熟悉感，他回头看去，皱起眉头，沉思着，拼命地在回忆中搜索。思索良久，还是毫无所获地离去了。

李想走过依然没有多少人的走廊，四处张望着，东看看，西看看，却没有看到钱思的身影。这不是一家大医院，除了赵游以外，其他人应该都很好找才对，但是李想想找谁谁都会像被施了魔法一样消失得无影无踪。而在精神放松下来之后，他们就又都神奇地出现。前方不远就是他自己的病房了，一步三晃地前进着，不远了，马上就到……病房的门大多都是关着的，也多数都看起来年久失修。他的病房旁边没多远，有间门是大开着的，李想下意识地向那边望去，一下子清醒了许多，那里坐着一个人，背对着大门，这身影是……钱思！他怎么会在这间病房里？难道他搬到这里来了？李想走进这间房，一扫刚才的疲惫姿态，阔步走到钱思的身边不见外地坐了下来。李想却一下子不知道自己要说些什么，本想询问钱思昨天晚上为何会在这边的卫生间，现在看来没有问的必要了。既然没了疑问也就失去了寻找钱思的实际目的，那么他进来干什么？还如此"自然而然"地坐到钱思的身边，李想脑中好一阵恍惚。钱思见到是李想过来也不意外，连头都没转过来，仅用余光扫了李想一眼，便又开始全神贯注地注视起窗外，看这表情，应该是在思考一些问题。最后，还是李想开口打破沉默。

门里门外

"钱思，你什么时候搬到这里的？怎么不来我那边'串门'？我就在这儿旁边住。"

"我？……我在这间病房有日子了。"钱思有些迟钝，"也好像刚来没多久，我也不知道。"

"你自己要来的吗？"李想看钱思与自己很像，都不在状态的样子，或许是昨天晚上被自己吓到了，所以也没有睡好吧。

"不不，医生安排的，他怎么安排我们就怎么执行，在这里，只有他说的算。"这句话本应带有一丝伤感才对，但是李想没有听到任何情感，平淡。只是在诉说着一件再平常不过的事而已。

"哦，对了，昨天晚上实在抱歉，吓到你了……"李想边说着边不好意思地挠着头，微微转头瞟了一眼钱思。只不过钱思的注意力仍然留在窗外，完全没有理会李想的问话。

"你说外面的世界，怎么样了？"钱思没来由地说了这么一句。

"呵呵，外面的世界，还那样呗，没了咱们的世界一如既往，有了咱们的世界也不会变样，咱没那么重要。"李想这句话显然触动了钱思的某一根神经线，他抖动了一下，头转过来直视着李想，表情严肃认真。

但没过多久，又恢复了面无表情的样子，"你这话听着很耳熟，有人对我说过，是谁来着？……记不清了。"二人沉默了一会儿，钱思接着说，"你说咱们真的一点儿也不重要吧，是对外人而言，对于自己来说，似乎还是挺重要的。"

"是啊，不过可惜啊，世界是外面那些人的。"

"是吗……"钱思听到李想的话之后眼神黯淡了许多，"的确是这样，你说的对。"

见钱思的目光还停留在窗外，李想也不由得向外望去，外面什么都没有。顺着他的目光看去，看到的是院子里的一角，不一会儿，有两个病人出现在那里，可能是院子里仅有的活物了吧。

"我可能……快要离开了。"钱思说道。

"啊？你要离开？什么时候？"李想惊讶，同时也有些羡慕，也在想着怪不得钱思会问起外面的事。

"什么时候，呵呵，我也不知道。"钱思犹豫了一会儿，"医生说了，我没有多大的必要再在这里了，没多大意义。"

"哈，这挺好的事嘛，不知道我什么时候……唉。"

"好吗？离开了，也许就再也见不到了。"

李想细细品味着这句话，这样的信息是医生透露给钱思的吗？难道医生的意思是李想永远都不能出院？那岂不是一件恶心到极致的事情……

"钱思，我观察你很久了。"李想开口道，只是感觉在叫出钱思的名字时有些不清楚，不知道是否真的叫出了口。

"能告诉我为什么总是看着我吗？"

"因为我觉得咱们有可能是同一类人。"李想微笑着。

"那么，现在确定了？"

"算是吧，有机会再多聊聊吧，回头有空来找你，反正咱们的病房很近。"李想现在实在是精神不佳，困得恨不得直接倒到钱思的床上，但这样做总归有些不太妥当。用尽全身力气站起身，晃晃悠悠走向了自己的病房。他到了自己的病房之后一头栽倒在病床上，昏睡过去，完全不省人事。

下午，李想缓缓睁开眼，没有做梦，精神得到了充分的休息，身体上也舒服了许多。他没有立刻出门，而是在房间中读起赵游给他的手稿来。之前有些不明白的地方，多读几遍就会有更多的理解，所以有时李想会随手拿起来看一看，一边看还一边摇着头。感叹着赵游的思维的确很有趣，正常的人是不会去写，也不会写出这样的东西。此时李想不禁设身处地去想赵游所经历的那些事，悲惨的命运，让李想有些感同身受。得是什么样的环境造就了赵游，在他写出这篇论文之前一定就已经经历了许多波折吧。据他的描述，这论文是在学校当老师期间写的，那么赵游一定在之前经历了什么事，才使他写了这篇没头没尾的东西。李想看完之后不知道是自己的理解有问题，还是论文本身没有一个相对唯一的结论，而是通篇都在谈着意识本身及其相关的东西而已。李想找不到想要的答案，但是每一次读起来都很快，用不了多久的时间。他又将手稿小心翼翼地收好，时间也差不多了，可以去找钱思了。

李想站在钱思的门口，等了一会儿，病房的门是关着的，平常无论钱思

门里门外

在不在屋内都会开着门。也不知怎的，今天却有些反常，或许是在午睡。李想没打算去敲门，也没想直接推门而入，就在门口站着。不过也没让李想等太久，门就开了。

钱思看起来很平静，似乎是早就知道李想会在这里一样。李想示意去找个地方聊一聊。因为他看到医生护士正在远处，挨个房间查看，也不知道在看什么，想想还是躲远点儿好些。钱思会意之后也没说什么，直接跟在李想后面一同离去。二人找了一个没人的地方，坐了下来。

"有些时候还是需要避着点儿医生，我与他前段时间有些矛盾，让他看见咱们走得近了，或许会对你不利。"

"呵呵，有那个必要吗？"

"有吧，虽然我不确定他是以什么态度来对你的，但是在这里他始终可以决定一切。或许他对每个人的态度是不同的，而你的感受也同样会与我有别，但是有所准备还是好的。"李想感觉似乎自己曾经说过这话，有一种莫名的熟悉感。

"嗯……"钱思默然道，"我……看你也挺正常的，这是家精神病医院，你为何会进来？"

"这个……其实有些不方便说，而且我自己可能也说不太明白，每个人看待事物的方式是不同的，这我刚刚也说了，因为视角的不同，理所应当地对一些事物会有一定的理解偏差。所以我是否正常不是由客观决定，而是由人来决定，这个你可以理解的吧？"听完李想的话，钱思若有所思。

李想的朦胧感又开始了，与钱思简单讲述了自己来到这里的经过，钱思听着故事时而疑惑，时而吃惊，时而还皱着眉思考，最后苦恼地摇着头。二人交流很久，但是李想却怎么都回忆不起自己说了些什么。今天的钱思相比往日更加沉默少言，在整个聊天的过程中他几乎都没说几句话，一直在安静地听着李想讲述。李想越讲越是惆怅，尤其是在谈及一些令人痛苦的回忆的时候，他特别想抽一根烟。他在身上摸索着，摸了半天才想起自己现在并不是在家里，而是在医院，这里怎么会有烟呢，尴尬地活动活动手腕，搓了搓手。

"你的经历我表示同情，既来之则安之吧。不过……你说你在这里拿到一

164

篇论文，我对这个还是挺有兴趣的，可以借给我看一看吗？"钱思打断李想要说的话。

"这个……没问题，但是得文章的作者同意之后才可以。等我见到他之后问一问他吧。我想他应该会同意的。"李想虽然这么说，但是也没有多大把握，不知赵游与钱思之间有过什么过节，记得以前在与钱思的聊天之中提及有赵游这么一个人的时候，钱思当时的反应很是不正常。李想也没想到，钱思会对这个东西感兴趣，"那就回头再见吧。"说完李想起身离开了。

李想没有回病房，他想去寻赵游，但是发现不知应该去哪里寻，只好在公共区域等。他走到了窗边，看着院子里发生的事，发着呆，什么都不去想。今天的院子里一个人都没有，不知是去哪里了，也对，这个时间大多数的病人都应该在自己的病房里休息。李想看了一会儿，就有一个人走到了院子里，李想正觉得这个人眼熟的时候，便看见了他的侧脸，这不是别人，正是刚刚分别不久的钱思，李想好奇为何钱思会去院子里。钱思不像其他病人一样到处走来走去，只是缓缓地向院子正中央行走着，时不时地还四下张望一下，看哪里都很新奇的样子，完全不像个老病号，倒像新来的。他走到院子的一个角落，找了一个位置坐了下来，就如同在自己的病房中的坐姿一样，看着周围的墙，背对着李想的方向。不知此时有多少病人在注视着他，从来都不怎么在众多病人面前出现的钱思今天一反常态，居然坐到了院子里，或许很多人都没有见过他，现在看见他真的会以为钱思是新来的。

不知过了多久，钱思站起身来，走向大门的方向，在大门口前面站立着。远远看去好像是推了推门，却没有其他可见的动作。看来钱思知道自己快离开了，对外面的世界越发期望了，只不过现在还没有到他可以离开的时候而已。见推门无果，钱思便转身往回走，站在窗边的李想没有等到赵游，也就准备回病房了。现在走廊里的光线已是有些昏暗，偶尔能看见来往的一两个病人，迈着奇怪的步伐，却纷纷向各自的病房走着，时不时还能看到有病人在李想的面前开门而入。他在此时又产生了些许怪异感，觉得不应该是这样的，有的病房之前看是已经收拾好的空病房，可是现在却有病人住了进去，最近这么多人换了病房吗？有些奇怪了。

门里门外

　　李想继续在走廊中走着，迎面钱思刚刚从楼下上来，李想刚想打个招呼，而钱思像是没看见他一样，擦肩而过。像陌生人一样，又像是没看到李想。而李想摇了摇头叹了口气，寻思着，钱思的病真的好些了吗，瞧他那蓦然的表情，相比之前第一次见到的时候的确是有些许好转，但是李想总觉得钱思距离一个正常的人还有些遥远，现在离开真的合适吗？也无所谓了，对于他来说总归是一件好事，而且这也不关自己事，或许是有那么一丝的嫉妒心在作祟吧。李想打开病房的门，扫了一眼走廊那边钱思的背影，似乎在这个时候他突然停顿了一下，李想也没有理会，自顾自地走进了自己的病房。

　　时间过了有这么久吗？外面已经几乎全黑了，借着月光，可以看见桌子上有东西，应该就是今日的药和晚餐吧。同时借着月光可以见到侧躺在病床上的室友，想来也有日子没有见到他了。李想常常到处游走，而在病房时或是没有注意，或是病友也出去了，总是没在清醒的时候遇上。吃了药的李想没有昨天的那种副作用，就是那种难以忍受的不舒服。在入梦之前李想在思考着，医生难道就因为之前的事而教训自己吗？看来今天这算是放过自己了，那么医生也不是一个心肠极坏之人。不！不！不！这种想法不对！医生昨日换药的这种行径依然是极度恶劣，是不可容忍的！要报复回来才可以，得想个办法使他也体会到那些感觉，要在现实之中让他受折磨，令其痛苦、纠结，甚至如病人一样——疯狂，这样才可以解李想的心头之恨。更何况医生对他的那些所作所为，无论是出于任何目的，都是罪！李想认为，既然是罪过就必须被惩罚……不！不！不！这种想法更不对，自己怎么会有这种想法，那些或许只是自己的潜意识，即将入睡才会被激发起来，现在的自己好多了。这说明治疗是有效果的，所以无论怎样，李想在这里的这段日子，都算是在向好的方向发展着，而这一切的功劳是医生吧，所以在这里要守规矩，按照指示办，这样他才会更快地好起来，李想深信着这一点。哦，不！李想心中出现了一些奇异的感受，自己是不是要死了……这目前还不是梦，却胜似梦，所有的感受都在飞速远离着……或许自己已经死了吧……不……自己是即将入睡而已，想太多了……累了……睡吧……

　　一夜无梦，睁眼已是清晨，还是医生护士的开门声将李想扰醒的。他们干了该干的，什么话都没说，立即转身离去了。李想也干了该干的，之后，也走出了病房，想着去等待赵游的出现。路过钱思的房间，下意识地向里面看了一眼，钱思如同一个乖宝宝一样，比往常的坐姿更加"端正"，第一眼看到就会有一种"这就是医生希望的样子"的感觉。李想暗自叹了口气，有目标的人就是不一样。这就是要离开的病人该有的样子和行为方式吗？之前还真的没有注意到这种特别的共同点。他就只看了一眼，也没有多做停留便走开了。李想在这个时候更想先见到赵游，征求他的同意，才可以将论文交给钱思。

依然还是公共区域，这里的人相比之前两天更少了，也不知道因为是清晨还是医院中的人本身就在减少。这里很安静，三两个人分散坐在这里，坐姿端正，和钱思的姿势有几分相似。而且都不怎么说话，很有默契地静静地享受着这份难得的清晨安静。或许大家都喜欢这个样子吧，能够让这么多人达成这样的共识实属不易，估计医生在这方面做出了不少工作。只是所有人越来越走向一致化，让这里缺少了不一样的乐趣，让生活更加乏味无趣。随着阳光变得强烈，这里的病人也增多了一些，却无一例外地保持着统一的端正姿态，目视前方，偶尔发出一些微不可察的声音。走廊中传出了脚步声，这样的声音与其他病人很像，都是平静的，没有半点儿起伏。李想望着这个病人即将出现的方向，从面无表情变得有了一丝微笑。

"怎么样，与作者谈过了吗？"钱思坐下之后问道。

"没有，哪会这么快，我现在还没有见到那个人呢。"

"哦……"钱思仿佛有几分失落，但也没说什么。

"别急，我想应该很快就可以见到。"

"没事，我想应该很快就可以见到。"

"你会很快离开吗？还有多久？不能晚些吗？"李想不至于说着急，但是心情上还是有些许波动。

"这事可由不得我。"钱思看似有些苦恼。

这时，走廊中又传出脚步声，但是与其他病人的声音很不相同。李想分辨着，难道是赵游吗，从感觉上是有些相似的。听着脚步声的靠近，公共区域的病人更加安静，只有李想与钱思还在随便聊着没有内容的话。李想感觉

门里门外

到了一些异常，周围的很多声音突然消失得无影无踪。他环视四周，病人们并没有离开，而是都坐得笔直端正，就像是接受过某种严格的训练一样。李想这时也有些不好意思张口，打破这样的安静。寂静的公共区域使得走廊之中的脚步声越来越大，甚至连墙壁上的回声都如同雷声轰鸣。李想转头将目光朝向那边，等待着那个人的出现，他倒是要看看这个人到底会是谁。

出现了，是医生。公共区域之中所有病人目视前方，没有丝毫表情，同样一言不发，坐姿显得相较于刚才更加端正。李想刚想嘲笑一番，却见坐在对面的钱思也如此模样，不免有些诧异。李想又打量了一下自己，还好，没有与他们一样，至少现在还是自己。不一会儿，医生消失在走廊的另一头，而这里也恢复到之前的状态，但是似乎所有人都有几分疲累，就连钱思也不例外。

"我先回去了，还是有些累，等你这边有消息了来找我吧，反正你知道我在哪个病房。"钱思说完，看似吃力地起身离开。

李想目送他离开，没有说半句话。没过多久，又有人从这里经过，这回是护士与工作人员。今天还挺热闹，总是有人来回走动，这与公共区域的宁静形成巨大反差，也不知道他们都是在忙些什么。这样的一个医院会有多少事可以忙呢？李想实在有些不理解。没有等到赵游，李想也不再继续等待，该出现的时候自然会出现吧，现在的他着实有些急切了。

再次经过钱思的房间，病房门是紧闭着的，看来真的是很累。李想没有打算去打扰，只是路过而已，没必要纠结于这样的小问题。没走几步，便到了自己的病房门口，打开房门，刚要进门，却再一次顿住。没错了，就是那种被注视的感觉，应该是赵游没错。他猛然回头，四下张望，却连半个人影都没看见。难道这又是错觉？不应该……李想进屋随手带上房门，吃了午饭也准备休息一会儿。在床上躺着听着外面的声音，偶尔的脚步声表明病人越来越稀少。而此时有个脚步声尤为特别。李想这回坚信自己的感觉，这一定是赵游。这个脚步声此时停到了门口，他回过神，这是赵游来找自己了。没有敲门声，脚步声也停下了许久，或许是时间的关系，走廊里静得出奇，半点儿声音都没有。如果不是李想之前确定这个脚步声停到了自己病房的门口，他会以为外面一个人都没有。他不急不缓地走到门口，打开房门。的确是赵游，手里像是还拿着什么东西，是两页不知写着什么的纸张吧。

"给，这个东西给你，可以放到论文里。"赵游开口。

"这……是你新写的？"李想好奇，原来这些天赵游没出现是在写这个东西。

"哦不，这是我收拾屋子发现的，应该是之前散落在那忘记给你的。这也不算什么重要的内容，就忘了，最近突然想起来就给你送来了。"

"好吧，我放到里面。对了，我有朋友也想看这个，你同意吗？"李想直视着赵游说道。

"当然可以，就当你自己的吧，反正不是什么重要的东西。我也不指着这玩意发表，也就谈不上版权一说了，是不？"

"哈，那先谢谢啦，我先看看这篇新的。"

"好，我也累了，回去休息了。"赵游说着转身离去。

李想拿起这两页纸，满满的字。看了眼标题，又是与论文一样的古怪名字《意识与思维的信号连接中断》，看来全医院的人都在好转，只有李想自己与赵游还是没有变化，还依旧如以往那样，对这种另类的问题充满着好奇。而李想更加好奇的是虽然看到赵游的转身，却没有听到离去的脚步声，莫非他还在门外吗？李想又随手打开了门，见赵游还在那站立着，似乎在犹豫着什么，便问道："怎么，还有事？要不进来坐一坐？"

"进去就算了，那两页纸……是我最近写的，不是以前写的，别的我就不说了。"李想一愣，这个问题似乎是无关紧要的吧，现在写的又如何？以前写的又如何呢？

哦！李想有些恍然，赵游之前想表达的应该是想说自己的病好了，尽管他与李想都没有觉得赵游有病，担心李想会多想吧。毕竟他是因为这论文才进来的，有些事他也拿不准。后来的表达应该也就是知道李想是相信他没病的吧，所以才放心地说出来。李想半靠在床头，开始看了起来。

意识与思维的信号连接中断
——器质性死亡的表现形式

  死亡的器质性结果是如何表现的，我们需要讨论其内在理论而不是实际的现象。人存在生命体征的理论依据是以我们认知下现有思维的综合信号持续不断地传递向意识，且使意识感受到此信号之后完成一次完整的反馈并将反馈结论反向传递回思维，这是一个基本周期。在此过程中永远地缺失任一个阶段都会被认定为死亡。此种死亡是意识感受上的，当然在意识感受不到常规意义的思维信号且无法再做出相应反馈自然而然会被判定为死亡。

  目前我们已知的知识里（之前论述中的相关结论），意识是必然永存，感受存在及做出相应反馈是恒定统一，那么唯一可以导致死亡的因素便是思维本身。所以首先我们最需要讨论的是以思维为主导的死亡现象的类别，大致可以分为思维主动拒绝持续传递（严格意义上说不存在主动，不过为了更易理解，我们姑且先这么划分。这种情况可理解为思维经过部分意识或相对应意识反馈的信息而做出的行为，致使相关器官中断信号传递）以及思维被动中断持续传递（可理解为器质性损坏导致的非主观意愿）两种。现在我们所论述的是死亡感受之于意识的表现，与思维产生的结论信息是不同的。因为我们在研究之后的结论是思维停止信号传递之后判定为死亡，那么在信号传递中断之后意识对于"无信号"的状态是不可能有感受反馈至思维的，从意识感受方面来讲是必然不可被感受的，自然不会被经由思维去思考。所以我们暂且不讨论意识对于死亡感受的反馈如何表现，当然也是无力讨论。

1. 思维主动拒绝传递

首先思维不会背离意识反馈，所以此过程必须由意识本身默许。此过程中首先意识须将一致的反馈结果传递到思维完成汇总工作，确认了其反馈信息是所谓的"共识"（或类似于投票表决的机制）之后，由思维来执行最后过程。而有趣的是，既然达成了意识高度统一的"共识"，多意识情况下的死亡就与此所产生的表象高度一致，也就失去思维执行中断过程的实际意义。当然，无论是否有意义，假若最终的统一意识反馈为执行中断过程，那么思维必然会完成相应过程。

2. 思维被动中断传递

在通常情况下这种中断是由器质性损坏导致，如对思维器官的击打、药物影响、惊吓之后的诸情绪对脑结构影响等。以外界客观事实直接而非间接地导致思维器官的排列结构变化，从而导致思维器官在未得到意识指令时被迫中断信号传递。在其表现过程中产生阶段性感受，思维出现错误的信号，逐渐地使意识感受到异常状态。

在思维产生器质性障碍直至中断信号传递的过程中，意识对于时间的感受将逐步加快（在之前已有相关论述，意识主体感受时间的效率提高，相当于意识看待周围时间流逝速度减慢），因为与意识直接对接的排列集群在逐步缩小。那么在最后的过程中，意识感受将会在诸多实时体验之后才会被判定死亡。虽然在外界看来仅经过短暂时间，但是意识会将此时间无限放大，通过死亡之后接收信息范围及物质结构比例可估算其时间感受的快慢。

在死亡之后表现状态会是怎样的，亦可分为两方面来观察验证：

1. 主观感受变化

主观意识上停止与传统思维器官的信号传递后，我们已论述过意识不存在死亡，是恒定永存的，所以我们本节讨论的是器质性问题。人类常态下思维器官物质集群的中断状态对意识感受的影响是逐步且迅速的，从初期的思维记录错觉，到幻觉的产生，再到仅依靠本能做出基本回应（如诸行为下意识反馈、基本感受反馈等），最后使自我意识对周围的感受无限加放，直至再次与另一可思维物质集群连接并分析处理时间感受信传递至自我意识，都不再会有时间感受。

2. 外界观察本意识的体验

如果以主思维为主导的肉体行为仅失去其信息传递的最终导向，那么外界观察的结论未必会有所变化。失去主意识或是所有意识并不会对思维结果产生严重影响，只不过是求生欲（感受自我存在欲望及依赖）的丧失而已，且此项并不是绝对依据。

门里门外

　　李想放下手稿，与之前的那次补充内容很相似，应该是从论文中特意拆出来的内容放到今天才给自己。但是赵游交给自己的时候却说是他最近才写的。李想总觉得赵游是在一个特定的时机来将这一部分交给自己。只是一个论文而已，按理说没有多大必要如此吧。又没见到里面暗藏着哪些玄机。李想琢磨或许是赵游想通过论文告诉自己什么，而因为自己的愚钝没有理解其意，算了，没有必要想那么多，消遣而已。

　　也不知道出于什么想法，李想有些迫不及待地拿着手稿站在钱思的门口。在得到赵游的同意之后立刻就想与钱思分享，可能是在这样的地方难得可以找到一个可以好好交流的人吧。钱思的门是关着的，李想略有徘徊之后还是敲了敲门，见没人回应，尝试着开门，却发现门是锁着的。算了吧，总会有机会见上。只是不知道他什么时候会离开，应该不会很快吧……

　　几日后，李想如往常一样，起床后的第一件事就去钱思的门口看一看，但是却没见到其人，或许是已经真的离开了吧。李想对于这事虽然比较伤心，但也不算是执念，没准儿会有出去的一天，那时再见也来得及。这只不过是在无聊时光之中的消遣而已。他漫步在走廊里，安静得可怕，只有李想自己的脚步声在此回荡，没一会儿就又来到公共区域。这里的人日渐稀少，他甚至都有些忘记之前这里还有过喧闹的日子，他扫向这里的每一个人，突然一顿，发现钱思居然在，他坐在了窗边的位置。李想没有停留，而是立刻回身走向自己的病房，不是去做别的事，而是回去拿书稿。刚拿来手稿走到钱思的病房门口，就见钱思迎面走来。

　　"你最近去哪了，怎么这么久不见人？"钱思问道，也似是在责怪李想。

　　"应该也没太久吧，只是这里的无聊让你觉得时间过得很慢，所以才会有过了很久的错觉。"李想回道。

　　"怎么样，论文的事问过作者了吗？"钱思虽然这么问，但是似乎语气中没抱有多少希望。

　　李想将论文顺手递了过去，钱思也小心翼翼地接过来。"谢谢，那我先回去看看，有机会再交流吧！"钱思道。

　　接下来的几天里，李想时不时会去院子里走一走，但是却从未见到钱思的身影，或许是真的离开了吧。是时候回归到他自己平常的生活中了。他再次路过钱思的病房，意外地发现房门是开着的，他抱有一些期盼地快步走了上去，只见到了一间空空的屋子，东西散落得到处都是。隐约记得的那些物品还在，有些物品上面还落了尘土，显然是有些时日没有整理过了。李想不禁在想，钱思真的走了吗？看来未必吧，或许是又换了一个房间。只不过这间病房是一定不会住了吧……他也没再多想这个问题，转身回房去了。

最近没有见几面医生，大多时候都是由护士来负责送餐及送药，今天也是。身体有些发抖的护士放下晚餐和药之后立刻跑得无影无踪。有段日子这药量没有变化了，李想吃下药之后躺到了病床上，慢慢地闭上双眼，神智也逐渐模糊起来。

这……又是一场梦……

身体感觉到前所未有的疲惫，浑身都是汗，而双手……李想低头看了看，鲜血淋漓，却没有感觉到丝毫的疼痛。这……是自己又杀人了吗？在梦里，周围的一切都会努力地为"现实"编造各种理由来让你相信这并不是一场梦，所以李想只会断定自己杀人了，手上的鲜血是别人的。但是是谁的呢？应该就是地上趴着一动不动的这个人的吧。李想看着他的背影，有着强烈无比的熟悉感，必然在哪里见到过。他在这静立很久，很平静。

出于好奇心，李想还是想知道这个让自己产生如此强烈熟悉感的人到底是谁，希望不会是与自己要好的那两个人吧。他凑了上去，把尸体翻了个身，尸体的脸露了出来，这角度恰好面对着李想。他再也把持不住，被惊吓得连忙后退几步……这是李想自己的脸……这会是……他自己吗？李想拖着自己的尸体，一步一步地走着，也不知道拖着要去哪里。就这样凭着感觉走吧，自己都已经死了，爱去哪去哪吧，有那么重要吗？李想继续走着……这里是哪里？看似一个废弃了的地方，破败不堪。看着自己的尸体就在身边，李想甚至以为自己真的死了，现在的情况不过是灵魂出窍而已。梦里的一切都太过于真实了，甚至比他清醒的时候更有实感。李想坐了下来，开始仔细端详起他的长相。以前的李想很少照镜子，对整个世界充满陌生感的他甚至有时认不出自己的照片。最近一次看到自己的照片还是前一段时间，只不过他是怎么看的，现在有些回忆不起来了。他突然站起身，或许是想出去透透气，或是与自己的尸体坐在一起的感觉过于诡异吧。略微犹豫之后还是出了门。李

门里门外

想记不起这是哪里，神智随着他的步伐越来越不清楚。最后，睁开了眼。

两日后，李想觉得有必要去与赵游见一面，毕竟手稿的事需要与他解释一下。路过钱思的病房时，门是开着的，他向里望去，没有人，便走了进去，并随手将门关上。既然钱思走了，来这里看看他的东西应该没什么吧，也许都是些不重要的东西。他俯身翻找着，抽屉里、柜子里、床上，到处看着，有个东西吸引了他的注意。是一摞破旧的纸，上面有着密密麻麻的小字，这正是赵游论文的手稿。李想既惊喜手稿的失而复得，又不爽钱思对手稿的不重视。明明那么急切地向自己要这个东西，可离开前既不拿走，也不归还，真是不明所以。李想将它收好，视若珍宝，他没再多逗留，因为他对视线内的那些书啊，零七八碎的东西一样都提不起兴趣。

李想将书稿放回到病房收好，又坐到了公共区域靠窗的那个位置。这里的人几乎彻底不再发出一点儿声响，他也喜欢安静，所以也就更加喜欢坐在这里，发着呆，思考一些事情。看起来病人们已经走了许多，他也不知道自己什么时候才可以离开，看医生的态度应该是不会那么轻易地让自己走吧。估计只要赵游的事不了结，且李想那边的事情没有一个结论，他够呛能出去。记得之前与钱思见面时，钱思说有可能再也见不到，钱思一定是知道了一些李想不知道的事情。或许其中的事赵游也是知道的，等见到面之后问一问也许就会明白了。阳光逐渐明亮起来，这里的病人也多了几个。不过这一点儿也不会影响到李想发呆，他又开始神游，回想着刚刚钱思房间里的那些杂物，总觉得有哪些不对劲的地方，虽然看起来都是些不值钱的东西，但是也算"跟随"了他很久。就像那两本书，显然是常常被翻看，要不然不会看起来那么破旧。与其说是准备好了之后离开，更像是突然离开，什么都没来得及准备。不过也许人家之后会回来再收拾东西吧……反正不知道他会不会回来，就去把那两本书拿来看看吧。想着，他便起身走向钱思的病房。

李想走到门口，见里面有人，本以为是钱思，却发现不是，而是这里的工作人员，这个工作人员的身影看起来很熟悉，或许是经常见到的缘故吧。这个工作人员可能是感觉到有人在门口，下意识地回头看了李想一眼。李想看着这个人收拾，觉得他收拾得毫无章法，不过就是将东西随手扔到一个大的垃圾袋里而已。这样显然不是在帮人收拾东西，更像是在处理、扔掉，那么就是院方已经确认钱思要么逃走了，要么……死了。李想有些不想再思考下去，这不是他所希望的结果，因为他知道，钱思逃出去的可能性是不高的。如果他是逃出去，至少不会这样突然，将手稿还给自己的时间还是有的。他现在再回想起之前钱思对自己所说的"再也见不到"，看来是他知道自己时日无多吧。精神类疾病也会使人死亡吗？这不科学吧。而且钱思知道自己会有这么一天，就使这件事变得更加蹊跷。会是因为其他原因而死吗？这是突然发生的，甚至"突然"得还未来得及将手稿还给自己，这代表钱思只是知道即将会死亡，而不知道具体何时。李想自打来到这里之后头一次止不住地对一件事反复地思考，完全停不下来。这关系到很多问题，自己是否也会因为相类似的原因而死，只是恰巧自己还未发觉这个原因，再者就是自己目前还未接触到这个原因。

啊！对！如果钱思真的不是出院了，而是死亡了的话，那么那些消失了的病人……想到了这里，李想再也坐不住了。开始在走廊里来回穿梭，排查起每一个病房，很多病房收拾得干干净净，什么都没有，就像是从来都没有住过病人一样。这使得李想越来越恐惧。在此之前，他从未注意过这件事，都安于自己的生活。他总是在想，别人的事与自己无关，更何况这里的"别人"都是些精神不正常的病人而已。现在看来不得不关注一下了，因为在这个地方，所有人都被社会认定为同一类人，不会有人因为医院中的某一特例而另有关注。更何况在医院对外所公开的信息中必然对李想及赵游这样的"特殊情况"进行模糊处理，这里的这群人便变得尤为不重要。往好了想是实行安乐死来缓解巨大的费用开支，如果往坏了想那也有可能是当作活体器官来贩卖获取利益，还有可能李想这些人不过就是被圈养的小白鼠来完成某些人体试验。种种可能都使得李想对未来产生了深深的恐惧感。

又是一间病房，同样是在收拾中，同样的黑色袋子，就连工作人员的动作都很相似，显然这样的事他们最近没少做。这让李想更加确信了自己的猜想，他们肯定不是出院了，而都是以非正常的方式消失了。他强装镇定地路过着一间间病房，尽量让自己平静下来，同时也让自己看起来如同往常一样一无所知，没准这就是一场游戏，一场知道答案就会死亡的游戏。虽然这个答案迟早都会公布，但是至少现在，这些不知道的人还可以活着。此时的李

门里门外

想甚至有些庆幸自己的后知后觉，如果像其他的病人一样，或许自己会比钱思还要先走一步也未可知。不对，不对，赵游一定是知道些什么的，只是在交谈中从未谈及过这些问题。记得第一次见面时他说的那些话显然是知道些什么，但却因为某种原因而没有办法明说。想到此，李想快步走向公共区域，也许会在那里见到赵游吧，他现在最想做的事，就是与赵游好好谈论一下这件事。

李想惊奇地发现，在公共区域的角落里，坐着一个人。这个人李想再熟悉不过，就是赵游。这是李想头一次在公共区域看到赵游独自一人，看起来并不是如同其他病人一样毫无目的地坐在那发呆，似是在思考着，时不时还看向窗外。可能是发觉了有人在注视，赵游的目光也转向李想这边。二人对视，李想还没从惊讶的神情中缓过来，却见赵游向自己招手，示意李想过去，只是赵游的表情依然有几分苦恼。李想也没犹豫，因为本就是来这里等他的，没想到变成了赵游等自己。

"你怎么在这？很少见你出来在公共区域独自一人待着。"李想还没坐下就说了起来，"我正想找你呢。"

"哦，没什么，随便坐会儿而已，怎么，找我有事？"

"嗯……"李想有些挣扎，不知从哪开口，也不知那些事是否可以在这里说，至少之前与赵游的谈话中，赵游从未正面谈论过涉及医院秘密的事。想了想，开口道："你有没有发现医院中的病人少了？"

赵游听到这话之后一愣，显然对李想的开场白有些意外，说道："这难道不是一件再正常不过的事吗？以前就如此，只是你没有发现而已。"他似是犹豫了一下，又道："或许你很久以前就发现了，只是没有在意过。"

李想听到之后顿时一惊，如果赵游与自己在说的同一件事的话，那么是否代表着之前几乎所有的病人都没有等到出院的那一天……李想试探地问道："你是说，以前也这样？多久以前？这到底是什么情况？"李想的情绪不由得开始激动起来，声调也高了许多。

"别这么激动，能不能小声点儿？"随后目光看了看周围，似是在告诉李想这里不方便谈论这件事，"我记得很久以前我就提醒过你，只是你没有在意而已。不过也不是什么重要的事，知不知道也无所谓。"

178

"不重要？无所谓？他们都……"李想的话说到一半，就被赵游用手势止住。

"我知道你想说什么，不用说出来，只要是在医院这个范围之内，都不方便说，你自己知道就得了。"

"好吧，那么，有别的应对方法吗？"

"似乎目前没有，也不太需要，尤其是对于你我而言。"

"是吗……也对……咱们是特殊的，必须在这里。"李想说出这话的时候有些伤感，也不知道是因为钱思的消失，还是对于他自己前路的绝望，"那……你知道自己什么时候离开吗？"

赵游听到这话之后诡异一笑，回道："我不知道，我想你也应该不知道。"说着，还冲李想眨了眨眼。

"哈哈，不知道也好。比什么都知道要好。"

"怎么，想通了？不再纠结了？"

"哼，我本来就没在纠结什么，只是在这里等待有些不甘心而已，或许我们应该做些什么，至少应该尝试一下。"

"你打算……做什么？"赵游有些惊讶。

"嗯……"李想在思考如何说，如何组织语言去表达他想说的意思，"我想尝试一下，打破规则。"

"我想我可能有些理解你说的意思，你想与他们不同，不按照这里的方式从而得到不同的结果？"赵游开始沉思起来，不一会儿又道，"你也想离开，但是你不想像他们那样离开，而你知道这里的规矩是你不可以离开。"

"呵呵，赵游你果然理解我。"李想笑了笑，又问道，"怎么样，一起不？咱们一起来做这件事。"

赵游陷入了沉思，看样子是在挣扎，但是似乎是在为其他的事，而且是很复杂而且特别重要的事。李想可以理解赵游，因为他知道赵游对这里的了解一定比自己要多很多，看起来似乎是什么都知道，但是又出于某种原因在这里不方便说出来。

"嗯……那就一起吧，但是你知道什么了之后可别接受不了。记住我说的话。"赵游凝重地说。

"到那时知道也就知道了呗，无所谓了。该知道的总会有知道的时候，所以希望可以选择我得到答案的方式，你说对吗？"李想向赵游笑了笑。

赵游听了这话之后笑了起来，但什么都没说。

"你说，咱们来了这么久，外面怎么样了也不知道，咱们如何在外面生活呢？你对外面还有牵挂吗？"李想问道。

"不知道，什么都不知道，牵挂的人……呵呵，没有了吧。来到这里之后，还会牵挂谁，又会被谁牵挂？"

"没准儿会有呢，我也许就有一个。"李想微笑着，"没准儿那个人还有些思念我，又或者埋怨我，我想我会去看一看吧。"

"希望有吧，我是应该没有了。"

"那可不一定，没准在哪个你没有发现的角落里。"

"呵呵，角落，那这个人可藏得够好的。"

"所以啊，去找出来。咱们是不是可以先计划计划了？"

二人谈论了许久，聊得时而激动，时而愁眉不展，有那么几次还争论得很是激烈。但是李想却有些回想不起细节，只是知道应该如何去实施。虽然聊得久，但多数内容只不过是涉及一些原则性问题而已。更多的是要达成什么样的目的，解决什么样的问题。而在遇到情况时，只能依靠各自的随机应变，不行就放弃。

第二天早晨，李想没有出门，先是站到了窗边，观察起院子里的情况。院子里走动的人们，时时刻刻都会看着院子周围的围墙，如果有异常的话，这些"乖宝宝"们就会立刻跑去通知医生护士或其他工作人员，所以必须先了解他们的行为方式。好在最近在院子里闲逛的人不再如之前那么多，还算有可乘之机。李想觉得反正已经在这里待那么久了，不差多几天，也就决定再看几天，为此还做出了一个"值班时间表"来，总结出他们游走的规律，还真被他找到了一些可以利用的信息。比如下午太阳快落山的时候，一般这里都不会有人，反倒是在夜里这里会有人巡视。所以如果执行自己的逃跑计划最好是下午这个时间。但是李想有些担心院子里的摄像头，不知都在照向什么方向。这个在有机会时得与赵游去监控室里确认一下，或者得确认一下监控室值班的情况以及摄像头切换的时间及位置。所以在这几天里，李想的注意力不仅是放在院子里，时不时地还会假模假样地在走廊中游走，不经意地注意着监控室的门口。看来是因为医院人手不足，夜间多数情况都有工作人员在院子中，监控室里却没有人在。或许这样安排也是对的，毕竟在监控室中发现了情况的话再跑到现场肯定是来不及的。

李想之前从未在夜里仔细看过医院周围的环境，他想着既然是准备在傍晚时离开，看不清周围的路，那么得寻一个有光亮的方向，要不然无论多久都找不到人家可就悲惨了。这样的冬日夜晚真的会将人活活冻死。看着太阳渐渐落下，吃过药，虽然有些许困意上涌，但是李想强行压制住这种感觉。他打开门，向楼下走去。这个时间里只有他还在楼里游荡。尽管小心翼翼，但还是显得这声音极为刺耳，只有一个人脚步声的楼梯，安静得可怕。也不知道楼梯的转角后面有什么在等待自己，总是感觉有什么东西在前面。同样的，似乎也有什么在后面的转角紧紧地跟随着。只是与他不同的是，它们没有声音。这可能不过就是在行偷鸡摸狗之事时的心里紧张而已吧，都是在自己吓自己。不过……那道影子是真的吗？虽然什么声音都没有听到，但是似乎看见了有什么东西与自己擦肩而过。

"你这是干吗去？"突然有人在李想身后发出了声音，这声音一点儿也不阴森，反而很平静，只是在这样的夜里，以及这样安静的环境中出现，着实让李想惊出一身冷汗。这声音李想确信不是自己熟悉的那些人的，但是却感觉似乎听到过，只是分辨不出是谁而已。

"哦……我去院子里走走。"李想强行让自己平静下来，尽量使自己的声音听起来不那么颤抖。他想了想应该是个工作人员在说话。没等他再开口，李想便继续向楼下走去，也不知道是自己的错觉还是怎的，这楼梯为何如此的长，就像没有尽头一样，好像身处于彭罗斯台阶，永久地走着。这让李想觉得是走入了这个工作人员设下的圈套里。

"好，那你早点儿回病房，别太晚了。"那道声音又从身后响起。

"知道了。"

李想站到了院子里，院楼上没有灯，所以对李想所要观察的东西没有影响。以前似乎从未注意过这里的夜晚，这里很美，天上的那些微光时不时抖动一下，漫无边际，比大海还要辽阔。没有月光那样刺眼，但是却比月亮多彩绚丽，这或许是李想人生中第一次看见如此的美景。他甚至因此忘记了来到这里的目的，寻找的不就是光亮的方向吗，那些天也是……李想摇摇头，使自己清醒了些，目视远方。还好，北面的方向有村子的亮光，今天算是完成了计划的一部分了，有了方向，就可以准备实施了。

"今天晚上，咱们去监控室看看。"李想坐在赵游的对面，他们依然是坐在公共区域的角落里。

"准备工作都做好了？"

"差不多了，一般每天夜里都没人，到时候咱们一起去，你负责把门儿，听到有人要过来就叫我，以免让这里的工作人员察觉到咱们的意图。"

"你确定你准备好了吧？准备好面对一切。"

"那是当然，我想你也是。"

"我不用准备什么，我该知道的都知道。"赵游说起这话来很是放松，样子也有些懒散，与这里的病人们格格不入。

"呵呵，那今天晚上见，还是在这里吧。"

"好，晚上见。"

这一天夜里，李想吃完药就没敢睡下，一直站在窗边观察着院子里的情况。待工作人员走进院子之后已是深夜，那人一步三晃的样子似乎与以前病人的样子没什么两样，或许每个人的内心都是一个精神病人吧，当没有人在旁边的时候就会显露出他们的本来样子。李想悄悄地走到病房门口，没有立刻出门，而是听着外面的声音，确认着外面是否还有人在游走。他们的行动不仅不能让医护人员和工作人员看到，就连病人看见也会惹出诸多麻烦事，所以还是躲着点儿好。李想屏住呼吸，静静听着走廊中细微的声响，比往日还要寂静。连平时常有的风声都没有，听上去就是什么都没有。见没什么动静，李想放下心来，平复了一下紧张的情绪，打开了门。周围一片漆黑，只能依靠隐约的亮光看见周围环境的轮廓。他从房中探出头，扫视着周围，感觉上与以往的走廊有些不一样，同样是空荡无人，但是他觉得多了些什么，是一种熟悉的感觉，是有人注视着自己的那种感觉。没错，这里有人！这里一定有人！只是这个人被黑暗隐去了身形。

"走吧，我等你许久了。"一个声音从前方传出。

"我以为你会在公共区域等我，来都来了，你可以叫我一声啊，干吗在这等。"

"哪都一样，走吧。"

二人悄悄地，顺着走廊，走向监控室。

"行了，你在外面等着，要是听见有脚步声过来，你就叫我。"李想安排着。

监控室里的屏幕不大，只有两台，所以得挨个画面切换着看。嗯……这是楼道……嗯……这是院子……北向……围墙……大门……嗯……院子全貌……嗯？工作人员不在院子里，不对啊，这个时候工作人员在院子里巡察才对。或许是去了卫生间吧……就像那天一样，在楼梯上遇见。也不知现在去了哪里，找找吧……好在摄像头都是夜视的，看着画面与白天也没多大区别，只是没有颜色而已。他在监控前不停翻找着工作人员的身影，却见所有楼道中都是空空荡荡的。不对，一定有什么地方不对……李想细细思索着这个感觉是由何而来……对啊！赵游呢？赵游也不见了，怎么回事，刚刚还说好要在门口把风，人却跑了。李想有些坐不住，万一在察看其他摄像头角度的时候工作人员回来了计划将会彻底失败，他连忙起身离开。他猛地打开门，却见到赵游依然站在那里，从未移动过地方一样。李想被吓得差点儿坐到地上，这不应该是梦境，这些都是真实的，但为何会出现这样的状况？李想不停地否定着自己各种想法，怎么都解释不了现在所发生的一切。

诡异的冷风再一次吹起，给这里的阴森环境增添着恐怖色彩。二人对视着，却谁都没有发话。赵游微笑着，抬起右手，指向李想身后，应该是监控的方向。李想惊魂未定，看着赵游睁大双眼。而赵游没有理睬，自顾自地将门缓缓关上。李想心乱如麻，完全不知道该如何解释现在所发生的一切，这一切都如此真实，不像是做梦。为何在监控里看不到赵游？他怀着诸多疑问，走向刚刚赵游所指的方向，这些问题的答案应该都在这里吧……李想忐忑地坐了下来，翻看起摄像头所拍下的一幕幕监控记录。李想在医院中的各种过往被翻找了出来。从李想第一次与赵游见面到刚刚二人同行，以及李想印象中与赵游的谈话，都不见赵游这个人，看见的都不过是一个人在自言自语而已。不对，这件事不对，视频中虽然这个人站的是李想的位置，但是……这个人不是印象中他自己的模样。这个人是……赵游！一直都是赵游在视频中

门里门外

自言自语，李想看着赵游在到处游走，之后又回到了自己的房间，自己……根本不存在……李想的精神处于崩溃的边缘，他狠狠地抓着自己的头发，用尽全力在回想着自己的过去，但是什么都想不起来，好像在开始工作之前的记忆都凭空消失了一样，什么都没有。即使有，也如梦境一般朦胧。他失去了一切，所有，甚至是自己的身体。原来一切都不曾存在，现在的李想失魂落魄。

　　这难道就是赵游的那句"你准备好了吗？"的真正含义吗……这比李想做过的所有梦都恐惧。

新 的 计 划

2.6 新的绝望

　　果然，现实相较于梦境是更能够让人绝望的，至少在梦中时可以期望醒来与一切说再见，而在现实中唯一可以期望的却是死亡。

　　李想跌跌撞撞地走出了监控室，大脑中前所未有的空白，他不知自己应该去干什么，该去哪里，什么都不存在，都与自己无关。周围的一切，自己所见、所想、所听、所感，这些都不属于自己，这些的主人都是赵游，那么自己又算什么？真是可笑，自己什么都不是吧。原来赵游真的是有病的，不论自己是否真的存在，单从监控录像中赵游的行为来看，他就是有病的。站在各个角落里，自己与自己窃窃私语，而看起来似乎还有声有色。李想甚至还清晰地记得监控中那些画面当时的自己与赵游都在谈论着什么。可笑，真是可笑，自己还假模假样地给了自己一篇论文，自己难道不知道这篇论文的所有内容吗？这都是自己写的啊。此时的李想紧紧地抓住自己的衣领，身体也用力前后摆动着。他不断地、疯狂地摇晃着自己的身体，试图将自己摇出这具赵游的身体，或是将赵游摇出自己的身体。可是他也知道，这些"小动作"都是徒劳的，一丁点儿的用处都没有，现实该如何它就会如何，不会因为自己的欲望和行为努力有丝毫改变。他想放声大哭，而似乎是赵游不允许他哭，让他找不出任何理由去哭。赵游的声音依然在耳边回荡着："你确定你准备好了吧？准备好面对一切。""你确定你准备好了吧？我记得你确定了……""这都是你自己的选择。""准备好面对一切了吧？我想你准备好了。""既然准备好了，你也确认了，那就不要责怪我了。""呵呵，知道答案了吗？""那么，这是你想要的那个答案吗？"李想狰狞地笑着，他回想起自己曾几何时有过这样的表情，相同的感觉还在，只是他无法确定那是否真的是自己的过去。

　　他在脑子中拼命地搜索着证据来证明这一切都不是真的，都不过是赵游专门为他设计的一个"戏法"而已。"大变活人"这样的魔术在电视中常常见到，一点儿也不难，对！赵游有充足的时间来准备这一切，这"戏法"一点儿也不高明，自己写不出那样的精神病论文，就算再活几十年，就算在这家医院里无所事事地生活一生也写不出来，因为自己从来没学过相关的知识，也没看过更没拥有过关于哲学的书。那些不是自己，李想坚信着，最坏的情况也不过就是这一切都是幻觉，自己常会有幻觉，这回只是更真实的幻觉罢了，要么就是梦境，一个各种感受都极为真实的梦境，只是……梦境里都不会发觉这是梦境，记得这个问题论证过，梦境中都会自发寻找事件发生理由而使之变得合理。李想抓狂地发现，这样的话便会产生悖论：梦境本身在为自己不是梦境寻找合理的理由时产生了"梦境中会自发地为梦境中事件寻找合理的理由"这个定理。而这是赵游给自己的论文中设定的理论，并且自己也认同，那么此时就不应该是梦境。但如果自己认定了这条理论之后又反向认定了这现在找到的理由合理有效，使得这又是梦境。这……简直就是赵游送给李想最大的精神折磨，这个问题的本身就是它的答案。李想再一次变得癫狂，头发已经被他自己抓得如他的思维一样凌乱。

他走到了自己病房的门口，这是属于自己的病房吧？李想挣扎着，是否应该进去。他就这样静静地站立着，如往常一样，安静的，一句话都没有。他已经无法确定病房之内会是怎样的情景，本来已知的一切都变得无法预知和确定，那边还是自己的病房吗？赵游的病房中会有什么，会不会使得自己知道更多的答案，这答案会不会对自己的思维记录产生更多的否定。这些都是不可知的，他也不知自己从何时开始流下了眼泪，而之前的狰狞笑容依然挂在脸上，不知眼泪是属于赵游的还是属于自己的，也不知这笑是属于赵游的还是自己。右手微微抬起，是要将门打开吗？不，还是算了吧，无论去哪里都可以，只是不想去赵游的房间，李想还没有准备好接受所有的一切。他现在还需要时间，渐渐地消化这些所谓的"答案"。但是却不知该走向何处，除了这间病房以外，还可以去到哪里，本就无家可归的李想现在变得更加无家可归。他努力地让自己冷静下来，静静地站了好久，似乎心跳也在缓慢下来。还好，可以使用大脑来思维了，在记忆中仔细查找可以让他产生希望的"蛛丝马迹"。

对了！李想似乎回忆到了什么，似乎在自己的记忆中看见了一点点的希望，或者说是不合理的地方，他自己的样貌在逐渐变得清晰起来。在他看来他并非从未存在过，因为有一张照片是他与赵游在一起的照片，就在病房中，现在还清楚地记得，那是他亲手藏起来的，就在那部照相机里！李想不再犹豫，打开了病房门。

这里一如既往的漆黑，什么都看不清楚，李想只能到处摸索着。按照记忆中的位置，果然它还在这里，他安心了许多。"一会儿一定要找到照片拿给你看看，嘲笑你这小把戏的拙劣。"李想自言自语着，打开照相机开始翻找起来。一张接一张地翻过，没错了，这里照片的顺序还如他初次翻看时一样，内容也是相同的，看来这更像是真实存在的东西，而且看这样子应该是没有人动过的。嗯，赵游那张照片出现在了屏幕上，之前没有仔细看，现在李想将照片放大，对，就是赵游，这就是他印象中的赵游。照片中周围有些暗，但是看起来很熟悉，似乎就是他自己所熟知的公共区域，他就在那里似乎是等待什么，只是照片上没有时间信息，所以无法与监控室中的录像对照一下，以证明录像的记录是被人篡改过的。在李想的印象中，很快就会翻到他自己与赵游的照片，这使得他的心跳再一次的加速，甚至他的手开始有些发抖。

对！就是这张！他与赵游在同一张照片之内，虽然有些不太清晰，但是李想认定了这就是他自己。将照片不断放大，之前因为镜头离得比较远所以忽略了许多细节，也没有看清照片上自己与赵游都在干什么。待将照片放到足够大，又调整了屏幕的亮度之后，他的表情渐渐凝固，呆立在了原地。照片中的自己站在了赵游的身后，而此时赵游却像是毫无察觉一样依然面对着自己的病房门。李想对这样的场景没有一丝一毫的印象，而且这样的事在他的所有回忆里都没有也不可能发生过。从来都是赵游先发现他，或是赵游在某个地方等他，待他一出现在赵游的视野中时第一时间就可以将目光放到他身上，所以这样的情况是不可能出现的。而这些都不是最重要的，最令李想恐惧的是这张照片之上，自己的目光正在看着镜头的方向，没错，就是镜头的方向，李想确信自己没有看错。照片中的自己就像一个调皮的坏孩子，在戏耍着现实中的自己，李想诡异得毛骨悚然。李想的记忆中从未有过有人给自己拍照片的场景，所以不可能有看着镜头的照片出现才对。李想对照片中的自己更加陌生，在某种程度上说，他似乎有些相信了这不是他自己。

他再也经受不住这样的精神折磨，瘫到了病床上，这一天实在是有些太过于疲惫，无论从身体上还是心灵上，都难以再承受这样的压力，或许躺在床上睡去是除了死亡之外最好的解决方案。闭上双眼，尽量放松下来，同时也尽量让自己什么都不去想，也不知这是正在进入梦境还是回到原本的现实。总之，离开这里，至少是暂时的逃开，躲到另一个世界里，不管那里是没有赵游，还是没有自己。在深夜的黑暗中，李想眼前不断地浮现一幕幕的场景，还有那一张张的照片，自己一直在目不转睛地看着自己。那感觉似曾相识，这种与照片相似的场景，在哪里见到过，或者说如果，李想是在想如果……自己真的是赵游的话，不……这绝不可能。虽然他没有过任何自己被照相机拍下的印象，但是那就是他自己，天天见到的自己。李想就这样满脑挣扎地入睡，或是……挣扎地从梦中醒来，李想也不知道。

虽然是冬夜，却依然可以闻到那股腐臭的味道，充满着四周，也不知道他是否刚刚睡着了，迷蒙地睁开眼。夜还很深，漆黑的房间里隐约能看见空荡的四周，什么都没有，只有简陋的床和蜷缩在一边的室友。李想借着微光可以看到室友的样貌轮廓，他……睁着眼吗？醒着的？李想慢慢走过去，正想问问怎么了，为何不睡觉的时候，却又呆立在原地，他几乎要尖叫起来，这个睁着眼睛正在直勾勾地看着前方的不是别人，正是他印象中的自己。见室友没有反应，李想凑了上去，仔细观察起来，死了，确实是死了，而且显然死了有一段时间，身上有些地方已经开始溃烂，有些破损的皮肤看起来像是被虫子老鼠啃噬过的样子。李想现在处于几乎要咆哮的边缘，费解着自己怎么会死了，在白天还……不对，这不会是他自己。李想拿起照相机，翻出之前见到的他与赵游的照片，仔细对照着，这……的确就是照片上的人，这是李想在刚刚还认为是自己的那个人。也不知这个人死了多少天，是怎么死的。这一定就是一场噩梦而已，没什么好怕的，一切都不过就是梦境。自己刚刚睡着了，这是假的，不用在意。李想已经瘫坐在了地上，现在正不自觉地向后爬行，偶尔还敲打地面和自己的胸口，企图用痛感让自己从这样的梦境中醒来。用尽全身的力气爬到了虚掩的门边，挣扎了许久，却把门关上了……外面，李想对外面更加恐惧，透过门缝他看见的是黑暗，除了黑暗什么都没有，只有属于夜晚漆黑的空空荡荡。他奋力地挪移到墙角蜷缩起来，这里似乎是

门里门外

最能给他带来安全感的地方，因为借着月光可以隐约看见整间房子空无一物。准确地说还有具略见腐烂的尸体陪伴，相比于刚才瞥见那门缝外的漆黑的楼道与若隐若现的某些幻觉，似乎这具看得见摸得着且毫无威胁的尸体更让人感觉无害。这一定是一场梦，也许闭上眼再睁开就能轻而易举地结束这一切。这个人是谁？如果不是他的话，这个人会是谁？他苦苦地想着。他在照片中的行为明显是知道照相机的位置，那就说明他是认识照相者本人的，要么是摄影师的朋友，要么就是摄影者本人的自拍。看起来，是摄影者本人的概率要更大些吧，而且照片的角度看来是从下往上拍，明显是将相机放在了地面上。那么这个摄影者为何会死掉，而且尸体还一直在自己的病房中，这令李想很不解。如果现在并非梦境的话，那么医生和护士怎么会没有发现？这显然是不合理的。

李想思考着，为何这里的工作人员会允许一具尸体留在一个病人的病房中。也许真会有这样的可能吧，比如最近病人接连死亡，这对于本就缺少工作人员的院方来讲根本来不及处理这么多死人；再比如，这个人不是病人，其尸体的管理权不在医院，且对于医院来说死一个病人或许不算什么，但是死一个正常人，对于医院这边来说是有些不好解释的，所以没有一个正规的处理渠道，只能先放下不管；再比如，他的死因或与医院有关，所以医院在刻意地淡化此事，并且欲想将此事的责任推在李想身上，只不过事情的发展与医院的预期有些不同，虽然不知他精神状况到底严重到什么程度，反正是发现了这件事；再比如，这事与李想有关，他们在用尸体为他做一个有趣的心理实验，或许此时某些工作人员在下注打赌，赌他会多久发现每天自己都与一具尸体共眠；再比如……只是李想也知道，这些猜测都不那么合乎逻辑，都不够严谨。无论多少假设都不过是猜测而已，没有确切的证据来证明。睡吧……睡吧……或许到了明天，一切就都会过去，什么都不会存在了也说不定。李想慢慢地再一次合上眼……可能是太累了，也可能是因为之前的药刚刚才发挥效用，他很快地入睡了，睡得如同死人一样，对周围的一切毫无知觉。

一夜无梦，李想醒来时阳光已是很刺眼，他是被杂乱的声音吵醒的。似乎当时是有人在他的病房中活动、说话，他才因此恢复神智的。他缓缓睁开眼，目光扫向那具尸体，却发现它已不见，或许是本就不存在吧，果然，那些都

190

不过是梦境而已。可是当他看向手中的照相机时，又是一脸茫然。如果是梦的话，为何它还在，为何它里面的照片还清晰地印刻在脑海里。李想本想欺骗自己，却发现自己异常地清醒，而昨晚所发生的一切都是真实的，至少相对于"李想"这个自己可以被定义为真实经历。不知这对于赵游来说算是什么。所以李想现在有些不确定在自己从入睡到醒来之间的这段时间里赵游是否在占用自己的思维及肉体有所行为，那么就不知是有工作人员来将尸体抬走，还是被自己以某种掩人耳目的方式转移了地方，或许都不是，而是其他的某些原因而导致了这样的结果。

李想打开病房的门，再一次愣住了，这……不是他的病房。一开始李想甚至没有反应过来这是哪里，联想前一天晚上所经历的那些事，还以为这不过是赵游的房间而已。他仔细观察着周围的环境，这离他的病房也没几步的距离……这……居然是钱思的病房！自己怎么会来到这间病房，是昨天晚上回病房时走错了房间还是自己入睡之后，哦不，或许是身体被赵游占用之后看见一具尸体就躺在自己的旁边而感到不适吧，从而将尸体移走或自己换了一间附近的病房。李想假想着当时的情景之下赵游的感受，不禁笑了出来，这有点儿像是一次顽皮的恶作剧，将赵游狠狠地捉弄了一下。从结果上来看，既然他醒来时换了房间，那么就应该说明从某种意义上到了一定的效果。此时的李想特别想说出恶俗的那句话："赵游啊赵游，你也有今天。"有了这种想法之后的李想，心情都好了许多。

李想回到了房间，见到药和早餐已放到桌上，而那具尸体也已真的不知去向。如果赵游真的会因为尸体而产生不适的话不应该会放在李想的房间如此之久，总感觉哪里有些不对劲儿，但却又找寻不到缘由。从上次与赵游谈及这个摄影师之死的情形来看，赵游应该是在确认着他的一些猜想，那么这个人的死不应该与赵游及李想有关系。李想努力回想着赵游所说话的每一个细节，当时赵游知道这个人死了，而且在与李想确认着时间差的问题，也就是说赵游认定这个人的死与自己是有关系的，只是他当时也不太确定这其中到底是怎样的关系。也不知为何赵游如此确定是李想杀了这个人，至少从语气中在表示着深深的怀疑。李想当时也没太在意这个问题，现在回想起来似乎就变得有些诡异，赵游到底在寻找什么答案呢？只不过是一个精神分裂病症而已，忘记些事情不是很正常的事……不对，果然有问题！如果可以通过监控确认是李想所为，而不是李想与赵游所为，那么分裂出的精神就不仅有这两个，而那个意识是具备强烈攻击性的人格，这个人李想和赵游却从未发觉过。或者说是李想从未发觉过……毕竟他才刚刚知道了自己是真的患有精神疾病，还未来得及仔细去思考自己身上所发生的一切。这个有攻击性的人会在哪，什么时候出现，对于李想来说一切都是未知数。从目前已知的情况来看，别的暂且不说，李想本身是失去了离开精神病医院的理由，怪不得在他提出要逃出去的构想之时，赵游的反应那么平淡，就好像这一切都不过是自己的自娱自乐而已。呵呵，想来也真是可笑，另一个自己给自己一篇论文，自己居然还真的认真地看了一遍，而且还仔细地思考了……就是不知在自己知道了这些事之后还会不会再见到赵游，应该还是会见的吧，精神分裂这样的疾病怎么会那么好医治，说好就好，而且是由另一个自己采取这种几乎算是"自杀"式的治疗方法……

　　想到这里，李想若有所思，似乎是想到了一个什么关键问题。对！这些意识的目的是什么，想来应该都是希望自己生存下去，而又希望自己的病好起来，所以会想方设法地消灭其他意识。也就是赵游后来给李想拿的那个补充篇——《思维与意识的连接中断》中所要讲述的那种情况吧，也许每个意识或多数"自认为正常"的意识都在努力地使其余意识中断连接。不知是否已有人寻找到了有效的方式。呵呵，不由得笑了出来，自己好像是无所谓的吧，记得自己本意就是死掉而已，甚至是生理上的死亡。如果是生理上的死亡，他们无论有什么样的想法，都会与李想共同死亡，谁也得不到这具身体、记忆及诸多感受。唉……李想感叹着，还记得自己为何会来到这家医院吗？同时又为何一心求死呢？还记得吗？"哈哈哈——！"李想突然毫无征兆地笑了起来……那是因为啊，自己的妻子死了，而自己……或许就是那个有攻击性的自己杀的。他现在回想医生在对自己进行精神状态鉴定的时候或许都是在认真地完成他的工作而已吧，以自己的病情来看，或许算是一个非常具备研究价值的病例也说不定。如此看来，的确也没有太大的意义去纠结自己到底该不该去死的问题。相较之下，或许将那个"凶手"找出来才是有必要的事吧。李想仔细地在自己的思维记录中搜寻着蛛丝马迹，将之前没有在意的那些细节翻找出来，有些经历由于当时的注意力没在上面，现在已很不清晰，不过好在还有些许印象。

零散的记忆碎片被不断重新翻找了出来，李想在思考自己是因为什么事产生妻子出轨的幻觉，现在看来那或许并非是幻觉，是另一个自己在占用着身体，而妻子却无法发觉。在当时自以为是梦境中杀了妻子，却是另一个自己看到了有人与妻子在一起的这一幕之后无法压抑住冲动导致了惨剧发生。这也许就是赵游论文中的某个意识"以自有经验性观念无法容忍拥有感被强行共享，在被强行共享之后产生了敌对思维"的缘故，而当时自我意识又无法将另一个意识从生理上将其致死，那么只能退而求其次将妻子杀死。从过去的种种迹象来看，李想看到这一幕是需要不断感受、逐渐发觉的，必然先有预知，才会有幻想与现实时间相符合的印证。那么是由何时开始有这样的怀疑感的呢？记得是生活习惯，以及非自己的私人物品出现在家中的时候。李想似乎抓到了什么相关联的东西，书！记得是叫《精神表象学》这书……好像在哪里又一次见到过……想到这里，他立刻起身，快步走到钱思的房中。这里已被收拾过，但有些东西还在，其中就包括几本书。李想在之前就有熟悉感，他拿起其中一本，的确是《精神表象学》。翻开仔细看着各处痕迹，相比之前看到的样子更加破旧，但是李想非常确定，这与之前在家中见到的绝对就是同一本书！他将这本书收好。那么钱思与自己有什么样的关系……会不会钱思就是那个意识……李想决定今晚再去监控室看一看，找出来或许是钱思占用身体时与那个被杀的摄影师都发生了什么，从之前在与钱思提及赵游这个人时他的状况来看，或许钱思也知道赵游的存在。李想感觉自己的记忆有些混乱，不知哪些是自己，哪些是赵游，或者……哪些是钱思……回想过去，似乎有些李想眼中赵游的行为与自己印象中的自己的确是重叠的，与钱思也有些许重叠。记得那段时间常会做几个有关联的、怪异的梦，又是梦到奔跑，又是梦到有人死在自己的面前，或许那就是模糊的钱思记忆吧……

又是一天深夜，这回李想是自己来到了监控室，当然他上一次也是"自己"来的这里。动作比上一次熟练得多，心境也比上次平和了许多。这次已经没有了别的想法，也知道了许多关于自己的事，即使被发现了也没多大关系。所以他现在坐在屏幕前异常坦然地翻看着那一天的画面，时间也停留在

门里门外

了那天的下午，嗯……的确是李想自己动的手……但是这一幕怎么似曾相识，也对，这就是他的经历。只不过当时不算作他自己的记忆而已，只是这还确定不了当时的意识是钱思。当然，梦境虽然有模糊的印象，但不可以作为依据，只能用来参考。李想继续翻找着，看到了自己在追逐……许久，李想看到了自己躲进一间屋子，哦，记得那是个杂物间……但是……从楼道的位置来看……这分明就是钱思的房间……李想这时回想起在时间发生之后见到钱思的情况，之前还以为是他精神出现问题，现在看来应该是因为他真的杀了人导致精神的崩溃。唉……李想感叹着，原来这一切都是他自己啊，只是感觉那次对话中，钱思的异常状态更像是初次杀人，妻子的死亡会和他有关系吗？真是让人困惑。那次的对话既不能说明是钱思杀的妻子，也不能说明不是他做的。看了监控之后仅仅是印证了钱思也是李想的一部分，在他看到自己印象中交给钱思论文的影像时自言自语的情景，更加使他确信了这点。

楼道里传来了遥远的脚步声，李想也没有慌张，有条不紊地将东西收拾好，平静地走了出去。看来人还离得很远，只能听到脚步声，却见不到人影。他随手轻轻地将门带上，如平日散步一样走向自己的病房。

第二天，李想坐在公共区域，有些恍惚，虽然没有过多久，但对于他来说真的恍如隔世。自己的一切都发生了改变，从一个正常人到一个精神病患者，从对有一天能够离开医院到现在一无所有的绝望。如果可以选择的话，他宁愿什么都不知道地度过一生。而现在却什么都变了，他在这里等待着，说起来有些可笑，他是在这里等待另一个自己，没错，他在等待赵游的出现，有些话想当面问一问他。可是李想在这里等了很久，赵游没有出现，就连以往赵游给他的那种感觉也荡然无存。赵游这个人就像从未出现过一样，一切都不过是李想的臆想而已。这里的病人又少了，显得很空荡，也很冷清，往常这里热闹的场景不会再见到。记得前不久李想还以为钱思同这些病人一样，都是死掉了，结果，钱思根本就不存在，或许只是李想自己搬来搬去给这里的工作人员添麻烦了而已，真是可笑。等等，这里的人的死因……不会因为……自己吧……当这个可怕的想法出现在李想的脑海之后，他再也坐不住了。这家医院到底有什么目的，如果是因为李想的原因而让这些病人不断死亡，那他们不会没有发觉才对，医院也没有将他控制起来，而是纵容他这样的可怕行为。他们在利用李想吗？以此来减少没有支付医疗费用的病人数量，最后所有的责任都推在他身上就可以了，毕竟他在进来之前的供词足以判定这些人是由他所杀，就算无法证明，也是他的嫌疑最大。当然，还有监控录像来证明……那就更不用多说什么了。怪不得不知从何时开始，这里的护士们都显得有些惧怕李想，甚至许多次都是见到他之后便迅速跑开。自己……果真是个罪人，李想这样想着。

李想认为应该为此做些什么，将自己锁起来吗？不知这样会不会有作用。他茫然地走回自己的病房，想了个办法将自己反锁在病房中，静静地等着。慢慢地，他又睡下了。

这……可能是一场梦吧，就如昨日的场景一样。李想一脸茫然，在楼道里行走着，路过着一个个病房，所剩不多还有人住着的房间里传出他们只有在自己病房中时才敢发出的声音。有的在自言自语，有的似乎在嘶吼，这在李想的印象中是精神病院里应该有的样子。也不知是出于什么心态，他在某一个门口停住了脚步，耳朵贴到了门上，聆听起里面的声音，似乎这里的门隔音都不怎么好，楼道里都能听到他们的叫喊声。不过可笑的是护士们却都无动于衷，完全不会被这些声音所影响。

"你怎么会在这里？"屋里的人就像在与李想对话一样，差点儿让李想产生了被发现的错觉。

"为什么会这样？"似乎里面的人开始语无伦次了。"门外有人吗？"隔了好一会儿，"有没有人永远不会知道……""哈哈哈……啊！……"咣咣咣！李想觉得里面的人可能有危险，开始想将门打开，却发现门被锁住了。他急忙去找护士，可是走在楼道里的护士一见是李想跑着过来，像是受到惊吓一样叫喊着跑开了。待他再回到那个病房门前时，那里面已经没有了声音，也有可能是里面的人听见了外面的声音就停止了动作吧。

赵游会出现在这里吗？赵游还会出现吗……或许就见不到了吧……无论是在哪里，都无法再见到。李想有些惆怅，有许多事是想当面问一问的，难道这就没有机会了吗？在这样的地方，到处充满着腐臭味，这个味道是如此真实，如那具在自己房中的尸体的味道一样。虽然它被抬走了，那股味道却像烙印在了李想的灵魂中一样，久久不能散去。李想在这里无法仔细地去思

门里门外

考问题，只能通过下意识去行走，跟随着自己的本能游走着。他站在楼道里，神智渐渐涣散。不知过了多久，他发现自己站在洗手间的门口，面对着洗手台上的大镜子，看着自己模糊不清的脸，傻笑着，自嘲着。都站到这里了，还认不出自己来，回忆不起自己的样貌，甚至连赵游和钱思的样子都有些回忆不起来。李想真的没想到会有这样的一天，自己就连自己都恐惧，怕得连自己的样子都不敢回忆起来，真可悲。他的注意力都放在了自己身上，就连身后的声音都没有注意到，只知道有人，有开门声，有说话声，有脚步声……他完全没有在意……当然那些对于李想来说一点儿也不重要，现在也似乎没有什么东西对于李想来说是重要的了，甚至他又有了轻生的想法。这时，更多的东西冲入脑海，隐约地记起一些从未有过的往事。这……是赵游的吗？李想感觉自己在写着什么，就是那篇论文吧，听到了嘲笑声，许多的嘲笑声，即使用尽全力去堵住耳朵也没能止住这些从灵魂深处传来的嘲笑。不知不觉间，眼泪流了下来，这大概就是赵游当时的感受吧……看来，或许他才是身体的主人。李想闭上眼睛，双手擦去泪水，睁开的时候发现自己已躺在床上。这大概……不是梦吧……

天色渐晚，药和晚餐已在桌上，李想察觉到了一些不对劲儿的地方，总觉得哪里错了。他从床上坐了起来，吃了药和晚餐，看着窗外发着呆。既然见不到赵游，而赵游有时会占用自己的身体，那么……给他留字条吧，李想便在桌子抽屉中翻找起来，没一会儿，就找出了纸和笔。他苦笑着，这也许就是赵游用来写论文的工具吧……他拿着笔，思考着，该怎么说呢？犹豫许久，写下："是你杀的我妻子吗？"随即，又团成纸团，扔到了垃圾桶里，这么问完全没有意义，无论回答是与否都有些无力，便又开始写："你杀过人吗？"又扔了……这或许会让赵游产生自己（李想）杀妻的错觉。由于无法确定哪一个自己的精神状态所以防止那个自己自杀更不能这么问，唉……干脆还是算了……此时，李想不知是否由于药力的原因，困意再次涌了上来。随即躺到了病床上，睡了过去。

第二天一早，李想慢慢睁开眼，发觉手中似乎拿着什么东西。他看向手中，立刻清醒了起来，是昨夜自己留给赵游的字条，本来是团成纸团的，现在已经被平铺开来，上面已经有了回答。第一个问题的回答是："不是。"而另一张上面回答的是："没有。"李想仔细看着这个字迹，与赵游的字迹比对着，似有相似的地方，但是总的来看却不像是出自同一个人的手笔。而相反的，李想自己所提问的问题那几个字，倒更像是出自同一个人的手笔。难道是……在写这问题时，是赵游在主导，而非自己？那么……赵游是在想什么？也是如自己一样不知道杀妻之人是谁吗？李想揉了揉蒙眬的睡眼，坐了起来。却发现有个人坐在桌旁，这个人给了李想很熟悉的感觉，可能是见到过，这里的病人吗？他想不起来这里有这个病人，似乎是昨天还见到过的样子。在他愣神的时候，这个人发现了李想手中的两页纸，顺手拿了过去。李想听见这时外面传来了脚步声，或许是医生或护士把，便也没打算开口说话……但坐在对面的人说话了："你怎么会在这？"……李想很疑惑，这里是自己的病房，另一个人却如此问自己，感觉有些莫名其妙。这个人看向手中的两页纸后，先是一愣，然后又开始思索起什么，又惊呼起来："怎么会是这样？"然后开始狂笑，笑的声音很大，却又透着一丝的悲伤，似乎有眼泪在眼中打转。但是很快的，笑声戛然而止，冲到李想的面前推着李想的头往墙上猛地撞去。李想连忙开始呼救，想让外面的人听见，这时听见了开门的声音，可是门是锁着的，陌生人停了下来，连忙跑了出去……

此时的李想产生了特别怪异的感觉，似乎什么时候经历过一样。他拖着身体，大脑一阵眩晕，强忍着疼痛走到楼道中，想寻到昨天见到的护士问询一下，可是等了许久之后，别说昨天的护士，连一个人影都没有。这时他的头一阵阵刺痛，他痛苦地抱着脑袋，蹲在自己的病房门口。渐渐地，他回忆起许多事，这些大概都是赵游的经历，而自己的存在感在逐渐消失着。这种体验非常不好，就如同自己在幻想之中走向死亡的感受一样，身体的每一部分都在一步一步地远离着自己的意识。他回忆起自己就是赵游，至少在这一刹那自己就是，"李想"只不过是自己在逃避现实之时无奈、不得已而出现的。他的思维开始有些混乱，现在和之前发生的事，对于他来说哪个才是梦境，刚刚见到的那个人是谁，昨夜如果是真实的，为何会与今天的事如此相似。如果刚才的事是真实的，那么昨夜经历了什么会感知到今天发生的事，那么妻子死的那天先后哪个时间轨迹是自己的，又回到了之前的问题之上，谁杀了妻子……再或者在杀妻之前，那天的梦到底哪个是真实的，这让李想的脑

门里门外

袋几乎要炸裂开来。

　　许久之后，李想缓缓站了起来，看向前方的镜子中的自己……呆立在了原地，是赵游，镜子中自己是赵游的样子……只是渐渐地，眼前的画面变得模糊起来，应该是自己的眼泪吧……这是自己哭了吗？应该是自己吧。或者正在哭的这个人是……赵游……李想有些不知该去向哪里，是否应该把自己当成赵游。在别人的眼中，自己从未是李想过吧……那自己活着的意义是什么，还是寻找杀死妻子的凶手吗？找出是哪个自己所为，还有必要吗？就连自己都不是自己的，妻子更不是自己的了，这些都是赵游的，自己何必庸人自扰，那些烦恼的事与自己有多大的关系……算了，或许与这些说再见才是最好的选择吧。

　　李想准备好放弃一切，什么都不想。整理好思绪，放平心态，跟随着自己的感觉而行动，活得如同行尸走肉一般。转眼间，李想坐到了公共区域，依旧是窗边的位置，这里的人所剩无几，或许是都死掉了吧，与自己又有什么关系，自己活着也如同死了一样，眼神呆滞，像是没有了灵魂。有一道想法转念而过，流星一样闪现之后便消失不见，像是从未来过一样。李想恍然间知道了许多，也解开了很多之前所不理解的问题。只是既然已经放弃，就没有必要深究这些。风声依然很大，但已经不再如之前那样寒冷刺骨，或许是过了很久了吧，天气已从深冬入春，再不然许是他自己的感受在退化，在逐渐缺失吧。这就是赵游在拿回属于他自己身体的感觉吗？像是要死了一样。记得有一次吃过药之后就是这样的感觉，可怕至极，但也无力反抗。他觉得现在的自己才更像是一个精神病患者，什么都不用去想，所有的事只需要凭借着感觉就行。之前的李想实在有些太累了……也的确是时候休息一下了。

　　也不知道在这里坐了多久，李想一直保持着这样的状态。公共区域里突然安静下来，楼道里传来了冰冷的脚步声，原本还会有人发出声音的公共区域变得落针可闻。这些病人不约而同的行为引起了李想些许的注意，但转瞬间他的思维又神游天外了。那脚步声在不断靠近，一步一步地击打着在这里的每一个人。也不知在何时，停顿了一下，而后看见了猎物一样加快了速度，最后停在了李想的面前，坐了下来。

　　"我们好像很久没有坐下来面对面聊一聊了吧。"这声音在李想的耳中很陌生，却又似乎很熟悉，他显然是认识这声音的主人，但却又怎么都回想不起来。并且发自心底地反感恶心，把这人当成敌人来看待，想来也许是对赵游做过不少让他不开心的事吧。许久李想都没有回话，只是慢慢地转头看一看这个人到底是谁，会让自己产生这么多的复杂情绪。

"原来是医生呀，是有好久没聊了，怎么今天有闲心来看看我？"李想的语气很平淡。

"我想……你已经发现了什么了吧……"

"嗯……看来……我是真的有病吧……比如，精神分裂？"李想沉默了一会儿，"我想，你应该与另一个我见过吧？呃……不……不应该是这个问题，应该是……嗯……你……猜一猜我是谁？"说完李想诡异地一笑。正觉得无趣的李想准备逗弄一下医生，让他以为是那个狂躁的杀妻者在与其对话，但不料医生却完全没有任何惊讶的表现。

"呵呵，你现在是李想。但是……已经多半是赵游了吧。"医生眯着眼睛看着李想，继续道，"那么，你是希望自己是赵游，还是李想？我倒是希望你仍然是李想。"

李想听完医生的话之后愣了一下，之后开始犹豫起来，这里的空气都安静了下来。医生这时也没有打断李想的沉思，只不过面容上微不可察地露出一丝狠意。

"我想不出来，可能是谁都无所谓吧。或许是李想多一些，毕竟我仍然认为自己是李想。"

"嗯，我也觉得这样挺好的。"医生将那不易被发觉的狠意立刻隐藏起来。

"怎么？听你的意思是……"

"你猜的没错，如果你想做李想，我认为我还是有办法的。"医生微笑着看着李想，似是在观察什么。

"真的吗？"李想有些质疑医生的话。

"哈哈哈，当然，我可是一名合格的精神病学专家！"

"那好吧，你准备怎么处理？"李想还是有些不信。

"其实很简单，对症下药而已，我会给你换种药。"

"嗯……准备什么时候开始？"这时李想突然想到这里消失的那些病人，

又开始有些犹豫，会不会自己也同那些人一样，吃了药之后就"消失"了。便又说道："这样吧，再等上几天，让我的身体先缓缓。你也知道，我刚刚经历了一些不好的事，心情上也需要缓和一下。你觉得如何？让我在体验你的新治疗方案之前也准备一下。"

"嗯……也好……也许这样会让治疗效果更好。"

"好，那咱们就这么定了。"

"等你准备好之后来找我吧。"医生说完便起身。

"还请稍等一下。"李想叫住了医生，"我是否可以再问您一个问题？"

医生转过头来，似笑非笑地回答着："可以，但是我想我知道你想要问什么，我建议你还是不要问了。"

听到这句话之后，李想的眉头皱了起来，挣扎了许久之后，最后还是妥协了，"好吧，看来问也不会得到答案，我说的对吧。"说完，李想又恢复了之前的呆滞状态。

医生听了之后也没多说什么，便转身离去。李想又陷入了沉思，会是赵游，还是钱思，又或是这几个人包括李想以外的人。本以为会放下一切的李想又开始回忆起那时的事，目前基本可以确定的是出轨对象应该就是钱思，至少在赵游与李想的幻想中出轨对象就是钱思，而且钱思是有杀人倾向的，从对话及监控等方面来看，这个问题上钱思的嫌疑最大，那么……不对，李想发觉自己陷入了一个思维误区，杀妻的不会是出轨对象才对。而书是钱思的，从生活习惯上看，钱思就是会引起人联想的那种对象，所以当时与妻子在一起的是钱思，而杀妻的人就不会是钱思。从赵游与李想的字条以及目前李想已知赵游的记忆中了解，赵游也不像是会有杀妻这样冲动的人。那么这个人会是谁，李想应该见过才对。赵游作为这具身体的真正拥有者应该会比李想更加在意这个问题的答案吧，但是为何他却是因为一篇论文而进入这家医院的呢？在目前李想可回忆的记忆之中，虽然融入了许多赵游的回忆，但是却很少回想起医生的影子。想来也对，或许是因为在进医院的这段过程里几乎都是由李想占用着身体的缘故吧。

那么，钱思呢？李想目前并没有钱思的回忆，从赵游的感觉来说目前也未有体验，这又是什么情况？或许是李想有些时候错将他的现实感受当成自己的了吧，比如说梦境，以及人格解体／现实解体障碍（引用自《变态心理学》这种障碍被描述为感觉与自己的身体或意识分离，或对周围环境的分离或非真实感，感觉自己好像是自身行为的旁观者）。李想回想着各种记忆，就比如有一次自己去到他的病房，见他吃药，其实就是自己在吃药，而当时自己判断他……不对，又有问题来了，当时认为钱思是比自己早来这里的，因为他吃的药比自己同期的药多，所以见到钱思的场景就应该是相当于预感知现实事件。那么在自己印象中，甚至刚刚医生所说的那些话，是否代表着自己即将同钱思一样，会死……不过这样的话有些问题便无法解释，比如自己拿到论文的时间以及自己作为赵游交给钱思的时间。或许目前只能以内感观与外感观的时间感受不同来解释吧。看来目前只有自己即将死亡是必然会发生的。或者真如医生所说，自己的病在好转，只不过是有个分裂意识通过医生的治疗手段而消灭了吧。或许放弃才是自己最好的选择，做自己实在太累了。如此想着，神情又变得呆滞起来，神智也随之越来越模糊。

几天后的夜里，李想突然发觉自己站在院子中央，他一度怀疑到底是过了几天的时间，因为天气给他自己的感觉已经转暖，不再如之前那样冬日的寒冷，现在显然已入春。他快走了两步，走到了院子的大门口，这里依然如印象中上着锁，这可能是赵游记忆中的事吧，而在李想记忆中这是梦中的样子。自从李想放弃了挣扎，他清醒的时间渐渐变得少了，好像他真的变成了赵游，有时会有梦，但更多的时候却是恍若一瞬。现在的李想与当时的钱思感受一样，自己即将要离开，清晰明了地知道那会很快到来，或许今天睡去就再也不会以李想的身份醒来了吧……

新的绝望

第三章

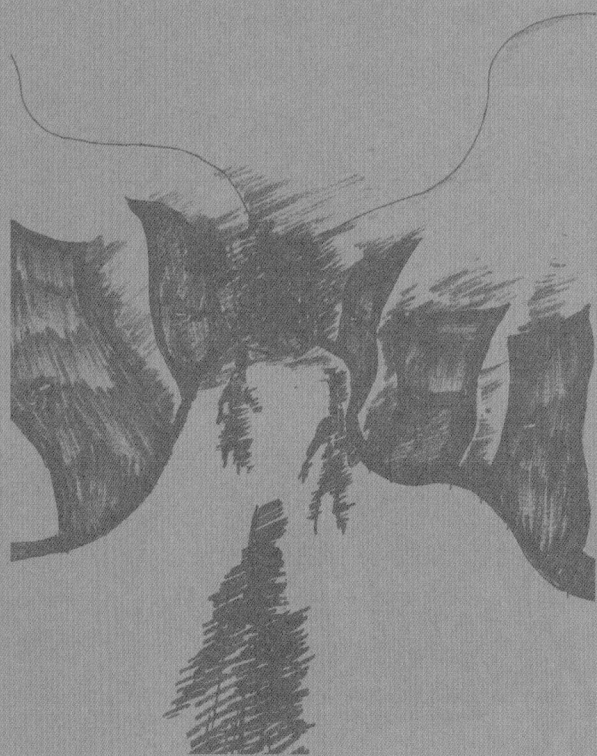

3.1　梦醒时分

　　睁开蒙眬的睡眼，看了下周围，这是……哪里？

　　这里的环境似乎是很久很久以前了，又好像恍如昨日。他从床上坐了起来，透过窗帘缝隙看见外面的天刚蒙蒙亮，感觉上有很久没有见到窗帘这样的东西了。床很软，给了他难得的舒适感，同时也带来了满满的睡意。之前的都是梦境吗？有很多东西都记不太清楚了，只是记得这场梦很长，只是无论梦境有多长，都必然有醒来的时候。他用力地摇晃着脑袋，想让自己清醒一些，因为这场梦持续得实在太久，使他有些想不起现实中的自己是谁。由于动作有些大，一不小心似乎弄醒了睡在旁边的人。

　　"赵游，怎么了，今天是休息日，起这么早干吗？"一个女人的声音从旁边响起。

　　"哦，我知道，只是我好像做了个噩梦，而且这个梦似乎很长。"他下意识答道，连想都不用想，脱口而出。

　　"什么梦啊，快给我讲讲，你前一段时间也说经常做梦，是不是该去医院看看？"

　　听到医院两个字之后他沉默下来，许久没有说话，似是陷入了某些不那么愉快的回忆里。

　　"也是，我看你自己也能解决，去也没有多大必要。还是先睡个回笼觉吧！"女人说完还打了个哈欠。

　　"我有些睡不着，先出去走走吧，你接着睡。"他说完便下了床，如往常一样收拾整理了一番，在卧室中还扫视了一圈，熟悉感愈加强烈起来。这里就是他自己的卧室，衣柜、书桌、床，还有在床上又一次睡着了的妻子。相比于之前的梦境，这些显得真实了许多。只是现在的眩晕感太过于强烈，不知是因为睡得太久，还是因为这场又长又怪异的梦。刚刚妻子叫自己继续睡，但自己还是坚持要起床，不是因为不困，而是因为有些惧怕了那样的感觉，怕自己在睡去之后再一次落入那可怕的梦境之中，虽然到底经历了些什么已记不清楚，但是那种深深的恐惧、纠结、伤痛、绝望都如烙印一般，铭记在记忆的最深处。或许吧，那里还有着死亡的感受。

不知不觉间，他走到了卧室的门口，将手放到了门把手上，浑身一颤，又是那种感觉涌了上来。这是在梦中的那种感觉，难以描述，却可以清晰地感受到这一幕给自己带来的诸多情绪。不安，对未来的不安，能够预感到开门之后将是另一个世界的苦恼。留在此处吗？是谁让自己走到了这里，站在了门口，是谁在引导着自己将手放在了门把手上？在这股力量面前，他所有的纠结与抵抗都显得苍白无力。现在的他就像是在看一场电影，无论谁的行为轨迹都无法被自己左右。这大概就是现实的悲哀吧。他还没来得及多想，自己的右手便不由自主地将门打开了。他不敢直视周围的一切，生怕见到的不是自己心中所想的样貌。可是，他没有力量去挣脱枷锁，眼睛依然直视着前方的一切。他心中松了一口气，沙发、餐桌，一切都如往常一样，这个应该是客厅的地方陈设就如久远记忆中的那个客厅一样，平常、温馨、熟悉。这里的窗帘也是拉上的，缝隙中闯进来的亮光将整个客厅照得明亮。这是一种久违了的感觉，这里的所有物品都清晰可见，只是有些清冷。所有地方都收拾得干干净净。虽然有些地方落着灰尘，但是物品的摆放很整齐，所以这里有些符合他的品位。当然，心情也就随着所见的一切好了许多。是有多久没有如此舒适自然的感受了，整个人都可以全身心地放松下来，什么都不用去想，只需要让自己瘫在沙发上，呆滞地将目光放到没有画面的电视屏幕上。他没有打算打开电视，没有什么想看的节目，也没有其余的任何动作，这样的环境使他的睡意越来越浓。就在即将睡着的时候，他猛地睁大双眼，惊恐地望着前方的电视，电视屏幕上依然是深邃的黑色，什么画面都没有。是他隐藏于心底的恐惧，对那个梦境的恐惧吗？或许不是，或许是对自己的恐惧，是只有他自己才会拥有的对一切的未知而产生的恐惧。似乎他以前从未对自己有过认真的回忆及思考，而这些复杂而又烦琐的事在那场梦中都有了接触，但是引起了什么样的后果，似乎印象越来越模糊不清。他反复揉搓着自己的脑袋，想要通过这样的方法来回忆起什么，可惜许久之后依然一无所获。

他站了起来，缓缓地走向餐桌，见已准备好了早餐。他疑惑着难道是自己在沙发上坐了很久了吗？竟然连妻子为自己准备好了早餐都没有发觉。他走向卧室，却发现妻子应该已经出门了，这里空空荡荡的，就连床都已经收拾整齐，窗帘也已打开，外面的阳光射了进来，稍微有些刺眼，还好没有那么令人生厌。这样的阳光会让这间只剩下他自己的屋子显得不那么冷静。他见妻子不在家，便又转身回到客厅，也将这里的窗帘打开，好奇地看向外面，可以清晰地看到外面的街道、来往的行人。树木也已见绿，都似获得新生一样的嫩绿色，无论高大雄壮的，还是矮小的幼苗，都在不由自主地摇摆着，看得出它们的无奈，那些奇怪的扭动姿势像是在挣扎，也似是反抗，与它们自己生命的反抗。叶子们同样在撕扯着自己，欲挣脱树枝的束缚，它们或许不知道吧，只有在它们枯萎死亡的时候才会得到解脱，现在这些只不过是笑话。这个季节大概就是这样吧，新生，所有都在重获新生中。来到这里之前它们什么都不知道，否则它们不会选择来到这里吧，一定会选择一个相对美好的地方。或者就如他一样，对此无从选择，不知之前为何会离开，也不知为何会回来，当然更不知将会去到哪里。

　　他坐到了餐桌前，看着眼前的早餐，心中的陌生感不停地涌现，同时出现的还有一丝厌恶，难道就连这样的情景都是无法改变的吗？他悲哀着这都是别人替自己做好了选择，自己需要的就是照着画好的路线走下去，就不会饿到，也不会干渴。这样的轨迹是安全舒适的吧，只是失去了某些人生中应该有的东西，他的右手又不由自主地动了起来，不一会儿，似乎是在咀嚼。他或许所有的心思都放在了悲哀的情绪之上，没有感受到最终的酸甜苦辣，只有逐渐明显的饱腹感在提醒他这样的行为动作即将结束了。

　　他放下碗筷，深吸了一口气，感叹着自己的胡思乱想，都是一些毫无意义的事而已。待他回过神来的时候已站到了大门口，心脏再一次猛跳了两下，他不知何时走到了这里。记得似乎是刚起床的时候有过出去走一走的想法吧。只是当他真正站到了这里时，对门外事物的未知感再一次阻止了他。他将耳朵贴了上去，这样的感觉实在太过于熟悉，不知在回忆中的哪个角落里有过许多次相似的情景。慢慢地，将眼睛闭上，静静地听门外的动静，欲消除些对那一边的恐惧，或许当他对那边不再那么陌生的时候就会放心大胆地将门

门里门外

打开去面对一切。

外面静悄悄的，什么声音都没有，如漆黑夜晚一样死寂，让他产生了一种错觉，以为这里只有自己一个人……空荡荡的走廊，什么声音都没有，或许这层楼里的住户们都如他自己一样在门口偷听着外面的情况，却没有一个人肯先踏出这一步吧。也不知是哪里来的这种想法，就连他自己都觉得这未免有些可笑。这里的一切仅仅是安静而已，仅仅是因为空无一物的空寂，是真的什么都没有，不是他什么都不知，一定是这样的。这样想着，他的内心也逐渐坚定下来，终于鼓起了勇气，准备将门打开。就在这时，那边传来了脚步声，时而近，时而远，但却始终没有离去，有时会停下许久，但是他听得出那个人只不过是停在了原地，也没有离去，时不时还会发出一些让人琢磨不透的声音，分辨不出那人到底在干些什么。他对那边的人一丁点儿兴趣都没有，不想知道那人是谁，在干什么，他只想等到那人离开，消失在自己可察觉的感官范围之中。也不知过了多久，他在这里站得脚都有了些许酸麻感，那边的人似乎还没有消失、离去。算了吧，看到就看到吧，至少听起来似乎已经走远了。他再次将手放到了门把手之上，打开了门。

他或许是站得太久了，头有些晕眩，浑身也有些不听使唤，甚至还怀疑自己出现了幻觉。在刚刚回身关门的时候，发现身后似乎有人。那个人看了他一眼，面孔是他从未见过的，很陌生。他知道，应该是错觉，不会有人的……真的不过就是错觉而已。他转身过来，从刚刚的陌生人面孔回过神，看向周围，本来的未知、复杂心情，统统消失得无影无踪，这里的四周他再熟悉不过了。沙发、电视、餐桌……还有那一边的卧室。见妻子从卧室中走了出来，对，这脚步声就是她的，这有什么好恐惧的，是他最亲近的人，也是最了解最熟悉的人。早些将门打开就好了，没必要做多余的挣扎。只是……刚刚的自己在哪里……在此之前又去了哪里……似乎忘记了许多事。

"出去了这么久，你去哪了？"妻子问道。

"哦……哪也没去，就在外面随便走走。"

"这大周末的，不好好在家休息，到处乱跑。"

"心情有些乱，就是想透透气而已。"

"吃晚饭了吗？"妻子说完这句话，他才看向窗外，天色已晚，不过感觉倒是没有多少饥饿感，便点了点头。

"也是，都这个点了，我也多余问你这个，这么大人了，肯定能照顾好自己。"说着，便回到卧室去了。

他没有跟着回卧室，而是缓缓走到了沙发前坐下，又开始静静地、呆滞地望向电视。周围的一切依旧收拾得整整齐齐，什么东西都没有改变。对了，这就是他自己熟悉的样子，这个样子一直保持着。他努力回想着今天所发生的一切，有着许多完全不符合自己所认知常理之事，有很久一段时间消失了，不知自己在消失的那一段时间里到底都发生了些什么事。他思考着，自己应该不会仅仅因为单纯的恐惧就主动地抹去记忆才对。或许是见到了什么打心底里不愿见到的事吧。也不知在门的另一边会是什么，他始终不得而知，总会有机会的吧。什么都不去想了，再想也是徒劳。他起身，将这里的灯都关上，房中静静的，就如同今日的走廊一样，在他心里的感觉极为相似，都是同样的什么都看不见、听不着，什么都不存在，只不过在此时此刻，自己置身于此而已。

他摸黑走进自己的卧室，这里什么都看不见，只能看到窗帘上的一道长长的缝隙，却因太过于微弱，无法映出房间内的陈设，只能依靠记忆来摸索前行。他的周围也同样的安静，静得似乎连妻子的呼吸声都能听见。好在这里没有任何杂物，他回到床上自己的位置很顺利，什么都没有触碰到，他还有些庆幸，没有因此吵醒熟睡中的妻子。躺到了床上，他支撑着自己的精神不敢入睡，这样的状态在他看来过了很久很久，以他的倔强拒绝着梦境的到来。只不过，该来的还是会来的，谁都无法阻挡。

这个梦很长，但是不同于之前的那场梦。这回很枯燥，几乎没有任何事情发生，不过就是以现有记忆幻想出的场景，与现实没有多少不同。他时而坐在一个地方许久，时而站在角落里发呆，有时可以看见前方的幽暗而遥远。但是这里只有他自己，在自己的梦境里只有自己是再正常不过的事，所以不值一提。整个梦境总是断断续续的，还好是静静地发呆，要不然又会费神费力地理不清思路。场景不断变换着，只是他的大脑像是被拿走了一样，无法思考，只能安静地观看着这一切，甚至有大部分都如过眼烟云，无法在记忆中留下任何痕迹。这里是客厅吧……他坐了下来，电视是开着的，放映着各种各样的画面，颜色单一，结构简单，没有任何内容。当然，就算有内容在这场梦中也够呛能看得明白。画面不断地变换着，他也如之前现实中一个模样，眼睛直直地望着哪里，很久很久。久到阳光渐渐明亮起来，久到阳光又消失得无影无踪，只有电视中的画面依旧在不断地变换着。转眼间，他又站到了卧室的镜子前，借着隐约的亮光看着自己，没有丝毫的情绪，呢喃着问着自己这就是自己吗？对，这就是自己！这就是赵游。尽管以现在的光亮难以看清自己的样貌，但是他确信这就是自己，镜子里不会出现别人的样子，即使是在梦中也不会，除非……转眼间又到了卧室的门口，只是不知道这是门的哪一边，实在是太黑暗了……这到底是哪里……似乎是有人在旁边说着什么，就是在这漆黑的夜里，在说着什么，这里的黑暗变得渐渐模糊不清……

"赵游……该起床了……醒醒……"

"上班快迟到了，别睡了，快起来……"

他揉了揉睡眼，睁开一道小缝，看向身边的人。

"马上，我再睡一小会儿，马上起。"

当他真正地睁开眼睛时，妻子已经不在这里了，看情况是收拾好之后去上班了。时间是否过得越来越快了？他有些反应不过来，总会丢失一部分，在不知不觉的情况下失忆。当然他也没有打算找回那些无关紧要的记忆，过得快一些在他看来也未尝不是一件好事，不用再烦恼如何度过乏味的、平淡的生活。无论当时的自己是痛苦还是什么，至少在现在的记忆里是不存在的，这样就可以了。

没有了之前的徘徊，遵循着工作日的规律，尽管身体所有部分都在传达着困倦，使他时不时地产生眩晕感，但是他依旧走了出去。当他踏出门外的那一刻，几乎要倒在地上，这个时候他甚至不知道应该去往哪里，去干些什么，只好如之前一样，跟随着感觉向前走。他也相信，这样走下去同样会到达应该去的地方。似乎在那场奇怪之梦之前就是如此，活着，但是可以活得不是自己，就像有个人在代替自己活着一样，完全不用去操心，把所有的一切都交给"他"伪装起来，装得更加符合这里的一切。他向前走着，也可以说"他"向前走着，就沿着这长长的走廊，慢慢地向前走着。时不时还会将目光投向两侧的房门，看着门下的缝隙透着细小的光线，铺向走廊里，让此地不至于伸手不见五指。他应该是最后一个走出来的吧，这是工作日，邻居们似乎不会有如他一样懒散的人，这个时间还慢悠悠地走在这里。这的确就是他家的门外，在记忆中就是这个样子的，什么变化都没有。与之前他听到的寂静是一样的，这里一个人都没有，看来之所以之前会有这些人都不在的错觉，大概也是因为他平日都是如今日差不多的，这个时间才踏上上班的路，谁都不会遇见，也就总会幻想那个样子吧。那些涌出的光线断断续续，没有规律，有的时不时还会动一下。他总觉得又有哪里不对劲……对了……这些光线不应该是这样的，应该是平整的……为什么……难道是……门后面都有人？

不，这不应该是这样的！他心中狂乱起来，门后不应该有人才对，不可能让所有邻居不约而同地站在门口，这件事说起来不会有人相信的，难不成他们都像自己一样，都将耳朵贴在门上，聆听着楼道中的声音？这个想法是多么的可笑。如果他们都这样，那也只可能是这里发生过什么可怕的事情吧，吓得这帮可怜虫连门都不敢出。但是在他的记忆中却什么都搜索不出来，只能找到一丝的感觉，那种感觉让自己萌生了刚刚的想法，使自己认为这里发生过一些可怕的事情。他不知道自己走了多久，转眼间已到楼梯口。这里不像楼道中那样阴暗，这里有窗，可以见到外面明亮的阳光，只不过看起来这会儿还算是清晨，那些亮光还有些清冷没有温度。踏下几步台阶，深邃的楼道中传来了一声开门声，像是在试探，没有说话声，也没有脚步声，只有在最开始的那个开门声在空寂的楼道中回荡不停。那个声音像个幽灵一样，向外逃窜着，时而撞向墙壁，时而冲向他的耳膜。他停下了脚步，回身上去，还未到楼道就又听到了一声轻轻的关门声，看来邻居也是准备去上班的吧，心里有些好奇，但又找不到一个理由走回去。就这样静静立在了原地，望向楼道与楼梯的拐角处。他在这里等了许久，却都没有听到脚步声，这让他更加好奇，现在只有那声关门的声音还在他的耳中回荡，时远时近，诡异离奇。邻居们在干吗？玩吗？还是如同那一天的他自己一样？哦不，那天的自己不会是这样的，那天的自己一定是走出去过，不会是在门口，因为妻子当时不在家，而当自己回到家时妻子却在家，那么妻子一定没有在门口见到自己。所以现在他们与自己是不一样的。他的好奇心更重了，只是如何思考都无法想通这件事。怀着满心的好奇，他又回到了楼道里，看向走廊的尽头，应该是刚刚传出关门声的方向。那里一个人都没有，依然是幽暗且深邃，地面上也如刚刚看到的一样，歪歪扭扭的光亮铺在地面。他也知道再在这里停留下去也不会得到什么结果，便转身下楼，随他们去吧，这与自己又有什么关系呢？

果然是个工作日，有工作日应该有的样子，人来人往，每个人都比平时的步子要快上许多，似是在追赶着什么，也许是时间，也许是金钱，都是在与各自的命运赛跑吧。那些人会将目光投向他，偶尔还会有人指指点点，他也不明其意，是自己有特殊的地方吗？他看向自己的身体，打量了半天也没看出个所以然来。都不过是些不认识的人，何必在意。他继续走着，走着，走着……周围的人渐渐也多了起来……这一定就是自己上班的路了吧……他停了下来，但是眼前的画面在飞速变换着，变得他头晕目眩，时而朦胧时而清晰，但是却什么都记不太清楚。不知到底过了多久，他感觉自己坐了下来，面前的东西很熟悉，大概是自己用了很久的物品。右手不断地重复着什么样的动作，一直……不停地动着。脑子也随之变得劳累，眼前的画面也不断闪现着。与刚刚不同，现在所闪现的都是记忆中的事情，这些一定都是他经历过的事情，什么都有，有之前上班时的样子，也有漆黑的夜晚，还有染着血的手……它们无序地在他的脑海之中放映着。有些似乎依稀记得，而有些却如同别人的往事刚刚钻入自己的天灵盖一样，完全没有印象，也不知是谁在拼命地给自己灌输这些东西，有什么样的意图。不知他的右手在干什么，手指都已隐隐作痛，手掌也渐渐地传来酸麻的感觉。他不知道自己在干什么，所有注意力和精神都在不断被残酷地吸取着，他的神智几度险些崩溃，仅仅依靠着精神中最后的一丁点儿倔强在坚持着。

再一次，大量的画面涌现，毫无规律，这是在拼命地为自己制造幻觉吗？那些场景、那些事，还未来得及让自己感受到恐惧就瞬间消失不见。连让自己回想起来都难以达到，那么，它还有什么意义？无论它有怎样的意义，无论它有怎样的目的，都没有达成。可笑，自己真可笑，就连幻觉都产生得毫无意义，渺小而悲哀。

不知不觉的，所有的画面突然开始急速地消失，似乎感觉到本来安静的四周开始吵闹起来，这是他自己在嘶吼吗？没有看见任何人的影子在自己的周围，这里空荡荡的，当然对于他自己来说也是模糊不清。有个声音由远及近，却分辨不出来是什么，应该是一个人的声音吧。这些幻觉与此同时也开始崩塌，不知从哪里来的一种怪异的情绪，竟然对这些有些不舍，但由于无论如何挣扎都无法挽留，便开始烦躁。这时他明显地感觉到了自己的嘶吼，疯狂、歇斯底里，冲着空气怒斥着。

"你没完没了了是吗？饭也给你做好了，叫你休息一会儿，你至于吗？"这是一个女人的声音，没错，就是妻子在说话。

"我不是说过吗，在我忙的时候不要说话打扰我！"他完全没有经过思考，这些话竟然大声地脱口而出。

"说句话怎么了，咱们有多久都没怎么说话了？"

"那又怎样，你第一天认识我吗？"

"不，你以前不是这样的！"

"我以前……"后面的话没有说下去，因为"以前"这个词他不知真正的含义，他不记得很多，也无法确定那些模糊的记忆是否就是他自己的记忆，所以话说到一半便停在了那里。

"怎么？又不说话了？你爱怎样就怎样吧。"

"你现在最好给我安静点儿。"

"好，好，好，你自己在这安静吧。"说完，妻子便转身离去，嘴里似乎还嘟囔着什么，却听不清楚。

他的神智再一次变得不由自主，许久之后，他回过神来，看着自己前方的茶几，空空如也，上面什么都没有。他坐在客厅的沙发上，不知自己是什么时候回来的，也不知是何时开始坐在这里发呆。之前眼前的画面是电视中的吗？绝对不是，那些都是真实发生过的，只是他有些记不得了，绝对与电视没有关系。看了看时间，已是深夜，四周被灯照亮着，正如他的妻子所说，给予了他足够的安静，一片死寂。四周的门都是关得紧紧的，这个不大的客厅被封起来，或许是妻子在生气之后将门都关上了，也或许是他想要留在这样的一个环境中获得安静，都不得而知，因为刚刚的那段记忆也消失了。他不知今天自己是否真的出去过，那些地方，回想起来很真实，不像是幻觉或是梦境，只是不知到底去了哪里，做了什么。甚至连他自己是如何工作的都有些记不清楚。只有那持续不断的饱腹感提醒着他是吃过饭的，却无论如何都回想不起自己吃过什么。他突然有一个奇特的恶趣味涌现出来，他想把吃的东西吐出来，看一看自己到底是吃没吃，吃了些什么。他还在挣扎着，要不要实施这个想法时，卧室的门打开了一条缝。卧室里没有开灯，所以整条门缝都是漆黑的，什么都看不见，他没有过多注意那里，想必是妻子将门打开的吧。虽然现在已经不在气头上，但是依旧不想说话，一整天不知所谓的烦躁积压到了刚才被爆发出来，缓和情绪是需要时间的。门缝里隐约有一道目光射了出来，静静地看着他，还有被客厅灯光映照出轮廓的多半张脸。

"一直看着我也不说话，什么意思？"他先开口。

"哼，不是你不让我说话吗。"

"哦……呵呵，对不起，我就是……有些烦躁，而且，感觉自己不像是自己，记忆有些混乱。"

"嗯，我知道，你一直都是这样。"妻子没有惊讶，反倒是很平常的样子。

"不，现在不太一样，我知道以前也这样，但是没有像最近这两天这样，说不上是严重了，还是经历了什么特别的事。"

"哦？最近两天？你到底是怎么了？要和我说一说吗？"

"嗯……"他在犹豫着，要不要将自己的这些事都与妻子说，以前虽然她会有所察觉，但是从未直接面对这个问题。不知这会不会让妻子认为自己的问题很严重。但是现在的他相比之下更希望有个亲近的人来分担这些痛苦，便道："好吧，我整理一下想法，看看应该从何处说起。"

"你打算就站着听我讲吗？为何不过来坐到这边？"他见许久都没有动静，便这样说道。

"要不你回屋，咱们躺在床上讲吧，今天上了一天班有些累，真不想再坐着了。"听着妻子的声音似乎有些遥远，或许她已不在门口，回到了床上吧。他看了一眼周围，也看了一眼门缝，随即从沙发上起身，关上了客厅的灯，回到卧室。只不过在走进卧室之前略微地停顿了一下，便开门而入。

"不知你知不知道，我有时会产生幻觉，有时也会记不太清近期发生的事。"他躺到了床上，说道。

"这个……我算是知道吧，你很久以前就如此了。"经历了短暂的沉默之后，妻子又道，"而且有的时候你会变得不像你，就像刚才那样，有些暴躁。"

"嗯，我有时也会察觉到这个问题，可是我真的很难控制住自己的情绪，那时候的感觉就像是另一个人。"

"我知道，以前你也说过这个，你还为此做过一段时间研究。写了一篇叫什么……记得是一篇关于意识的论文。"

"哦……对……是的，叫《意识承载论》，只是那玩意写出来没有人认同，还有人觉得我的神经有问题。"他苦笑了一下，似乎是想起了一些不愉快的事，又接着说道，"算了，不提那个了，你也不会有兴趣。"

"兴趣倒是有，只是我看不懂，而且很多内容我都无法感同身受，毕竟我没有经历与你相似的情况。尤其是你在开头谈论的'意识'的概念，被你定义为'可以感受存在的感觉'，这个我就无法理解，所以后面读起来就很困难了。"

"我明白你的意思，应该会有人理解不了这个定义，有可能是我的表达能力有限吧。这个没有那么重要，当然，如果你可以理解《意识承载论》的话，会更加理解我所经历的那些事。"

"呵呵，那么你到底都经历了什么？"

"我也没有办法给出一个准确的答案，因为我记不得了，只能说说我还记得的感受。比如，今天我们出门了吧，但是我记不起来都去了哪里，什么时候回来的。"

"那么……你的记忆停留在了哪里？又从哪里开始的？"

"……"他在回忆着，努力思考着那些回忆该如何界定。许久之后，说道："应该是停留在走出这栋楼，走在大街上的时候吧……然后从刚刚你在与我争吵时开始。而且说出的话也并不是我的本意，你知道的，我不会那样说话……哦不，我会那样说，只是我记不得了……"

"嗯……你不会在耍我呢吧，在给与我吵架编造一个理由。"

"看来还是不相信我啊，就当是我编呢吧。"

也不知安静下来多久，谁也没说话，他甚至以为妻子睡着了。他起床去将窗帘拉上，却留了差不多一个人宽的地方没有拉上，他就站在那里，背对着整间屋子。回想着许多事，不管是不是真实的，都努力地回忆着。

"你今天出去了，但是我不知道你去过哪里，应该是去工作的地方了吧，你和平时下班回家的状态差不多。"妻子看来没有睡，只是不知该怎么说或是说什么，妻子停顿了一会儿说，"我回到家之后你不在家，然后没多久你就进门了。所以你什么时候出去的，去干了什么，我不知道，但是可以确定你是出去了的。"

"啊，那我回来之后都干了什么？"

"呃……什么都没干，就是坐在沙发上休息，我也没注意，好像是写了什么吧，写你之前的研究吗？后来你就把那些东西收起来了，那时我在做家务，后来又回到卧室，具体的我就不知道了。"

"我在写什么，你知道吗？"他的语气有些紧张。

"嚯，我可不知道，我哪敢知道啊，问你一句就吵起来了，如果我要看的话你不得动手打我啊？"

"那……我当时看电视了吗？"

"虽然我没在客厅，但是可以确定，你没看，很安静，把门窗都关上了，所以不可能会开电视，那会打扰到你。"

"哦……"他陷入了沉思，那么这一天里可能去过许多地方，只是自己不记得了，至于到底写了些什么，他自己也很好奇，只是写的东西一定不是与论文相关的，放在哪里也不知道。妻子更不可能会知道吧，当时她已经回到卧室了。随着他们两人的聊天没头没尾地终止，这里又恢复了应有的寂静。

"今天你还要出去吗？要不在家休息一下？"当他睁开眼的时候，妻子已经整理好着装，准备出门了。

"昨天咱们晚上聊天了吧？那是我的记忆。"他的语气有些不确定，犹豫之后才吞吞吐吐地说出来。

妻子先是愣了一下，脸上略显尴尬，说："是啊，昨晚咱们是聊了一会儿，然后……没什么，你又不记得了？"

他觉得妻子有什么话说到一半就停下了，但也没有太过在意，说："我今天出去走走，一会儿我休息好了再说吧。"说完，他又闭上了眼睛。听着妻子安静地离开，留下了他自己。他似是在床上躺了很久，不知是不是又失去了某些记忆，好在失去的只不过是梦中的记忆，没什么大不了的。睡了这么久，精神也变得好了许多，周围的事物也变得不再那么朦胧。轻轻活动了一下身体，又揉了揉自己的太阳穴，让自己清醒了一些。拖着身体下了床，似乎身体上的一些"零部件"依然没有从睡梦中清醒过来，虽然已经没有了疲惫感，但是都不怎么听使唤。晃晃悠悠地走到洗手间，也不知怎的，这里缺少了点儿熟悉感，多了几分陌生，是哪种常有的感受缺失了吗？他苦思着到底是什么，同时也没有停下动作，打开了水龙头，用冰冷的水冲洗着自己的脸。一番动作下来，他变得更加清醒，而当他睁开眼时，却见到妻子正在镜子中站在他的身后，面无表情地看着，看这样子似是在这里站了许久了。

"你回来了？回来得挺早啊。"他平静地问道，这问话和语气就像是早就知道妻子在这里一样。问完这句话之后，他继续洗起脸来，却没有等到妻子的回答，见什么回应都没有，他便停了下来，抬头看向镜子。见妻子依然平静地看着自己，像是空气一样，不知是没有听见他的话，还是不想回答，没有发出任何声音。他看着妻子，两人在镜子中四目相对着，他问道："怎么了？有什么问题吗？"顺手拿下毛巾擦了擦停留在脸上的水，继续与妻子对视起来。妻子不再面无表情，而是露出了一丝微笑，转身离开。他觉得有些莫名其妙，她穿得很整齐，应该是刚回到家里还没有换衣服，不知为何不与自己说话。而看他的样子，不太像是要留在家中，听见妻子的脚步声离开了卧室，随后又听到开门和关门的声音，这应该是出去了。那么这时间难道仍然在早上，而不是下午吗？时间不应该过得这么慢，这与往常自己的感受完全不一样。

既然时间还早，就出去走走吧，这样想着，来到了客厅。他不禁感叹起来，妻子的生活习惯还真是不错，上班前还会将屋子里收拾得整整齐齐，在自己记忆中似乎有一段时间家中时常都很乱，也不知是自己在这一段时间与妻子说了些什么，竟有如此大的改变，好像是在那场奇怪的梦之后吧，在那场梦的时间里，一定是经历过什么特殊的事，才会让生活改变得连他自己也有些陌生。又是那个寂静的楼道，与上次看见的一样，什么改变都没有，那些从门缝下偷偷跑出来的光都没有改变。不过这次他没有去在意这些细小的问题，管他们在干什么，与自己又没有关系。他努力地加快脚步，就想快些离开，但是事与愿违，不知为何怎么都逃不出这里，无论他如何加快速度都只能望着

门里门外

楼梯拐角依然遥不可及。那边与他的距离没有因为时间一分一秒的流逝而缩短，他在加快前进，而那边同时也加快地远去着。就像是在玩着一场游戏一样，在这个死寂的楼道中疯狂地追逐着，互不相让。他的心跳也似乎慢了下来，没有因为自己跑了起来而加快，而是真正地慢了下来。楼道里只有他的脚步声在回荡着，其余什么声音都没有，也不知是为什么，这些邻居们这个时间还停留在各自家的门口，似是等待着什么。突然，他意识到自己可以做些什么。他停下了脚步，转身面对着一扇门，缓缓地走了过去。很明显的，他看见脚下的影子动了一下，能够清晰地感受到里面的人似乎在惧怕什么，隐约间甚至还能听到抖动的声音。他琢磨着这些邻居在等待什么，这是在畏惧自己吗？这使得他更加好奇。

面对着这扇门，他大步上前，没有多余的动作，不像以往那样，将耳朵贴上去偷听，因为他知道没有意义，里面的人知道他在楼道里，而且还走到了门口。他抬手轻敲了几下，没有人回应……下面的影子也像是受到惊吓一样逃走了。再一次轻敲了几下，喊道:"有人吗？"可是这里除了他自己的声音什么都没有，他有些不耐烦，加大了力道，重重地敲了几下，喊道:"我知道你在里面，你不用躲，我就是想知道你在看什么，我也不进去，你就这样告诉我就行，不用开门。"依然没有人应答，好像这里面真的没有人一样。他笑着，笑容中略带着狰狞，他知道这里面是有人的，他刚才看见了影子在动，继续敲着，不停地敲着，使得原本安静的楼道也不再安静。可是这里却没有一个人应声，统统都躲在各自的房间里不露面，任由他不断地制造噪音。

许久之后，他毫无征兆地停了下来，右手可以感觉到细微的疼痛。抬起手看了一下，或许是太过于用力了吧，右手已经红肿，虽然还未流血，不过看起来有些地方已经破皮。他转身离开之前，目光又放到了门下的缝隙上，又看了看其他房间的同一位置，冷笑了一下，大步走向楼梯拐角的方向。一边走着，还时不时地自言自语着，但是到底说着什么就连他自己都有些不清楚。

走在院子里，慢慢走着，似乎他的目的不是工作的地方，他走得很悠闲，与其他的那些上班族紧张的样子格格不入。再一次，那些人将目光投向他，依然有人在指指点点，这样很不正常，在他印象里以往不是这样的，至少在那场大梦之前不是这样的。他更加确信在此之间一定经历过什么，或许这件

218

事与自己有很大的关系。找了个地方坐下来，他开始观察起这里形形色色的人。他们都很匆忙，都在赶时间一样，全力地奔跑着，快得让人看不清样貌。也不知他们都有着什么样的目的地，需要如此疯狂，去拼命追逐。在他们的眼里什么都没有，也不知错过了多少美丽景色，就这样匆匆走过，带起一路烟尘。有的还有那么丁点儿闲心，挤出时间看上他一眼，与旁人轻语几句，而后又匆匆离开。他不知自己在他们的谈论中充当着什么样的角色，也许不过就是茶余饭后的谈资吧，无足轻重，立即会被人遗忘。对于那些奔跑的人来说，周围的一切都没有任何意义，只有目的是他们人生的所有。不像他这样，人生漫无目的，生活散乱随性。他或许就是周围的那些人眼中最鄙视、讨厌，同时也惧怕的那种人吧……突然，他似乎抓到了什么，一条可以解答一些问题的信息，或许邻居们在惧怕着沾染到他的习气。当然，这也只不过是他闲着没事的胡思乱想而已，做不得数。

他不由自主地站起身来，又是那种感觉，所有的一切都不由他来决定。他也不知自己为何会起来，也不知这具身体会将自己带向何方，至于前方都会有什么在等待自己，不知道，也无所谓。走在院子里，他渐渐地回想起什么，有工作中的事，也有生活上的，自己在其中更像是一个看客。对那些充满了陌生感，就像是再一次地重新经历着人生一样，只是这段人生他无法选择，都是已经成为历史的事。这时他突然苦笑了起来，或许也是在自嘲着，无论前世，再或今生，都不过如此，被反锁在屋子里的人是出不去的，这是命运的安排，再如何挣扎也没有用。时间，再一次被拉长，短短的一段路不知自己走了多久，似是几分钟，抑或是几个小时，不知哪一个感受是自己的，也不知哪个感受是真实的。现在的他，只知道身体在不断地行动着，周围的景色不断地变换着，时快时慢，声音也开始大起来，这些声音似乎都很有针对性，都是在针对自己说着什么。这时身体再也压抑不住，开始咆哮、怒吼，喊得自己的耳膜都开始嗡鸣，嗓子也开始疼了起来。周围的这些人在干什么？自己又在干什么？不得而知。

阳光有些刺眼，身上也流起了汗水。他似乎是跟在什么人的身后，一直走着，走着，远离着刚刚的人群，同时也安静了下来，这里是家楼下的院子，但是这里在他的记忆力却没有多么的亲切，这里似是久远以前的家，而不是现在的，时间久到难以触及。这是才恢复不久的记忆告诉他的，这里确实是他的家，从前的那个他就住在这里，所以或许那些人都是认识的，只是关于他们的记忆暂时还未恢复而已。这让他产生了一种怪异感，明明这里一直都是自己居住的地方，但是却找寻不到一丁点儿的亲切感，这里甚至充满着陌生，大概只有自己是从另一个世界来到此处的人吧。一阵风袭来，扬起了尘土，打到了他的脸上，这丝丝的痛感又一次让他回想起了什么事情。那大概也是在一个陌生的地方，和这里一样的空旷，只是那里一个人都没有，有的只有黑暗的夜晚和孤独的自己，他不确定那是一场梦中的桥段还是现实中的经历。或许只不过是某一个自己而已，是叫赵游的吧，这个名字在印象中异常深刻，难以抹去，在记忆中似乎就只剩下这个名字。

"赵游……赵游……"他自言自语着，不停地读着自己的名字，这感觉更加熟悉，他也更加确信了这是他的名字。前方的身影突然停了下来，自己的身体也自然而然地停住。那人在那停了许久，缓缓地转过身来。

"赵游，你没事吧？"那个人面带微笑，而他的样貌……却让他感觉特别亲切，在心里断定这一定是一个他认识的人，而且有很大的可能是一位亲近的朋友，否则不会有这样的感觉。那个人的双眼看着他的双眼，让他更加确信，他们认识，因为这样的眼神他有很深的熟悉感。二人就这样对视着，许久没人开口说话。

"我没事，只是有些头晕，休息一会儿就好了。"

"呵呵，你是什么感觉我知道，你不是头晕。"

他猛的一惊，刚刚还没有反应过来，现在才发觉这个人说话的语气也似曾相识。他在努力回想着，这人到底是什么身份，为何会与自己在一起，两个人要去干什么。还未待他有所回应，那人诡异地一笑，转过头去，又开始向前行走起来。他自然也没做停留，不由自主地跟了上去。前面的那个人好像有什么魔力一般，控制着他，让他行走他便会走，让他说话他便会说话，就是无论如何他都回想不起来那人是谁。他的所有思绪都全神贯注地放到了前面那个人的身上，疯狂地回想着，脑袋一阵阵的刺痛，痛得神智渐渐涣散。

走了很久，前面出现了一道门，待他回过神来，那个人已不见踪影，只剩眼前的这道门，这是……他自己的家门口。不知不觉间他竟回到了这里，是他自己回来的吗？还是那个人带着他来到这里？这里是他自己家吧，听见里面有声音传出来，看来妻子已经回家，或许正在家收拾家务，等待着他回来。似乎有哪里不太对，里面传来的不仅仅是一道声音，是两个人，一男一女，他们的谈话有些听不清楚，但他确定里面的确有两个人。也不知从哪涌现出了许多的记忆，画面朦胧，但是感觉却无比清晰。愤怒、绝望、悲伤，想要痛哭一场。这些感受拼命地闯入他的脑海，他毫不犹豫地冲到门前，用力地将门打开。可是他打开门之后愣住许久，门口的确站着一个男人，就是在外面见到的那个，他的思维乱成一片，不知这到底是怎么回事。

"赵游，你怎么了？"有个女声从身后传来，他非常确信这是妻子的声音，但为何是从身后传来，难道是开错了家门？一边整理思绪一边组织语言想要解释一番，同时也慢慢转身看向妻子的方向。

"哦，没事，我……"当他看向身后的时候再一次愣住说不出话来。身后的确是妻子没有错，但是……身后真是自己的家中，妻子的确是在家里，而自己也是在家里，他的脑袋一阵混乱。想到刚刚见到的那个人，猛地回头看去，却是空寂漆黑的楼道。现在的他，无论如何都想不明白到底发生了什么，倒也没有忘记随手将门关上，而眼睛却死死盯在这扇门上。

"你真的没事吗？外面有人吗？谁在那？"妻子追问。

"没有人，只有我自己。这里……一个人都没有……"他依然没有想好该说些什么，不过想来想去，可能有些话直接问妻子会更容易得到答案吧，便道，"你知道我是什么时候回来的吗？"说完之后开始期待起答案来。

"呃……这个我不知道，挺早就回来了吧，我到家的时候你就在家了，而且看起来也不像是刚回家的样子。"

看来果然不是刚进家门，那个人可能不过就是白天看得久了留在他思维中的残影罢了。又问道："你回来的时候，见到我在做什么还记得吗？"

"哈哈，你呀……在臭美呢，对着镜子照个不停。"在妻子的话中似乎还保留了些什么没有说出来。

"你……确定吗？我印象中似乎有些不太一样。"

"切……你又不是出现记忆断层了，既然记得还明知故问，想要再吵一架吗？"

"等等，你说我照镜子？什么时候的事？"

"啊？就是……吵到一半，然后你就去了呀。应该是这样吧，我还以为你怎么了呢，我过去一看原来你在照镜子。"

"照镜子……照镜子……"他自言自语着，不顾妻子的怪异目光，跑到了卧室的镜子前，与镜子中的自己对视起来，再一次，记忆片段凶猛地涌入他的脑中，让他头痛欲裂。他自己是赵游，镜子中的自己同样也是，都是赵游。

"原来如此，原来如此！我胜利了！我是赵游！"他对着镜子中的自己说着，同时也在狂笑。虽然有许多事记得不是很清晰，但是他记得他是赵游，他就是赵游！他念叨着，缓缓地走向床边，躺到了床上，渐渐地，陷入了梦境，或是回忆……

"我觉得咱们是同一个人。"他笑着说，这里似乎以前来过，相同的场景，相同的话。

"那么，现在确定了？"对面的人说道，说话的人似曾相识，却又不是他自己。

"算是吧，改天有时间我再来找你。"他说道。

"等等，我叫李想，你呢？"

"哈哈哈哈，我啊，你叫我赵游吧。"他确定地说。虽然记忆仍然有些混乱，但这并不妨碍他这样说。他又开始自言自语，转身离开，"李想……李想……这个名字好熟悉，这不是自己凭空想出来的，这是一个我认识的人……一定是。""不对，刚刚的自己是在自言自语吗？……"这个人叫……李想，大概是另一个自己吧，有些记忆模糊不清，那些记忆就是李想的残留记忆吧。这里是什么地方，以前来过吗？这种熟悉的感受或许也都来自李想这个意识，他在经历着或者是他以前经历过的那些。再一次，头痛难忍，赵游疯狂地拍打起自己的脑袋，拍得整个世界都在回荡这个声音。

一个可怕的记忆片段闪过，只不过完全记不起来这个片段的详细信息，只有可怕的感受还在。赵游到处游走，寻找着什么，周围的人看见他都在指指点点，这让他更加的烦躁难忍，之前的自己再一次出现在眼前，哦不，这与之前见到的自己是不同的。只能看见个背影，不断地向前走着，赵游也不甘示弱地跟在后面。周围越来越人烟稀少，越来越少，直到最后就剩下了他自己一个人，这里到处都是黑暗，什么都看不清楚。他到处摸索着前进，寻到一处角落，他便躲了进去，谁都发现不了，就连他自己都难以发现自己的存在。他在这里瑟瑟发抖，寒冷、饥饿、痛苦、挣扎各种各样的情绪占满着他的所有感受，使得他无暇思考。

"赵游……该起床了……醒醒……"一个女人的声音在漆黑中响起，呼喊着他。

"上班快迟到了，别睡了，快起来。"这声音传入耳中的同时，身体还不断地被摇动着。黑暗的周围与此同时也逐渐消散，身体的感受也开始恢复，不再如同刚才一样像是飘在空中不由自主。他尝试活动了下身体，揉了揉眼睛，睁开一道缝隙，看向周围。亮光有些刺眼，这很正常，无论是谁都会这样，需要稍微适应一会儿。眼前的影子不断在晃动着，开始变得清晰，随着他神智的恢复，渐渐地认出了眼前人，是……妻子……

"马上，我再睡一小会儿，马上起。"赵游说完话没再睡下，而是伸了一下懒腰，半眯着眼睛，看着周围的一切，似曾相识，这一幕似乎经历过。

3.2　回归生活

　　赵游坐起身来，不知今天到底是哪天，这两天的经历还历历在目。他很确定，有些是昨天的梦，但是再久之前，就有些不敢断定了。听着客厅中还有声响，看来妻子还没出门。

　　"今天是周几，我昨天没上班吗？"

　　"你是过糊涂了吗？今天周一啊，昨天你当然没上班。"

　　今天是周一？他不明白为何感觉自己过了几天的时间，虽然那几天里记不清自己到底都做了些什么，但是他依然认为自己实际上是经历了几天的时间。还未完全清醒的赵游开始迷茫起来，努力抓取着逐渐失去的模糊记忆，却无法得到一个让他满意的结果。自己大概还是自己吧，自己是赵游，只是相较于之前的自己似乎多出了许多不同的记忆，也不知那些记忆是对是错，会不会仅仅是幻觉，还是它们是真实存在的。赵游从床上爬了起来，穿上衣服，对着镜子看着，没错，现在、从前、以后他都是赵游，这一点毫无争议。他看着镜子中的自己，左看看，右看看，细细打量着，时不时还转个身，似是打算以此来记住自己的全部，每一个细节都不舍得放过。他眯起眼睛说道："你，都经历了什么？我为何会多出了一些你的记忆，那些是你的吧？"沉默了一会儿，又道，"我现在与你一样，无法给出答案。不过……我想你很快就会知道了，当然，不知道我也所谓，我想……那个人应该已经知道了。"他迷茫地想着，这是自己在说话吗？到底有什么样的记忆隐藏在了自己的思维深处，自己说的"他"到底是谁？

　　"我说，你还不走吗？再不走可真要迟到了。"赵游的思绪被妻子打断。"早饭放桌上了，我先走了。"话罢，便听到了关门声，房间里又恢复了安静。

　　是时候该去上班了，不知道上次去那里是什么时候，中间到底中断了多久，现在他回想起来恍如隔世。只是在他的记忆中似乎上周也还在工作，从未正式离开过他的工作岗位。当注意力集中在那些回忆的时候，也不再如之前那样头痛难忍，有的分散片段也开始贯通起来，所有相关的画面也变得清晰。虽然有些地方仍然难以回想起细节，但也算不再是空白得不知自己是谁。学着往常有模有样地整理着自己，尽量让自己与以往的想法及行为习惯都一致。可是，当他将手放在门把手上的时候依然停顿了一下，有些犹豫，不知该如何是好。如果这样将门打开，会不会又如同另一段记忆中的自己那样，经历的都不过是些幻觉，而且模糊不清。在此时此刻，他仍旧有些许的惧怕，怕永远地陷入一个无法走出的境地，也怕在那里再一次做些不可挽回的事，尽管现在还回忆不起来那些事的细节。他停在门口，没有多余的动作，同时也在克制自己不去做出多余的、反常的举动，比如将自己的耳朵贴到门上这样可笑的事情。

　　他用力地将门打开，带着各种复杂的情绪，就像是愤怒地挣脱牢笼一样，大步跨了出去。这个家门口的走廊还是那么遥远，远得让他感觉难以通过，地上的影子依然与之前见到的一样，而今天更能明显地感觉到大多数的房间中都有人。那些人都在门口站立着，他甚至能够听到那些邻居的心跳、呼吸。这里明明有很多人，却让整个楼道显得空寂冷静。这样的感觉同样的似曾相识，就在另一个自己的记忆中，只不过地点不在这里，而是一个在自己回忆之中无法寻到的地方。或许也的确去过那里，但是完全没有怎么去到哪里的记忆，所以也就无从查找。这段走廊是如此的漫长吗？如此下去……或许又无法上班了吧，不，这个说法不准确，不能说"又"，因为那些都是未确定的事。

　　既然没有别的目的，知道自己该去工作，那就在这一直走下去吧，赵游这样想着。总会从这个楼道走出去的，便也收起了其他的想法，继续走了下去。随着走得越来越远，神智也变得不清晰，就如同在梦中一样，周围的那些景物飘忽不定。他是知道要去哪里的，随着那种感觉便是了，管它过程是多久，没有多大意义。

　　当赵游恢复了神智的时候，他已站在一栋楼的大门口，可以看见来往的人年龄都不算大，有不少人的脸上还略显稚嫩，周围的小路不宽，配合着别致又高低错落的花草树木，较有情调。这栋楼的外墙面大多是砖红色，还有

门里门外

白色的不知是什么材质的大理石贯通上下，给人一种庄严感，还夹杂着不少书香气。这便是赵游工作的地方了，一所学校，而且是一所大学。这一栋便是赵游平时工作的，在这里他充当着一个微不足道的小角色，让所有人注意不到，没有一丝的存在感。这里是一个属于他自己的独有记忆，似乎另一个他对这些并不知晓。再一次走进这个地方，迎来的是深深的亲切感，所有的东西都是那么的熟悉，似乎是很久很久没有见到的老朋友，见到什么都想多看两眼。尽管他也知道，距离上次来到这里的时间应该不会有多久，也就是半年前，但更多的可能不过就是一个周末而已。他一步一步地走向自己的办公室，与其说这是教学楼，不如说这里是类似办公楼的地方，或许大学都差不多是这样的。他所在的楼层大多是老师们工作的办公室，一间一间紧紧挨着，一间教室都没有。听着楼道中喧闹的声音却没有见到一个人影，大概都是别的楼层传来的吧。赵游路过着这层的各个办公室，或许是因为时间还早的缘故吧，许多办公室都是空着的。大学中的老师不都是如此，有课才会来，与学生的行为习惯同步。所见到的老师们都安静地坐在各自的办公桌前，也没有低头看书，也没有写东西，就是在那坐着而已，一个个都是还没有睡醒的样子，有些可笑。难道这所学校的风气就是这个样子吗？难道所有人都是闲人，没有正经工作需要去干？

赵游走着路，走着神，走到了他的办公室。这间屋子不算大，有四个办公桌，却没有人来。他将门关上之后这里更加安静，面对着自己的办公桌有些无从下手，不知自己的工作该从何处干起，那都是被尘封起来的久远记忆了。用手轻抚了下桌面，几乎没有尘土，看来上次来到这里不会是太久以前，那么尘封起来的也许仅仅是上周末的事情而已吧。"欢度"了一个周末就将所有的一切几乎都忘个彻底，或许是整栋楼乃至整所学校绝无仅有的一个了吧。记忆中有这里的样子，这就是他自己的办公室。但是，不知是记忆产生了错误还是与另一个自己所认知的世界不同，似乎还有其他的工作，只是在目前而言还回忆不起来到底是在干什么。只是有一种很深刻的印象，这里似乎是缺少了点儿什么，不是表面上的，而是根本上的缺少，而且是那种永远失去了的感觉。他四下望去，在寻找些什么，是哪些东西不见了，应该能明显看出来的。所有东西都整齐地放着，每个人的桌上都是如此，相似的书都放在各自的桌上。而且都有相同的笔筒、相似的本、相似的茶杯……细看上去似乎找不出一处是他桌上没有而其他桌上有的，这里的东西尽管有细微的区别，但是从大体上看，都像是同一个人的习惯。

时间也不知是过了很久还是仅是他自己在这里无聊的感受使他再一次的觉得时间被拉长，楼道中时有时无的脚步声缓慢地经过他的办公室。他有些期待，希望有同事会走进来，见一见那些印象并不深刻的熟人。或许会从他们的言语中多了解一些他自己。门口的脚步声越来越稀少，少得可以清楚地听出来这些脚步主人的情绪。那些脚步夹带着各自主人的心跳频率，砰——砰——砰——地击打着这间办公室的房门。它们的节奏也渐渐慢了下来，直到有个脚步停在了办公室的门口，不再发出声响。赵游望了过去，会是这个办公室的同事在门外吗？或许是吧。等了许久，却没见有人开门，压抑住自己的好奇心没有去开门，回忆着以往的经历，或许打开门见到的不过就是空荡的走廊而已，一个人都没有，以前这样的事没少发生在他的身上。对于这样的事他已然觉得枯燥乏味。想不起自己需要做什么正经事的他，如同之前见到的其他同事一样坐在座位上发着呆，可笑的是他刚刚还在嘲笑鄙视这样的人，却又如此之快就进入状态，被他们同化。在这个安静的房间里，他发呆的同时神智也再一次变得模糊不清。

对！是的，没错！一个同事，有一个同事……缺少一个与自己关系密切的同事，然而他又是在记忆中感受到那个同事确实不属于这里，而那个同事却消失得无影无踪，无论从哪个方面都寻找不到他的踪迹，甚至连自己记忆中的他都在渐渐消失着。看每个办公桌他就有了这样的奇异感受，记得那人就是其中一个，但是那人的习惯与自己是截然不同的，同事不会如此摆放自己的物品。现在可以见到的桌面和这里的环境，都是按照自己的生活习惯来的。而看向每一个桌子，上面似乎都没有多少灰尘，显然是不久前还在使用。难道这个同事换了办公室？就在这样的地方，在哪里发呆不一样？换了办公室难道就有工作干了吗？楼道中再次响起了脚步声，相比之前的清晰了许多。而此时那边也传来了嘈杂的声音，看来也到了同学们上课的时间，只是这声音如此清晰，使得他略感不适应。他从发呆的状态回过神来，将目光投向门口的方向，却是一顿，门是开着的，他又将目光转向屋内，果然多了一个人。

这个人与这间办公室格格不入，他在自己的记忆中搜索着这个人的相关记忆。

"赵游老师，最近可好？听同事说你休假回来了，怎么样，回到工作岗位可还适应？"这个人赵游确信是认识的，但印象却不够深刻，以至于一时间没有回想起来。听他话语中的意思是赵游在近期休了假，似乎时间还不短。赵游组织着自己的言语，正思考着该说什么，这个人又一次开口："哦哦，听说你上周回来了，我正好有事没来看你，你这是不是心思还在假期里呢？"

"没没没，我这已经进入工作状态了，您记得我休了多久吗？"赵游问得有些随意，但却是他此时此刻特别想知道的。

"嗯……其实也没多久，只是和寒假连在一起所以感觉很久没见了。"

"也是，与寒假连在一起的确感觉这时间过得有些漫长。"赵游回答着，眉头却皱了起来，思索着。

"其实我来这儿一方面是来看看你，另一方面也算是检查一下你的假期工作吧，怎么样，课题进展如何了？"虽然这人这样说着，但是从语气中以及自己记忆中的隐约感受，总觉得这人意有所指。

"呃……什……什么课题？"赵游被问得有些不知所措，完全没有反应过来这人说的是什么。

"赵游老师，你可是声称要去研究你的那个课题才被允许休假的，现在你这样说的意思是？"明显的，这人有些不耐烦了。但是似是在组织语言，思考了一会儿接着道，"就是你说的那个……叫什么……精神……哦不，关于意识的研究。"

"哦哦……《意识承载论》嘛，您是在说这个吧？"

"对对，就是这个。"

"这个基本算是完成了，就是缺少了些相关的素材，这篇论文的主体已经完成了。"

"嗯，还可以，你没忘了这个事就可以。"

楼道中传来了嘈杂的声音，听起来似乎就离这间办公室没多远，能清楚地听见有人低声细语说着什么，只是听不清楚他们都在说什么。这些细语声越来越近，甚至都贴到门边了，可就是没有出现在视线之中。赵游的眼中仍然是那扇打开着的房门，外面什么都没有。他收回了盯着门外的目光，又看向屋里的这个人。不知为何，赵游的表情突然严肃起来，只是他自己还未察觉到。

"这个我当然不会忘，这是我的全部。"赵游声音有些冷。

"好，好，好，我明白，你别激动。"这个人在思考什么，话语停顿了一会儿，又继续说，"如果快完成了，那看一看准备一下，开堂课吧，准备差不多了之后通知我。"

"嗯……好，预计安排在什么时候？"

"既然你说论文主体都已经完成，那应该容易准备，咱们就先定在下周吧，当然，最后还是得看你。"

"好，那咱们就暂定下周。"说完，两人同时起身，与此同时，外面也突然安静下来，刚才门口那边的人们似是知道赵游和这人要出来，偷偷地离开了。

"赵游老师，请留步吧，我们会很期待的，好好准备。"这人带着一脸的假笑，临走前还不忘拍了拍赵游的肩膀。赵游目送这人离开，环视了一下周围，这里依旧一个人都没有。总的来说，赵游的心情还算是比较开心的，不为别的，就因为他的论文终于可以公之于众了，这是他自己花费了大量的心血来完成的作品。然而，为了这个论文还真的做了许多……赵游沉默了下来，面貌也变得呆滞起来，像是又一次陷入了某些回忆之中，他似乎是在验证论文的过程中发生了许多的事，本来已经好多了的头痛又卷土重来，刺痛着他的每一条神经。他在这一段时间里，自己验证了什么，得到了什么答案，回忆不起来了吗？还是那个答案已经完成了它本身的义务，没有必要在记忆里多做停留？从现在所了解的情况来看，自己寻到答案是为了完成论文，但是通过赵游杂乱的记忆中获取到的信息却不是如此。这篇论文的产生或许是有其他的某些更加实际的意义，这更加重要，而并非学术上的意义。在他的回忆中，这篇论文更像是一种工具，而现在来说，它有了展示出来的机会，赵游自然无形中有一种自豪感，这种感觉不是在向人们炫耀战利品，而是在向人们夸赞陪着自己征战之后，取得最后胜利的一把宝剑，他为此兴奋不已。

实话说，赵游并没有将这次公开课太放在心上，所有论文内容都清晰地印刻在自己的脑子里，没有必要多准备什么。那些学生们能理解，如果难以理解不去理解就可以了，哪个意识下的思维会做出使其余意识产生认同感的无用功引导？首要需求都是要满足自我意识，然后才会满足自我意识经由思维引导得出的间接结果需求。况且在赵游来看，论文的观点是相对比较容易让人接受的，有些地方可能在论述的过程有些不太严谨，想来学生和老师们或许也不会有多认真去聆听。相比之下，赵游更加关心的是这篇论文到底达成了一个什么目的，一篇论文而已，能做到什么？

赵游的思维不断来回跳跃着，从"刚刚来这里与自己说话的人是谁"上面又跳到"无论如何都寻不出先做的那个同事"上面，一会儿又跳到"为何时间慢了下来"的问题上。各种杂乱的细节混杂在一起，让人更加难以理清头绪。门外之前的那些偷听者有什么意图？见谈话结束为何突然跑开，装作若无其事不也一样？前几天时间的记忆是错误的吗？时间的确在他的内感官中被拉长了一些，但也不过是偶尔发生，不会像那天一样以"天"为单位。从刚刚那人说话的内容上了解，的确有段日子没有来学校，所以似乎可以认为那场梦的时间与现实差不了太多，不是本质的差距。有趣的是，在赵游的印象中似乎有这样一条古怪的信息闪现了一下，这所有的根源都是在那篇论文……不知为何会产生这样奇怪的想法，甚至在想着，论文中可以找到一切的答案，现在完全没有必要在此深究。

赵游开始在自己的办公桌里翻找起来，看一看是否有论文相关的一些资料。找来找去，似乎都不过是一些杂物，这些抽屉里面与外面一样，东西都摆放得整整齐齐，明显是在他休假之前就整理过，看样子是有日子没有被动过了。让赵游觉得有些怪异的是，这里一丁点儿关于论文的东西都没有。与其说是没在办公室做过相关问题的研究工作，这更像是刻意地将相关的文件都找出来销毁了，消失得彻底，不留下一丝痕迹。是赵游自己在某一段时间里做了什么，还是有人来过这个办公室将东西清理掉了？同事干的吗？这有些不合理，也缺乏动机，那么会是他自己所为吗？就因为这论文完成了它自己的使命？又是一阵头痛，似乎再往深了想下去头便会炸裂开来。是身体本身在阻止着向这个方向思考吗？点点滴滴的记忆碎片渗入他的思维中，有些事情逐渐变得连贯起来。那个同事的确是消失了，是死了吗？不对，那印象中不是死了，而且同事看过那篇论文，只是似乎是看完之后便消失了。那个同事曾经就坐在这间办公室里，而这个办公室里的同事都曾在这里工作过，但他自己却仅对其中一个有着比较深刻的印象……这个人叫什么，的确难以回忆起来了。这是另一个自己的回忆吗？似乎不像，另一个自己对这间办公室中另一个同事印象相对更加深刻一些，或许平时在一起工作的时间会更多些吧。头再一次痛了起来，赵游抓着头，汗水也顺着头上流了下来。在他疼得晕倒之前，似乎回想起一个片段，是另一个自己在与他所熟悉的那个人谈论着自己的论文，但也没有过多的交流……然后，那个人便消失了。

当他从昏迷中清醒的时候，天色已渐晚。整栋楼都很安静，这个时间老师们都早已回家，学生们也都在自习室或图书馆，教学楼中没有了白天的那种嘈杂。赵游起身，也没有需要收拾的东西，径直走向门口。再次，他停顿在原地，又有了之前的怪异感觉，或许打开这扇门之后，见到的并不是教学楼的走廊，而是自家的吧。他自嘲着，如果真是这样倒也不错，省得这么晚还赶夜路回家了，按照自己的精神状况也不知会不会在路上出现什么问题，如果像刚刚一样晕倒了那还是有些危险的。他苦笑着摇了摇头，还是将门打开了。也不知是否对怪异的事有些许期待，见到的不是自家走廊居然还略有了一些小失望。楼道中没有开灯，好在现在的时间还不算太晚，借着外面的亮光可以看清，这或许比自家楼道白天的时候还要亮吧，而且这里的人似乎相较于自家小区中的人正常许多，对他的态度还算友善。只不过今天与他对话的那个人总是让人觉得在隐藏着些什么，让人感觉很不舒服。在印象中也有日子没有在这个时间段走在这里了，但是这样的安静似乎在记忆中常常出现，尤其是最近的日子里，周围的环境越来越安静。难道……在假期的时候来过这里，并且不是一两次？呃……果然还是不能在回家的路上过多地思考，否则没准儿真的会疼晕过去。赵游扶着楼道中的墙，痛苦地前行着。

路过一间间的办公室，零星的几间还亮着灯，但是没有一丁点儿的声音，也不知里面的同事在干什么。他突然产生打开一扇门看一看的冲动，只是在这样的想法之后头疼得更加厉害，这一幕虽然在印象中完全不存在，也没有任何熟悉感，但是这让赵游体会到另一个自己或是现在的自己在本能地阻止着，不让自己去探究这些。他险些再一次晕倒，自己的神智渐渐变得模糊不清，再一次进入了那种奇怪的状态……

门里门外

当他渐渐恢复的时候，天已全黑了下来，而他已经躺到了床上。他能感觉到，这是自家的卧室，这是自己的床，都是熟悉的味道，与学校里的截然不同。他看向周围，妻子也躺在身旁，熟睡着，看来这应该是深夜。不知是如何回来的，也不知在路上都做了些什么，或许都是另一个自己所不希望经历的一些事吧。他本还想与妻子谈论一下即将在学校讲一堂关于那篇论文的课。见妻子睡得正香，也就不舍得打扰了。这几天总是会有机会的，也没必要急于一时，渐渐地，赵游闭上了眼。

这是梦境吗？赵游坐在窗前，周围的环境似曾相识，但是这印象却又很久远，难以回忆起在这里经历过什么。手中的是什么？是药吗？……旁边站着一个人，这个人看起来很熟悉，好似在自己的人生之中始终伴随左右。他看着赵游，什么话都没有说，只是在一旁静静地看着。这个人不是赵游所熟悉的那另一个自己，看这个人的表情有些严肃，不知在等待着什么。这个人看了看赵游，又看了看赵游手中的药，似是在传达着一个想法，只不过嘴没有动，也没有声音发出。而赵游却领会了其中的意思。还未等回过神，便将手中的药吃了下去，他挣扎着，却毫无用处。这个人是谁竟然有如此的魔力？他没有任何反抗能力，只能服从着这个人。在这里莫名地感到深深的悲哀，自己就如同一具躯壳一样，任由眼前之人玩弄。

"你是谁？"赵游终于还是问了出来。

"这句话应该是我问你才对。"

"我……我是赵游。你可以说你是谁了吗？"

"我当然知道你是赵游，但是你知道你究竟是谁吗？"

"我究竟是谁？我是我啊。"

"哼，你真的以为你便是你啊，连自己都骗吗？"这句话的语气没有半分玩笑的味道，更多的是嘲讽。

赵游觉得这个人的话实在没头没尾，根本就是在无理取闹。自己如果不是自己那又会是谁，在研究自己的论文之时太过于投入而产生了幻觉吗？这个人就是自己脑中的幻觉了吧。他没想去回答，但是在这个人的面前，似乎他变得更加身不由己。

"我是赵游，我仅仅是赵游而已，我不是别人。"

"呵呵，我知道。那两个人，是你杀的吧？"

赵游陡然一惊，在记忆之中完全没有这样的片段，这人的话是何意？而在吃过药之后，身体更加不受自己的控制，随之而来的是深深的困意。但是他在坚持着，用自己的意志在做着反抗。

"可以这么说吧，你是什么时候觉察到的？"赵游再一次无法控制地开口说道。然而在说出这句话之后自己的内心是无比震惊的，自己杀人了？杀了什么人？

"就是在……我发现了你藏起来的东西的时候。"这个人诡异地一笑，又道，"都不过是白费心机而已，何必呢？你以为伪装得像是他们都没有存在过一样就可以了吗？"说完这句话这个人放声大笑起来。

"有些事我不记得了，我有些不明白你说的意思。"

听了这句话之后这个人先是一愣，而后又开始大笑，笑得很疯狂。在笑声中勉强地掺杂着一些话："哈哈……哈……原来是这样啊，记忆有些混乱吧？哈哈……自讨苦吃……哈哈……你觉得这样有意义？……你以为你是谁？你是赵游而已……"

赵游听了这些语无伦次的话之后更加莫名其妙了，就连另一个自己似乎也不知如何回答，所以只能如此静静地注视着。突然，这个人止住了大笑。

"你就死心吧，没有机会的，虽然我不知道你藏的东西具体是什么，但是我已经知道个大概，在你的所有记忆恢复前我肯定可以完全知道，让它失去效用。而且我想你或许不知道，我与你杀的那两个人可不同，有本质上的不同。同样的方法未必对我有效，但是我知道我的办法对你，甚至你们都非常有效。"这个人诡异地笑着。

"别急，既然你说对你没什么效果，你在惧怕什么？"

"什么？我惧怕？这真可笑。"

"好啊，你不惧怕为何还准备让它失效？其实无所谓，我对这个很有信心，你随便怎么折腾，我不做任何反抗，就在这里等你。要不咱们约定一下如何？从现在开始，谁都不做过多的干涉，让事情自然地发展，看看最后会是谁胜利。我想你的方法虽然有效，但你也不想常用吧，这对你也有伤害吧？要不然我不会依然存在。"

　　这个人面色冷了下来，看样子似乎也开始了挣扎，在考虑着什么。许久之后，他依然一句话没说，但是却缓缓地转过身去，在离开之前，仅仅意味深长地留下了一句"好啊"便头也不回地走了，消失得无影无踪。

　　赵游再也支撑不住身体，倒在了桌上。而当他醒来的时候发现自己的确没在床上，而是在自己的书桌上。赵游拍打着自己还有些隐隐作痛的脑袋，好像经历了一场梦之后又多了许多奇怪的记忆……自己杀过人吗？杀的是谁？对此完全没有印象。梦中的那个人是谁，他似乎知道许多关于自己的事，他不应该是幻想出来的人。就算是幻觉，那么也应该有客观存在的人作为参考对象才会被幻想出来或是梦见。相对来说，似乎另一个自己的记忆里对这个人的印象更加深刻，但是在刚才的梦境中，赵游可以感觉到这个人的各种情绪，以及这个人所要表述的对象就是赵游自己而非他人。这个人一定是见过的，他努力回想着，但是似乎只剩下感觉。样貌在记忆中逐渐地消失着，无论他如何竭尽全力都无法挽留。赵游开始自言自语，只不过声音太小，小得连他自己都有些听不清楚。床上在熟睡的妻子似是被吵醒了，但是并没有多余的动作，只是在床上翻了个身而已。天刚蒙蒙亮，自然还没到起床的时间。往常的赵游都会回床继续睡，但是在经历了之前的梦之后实在没有再睡的欲望，更何况现在的他精神状态相当不错，完全没有睡意。

　　他轻轻地从椅子上起来，小心翼翼地将椅子挪开，好让自己有地方离开。不过在这个距离上看自己的书桌，突然想起似乎昨天学校让他讲课，虽说大概内容他都铭记于心，但是还是做些准备会好一些，便在这里轻手轻脚地翻找起来。在他想来，学校办公室里没有，家里一定有的吧。可是许久之后，翻找了书桌上的所有抽屉、书架上、衣柜里，都没有找到。在印象中是有很多页不同颜色的纸组成的，说不上有多厚，但是无论放在哪里都比较明显，一眼就能够看出来。经过这么久的寻找，那么至少手稿是不在明面上的，家就这么大，之前会放在哪里……被哪个同事借走了吗？应该不是。妻子拿去看了？这更不可能。赵游因为许久没有找到论文手稿而有些烦躁，怎么可以在这样的时刻找不见了呢？甚至关于那论文的许多记忆也随着手稿的失踪而逐渐淡化着，在最近的一段时间赵游印象中一定是看见过，这感觉也似是来自另一个自己，只不过就算是另一个自己的记忆也似乎在逐渐消逝，没有一丝要融入自己记忆中的意思。

他转过头看向镜子，注视着镜子中的自己，问道："你到底怎么了，我会想起你所拥有的记忆，是否你也在共享着我的？我失去的那部分属于我自己的记忆是在你那里？还是仅仅被我自己忘记了？论文，是在你那里吗？"镜子中的自己与自己一样沉默着，没有做出任何回答。赵游笑了起来，似是在嘲笑着自己现在的行为，活脱脱的就是一个精神病患者。哪会有正常人对着镜子说出这样奇怪的话，更愚蠢的是竟然还如此认真地问，之后还满怀期待地看着，就好像镜子中的自己真的会回答这个问题一样。

"赵游，你在干什么？"这声音不是镜子中的自己在说话，而是在镜子中的妻子已经从床上坐了起来，在赵游的身后看着他在问。听着睡意满满的语气，应该是被吵醒的。

"哦，没什么，我有东西找不见了。你继续睡吧。"

"什么东西？着急用吗？要不今天我下班回来帮你找？"

"不用，估计你也不知道放在哪了，就是一些手稿。"

"手稿？就是你的论文吗？还是你前一段时间一直在写的什么东西？"刚躺下的妻子又坐了起来，看似很有兴趣。

"就是论文……我前一段时间在写……算了。"赵游怎么都回想不起来自己最近写了什么，只记得上次问过妻子关于自己在写什么的事，但是她也不知道，所以他想了想也没有必要再问一遍。此时他的头又一次传来了一阵刺痛。

"你再好好想想，我记得就是你收起来了，只是当时我不在你旁边，所以不知道你收哪了，不过应该是不在……"

"闭嘴！不要再说了……我的头……好疼……不要再说了，让我安静一会儿。"赵游实在有些难以忍受这样的疼痛。

"得，我不说了，你自己慢慢想吧。"

"我都说了不要再说了！闭嘴！……"这句话赵游几乎是用尽全身的力气喊出来的。也的确有些效果，卧室里变得异常安静，什么声音都没有，就连呼吸声都消失了一样。他甚至产生了自己是头疼得晕倒了的错觉。只是抬头环视四周，这里的陈设依然如印象中的卧室一样，再看向镜子中的自己，依然是自己印象中的样子，他这才勉强确定还处于清醒的状态。赵游走向卧室门口，在开门之前转身面向妻子的方向，小声说了一句："对不起，我也不知道我是怎么了，有些控制不住自己的情绪。"

赵游在那里站了一会儿，但却没有得到任何回应，看来妻子还在气头上吧。也没有过多的在意，打开了房门，走到客厅中。踉跄地走到沙发旁边坐了下来，眼神呆滞地看着前方没有画面的黑色屏幕。似乎有很久没有看过电视了，几乎都回忆不起上一次看的是什么内容，感受着窗帘的随风飘动，同样是很久很久以前的事情了。难道说……自己假期时没有在家中，而是在其他地方完善论文？至于会是在哪里，记忆中没有丝毫的印象，那么在家中如何寻找似乎都没有多大意义。只是在潜意识之中，怎么都感觉它在家中的某个地方，这种感觉极为强烈。或许找到之前去的地方会有那么一丝线索吧，但是自己假期到底去了哪里，那儿就像是被彻底地抹去了，毫无头绪。脑中有的不过就是一片空白而已。既然现在想不起来，那就先不想了吧，总有一天会回忆起来，无论那是属于自己的，还是另一个自己的，找到那些记忆应该只是时间的问题吧。时间感又一次被拉长，赵游的神智随着他坐在沙发上的呆滞状态也变得模糊起来。他知道这不是在进入梦境，仅仅是神智变得不清而已，而时间在这里或是延长，或是缩短，这些都不由他控制。他的眼前又一次闪过各种各样的画面，凌乱、无序、时快时慢，但很多画面都在渐渐消失着，像是永远地离开自己而去。赵游不知自己在干什么，也不知过了多久，去了哪里，做了什么。这都是另一个自己干的吧，他想不出这些与自己有什么关系。

阳光渐渐变得有些刺眼起来，他的神智也慢慢地恢复，但眼前的一切却让他许久没反应过来。他认得这里，印象中就在昨天还经过过这里，只是自己不应该在家中才对吗？为何会身处于此？看周围的人并不算多，但是看时间也不是清晨了，像是中下午的样子，偶尔会有一两个学生打扮的人从身边经过。屁股上传来有些麻木的感觉，他微微地挪动了一下，明显感觉是在这里坐了许久的样子。这是在学院楼门前的长椅上……他稍微活动了一下身体，有些骨骼关节咔咔作响。他在活动了几下之后，换了一个坐姿，没有打算立刻从这里起身离开。就这样几乎与刚才一样地坐着，看着稀少的人们来来往往，有的人时不时地看向赵游这边，但大多数都立刻将头转回，唯恐避之不及的样子。他这才将目光收了回来，看向自己的身上，似乎也没有什么异样，不过就是平时自己的着装。又摸了摸自己的脸，同样没有感觉到与以往来说有什么本质的区别。这让他有些好奇，是否在神志不清的时候自己身上又发生了什么事情，而自己又失去了一段记忆。看这时间还不算太晚，他走向了学院楼。

又是三两个学生迎面走了过来，赵游的注意力没有在他们身上，只是能够听见他们几个窃窃私语的声音由远及近。他下意识地看向那几个同学的时候，周围突然变得鸦雀无声。而那几个同学的神情似是有些慌张，眼神也尽力躲避着赵游，不敢对视。赵游意识到了什么，或许这几个人在谈论的是他吧，他们以为自己听到了什么。在校园里谈论老师是再正常不过的事情，他便也没过多在意，对着那几个人笑了笑。但是不知是否笑容有些异样还是怎的，在那几个人眼中并不温和亲近，而是透露着诡异和狰狞。在迎面走过之后，那几个同学立即加快了脚步，飞快地离开了。赵游却感觉有些莫名其妙，他们在说自己什么坏话会逃得如此之快，百思不得其解，只好摇了摇头继续走向学院楼。

他一步一步地走上台阶，楼道里时不时地传来嘈杂的声音，如昨天一样，见不到一个人影，大概这些声音都是从各个教室中传来的吧。楼道中也是一样，一个人影都没有，大多的办公室都关着门，里面也是寂静的。这层楼像是一个人都没有，只有赵游自己在这里游荡。走到办公室的门口，还未等开门，便听到楼道中有脚步声传来，这一幕似曾相识。对，就是在另一个自己的记忆中有过这样的经历，不过他也没多想，这样的经历是再平常不过的，只要自己在这里工作就会有与这相似的经历。他将手放到了门把手上，目光下意识地看向脚步传来的方向，是……昨天见的那个人，是来找自己的吗？

"你……是来找我的吗？"赵游试探着问道。

"啊？没，我只是路过，我去上课。"这个人说着，拿起手中的书在赵游的眼前晃了晃，并且将"上课"两个字格外地加重了些声音，似是有意地提醒着赵游什么。

"哦对了，下周的课如果可以的话，我想晚两天，不知是否可以？"赵游因为没有找到论文手稿所以还是想做些准备。

"嗯？下周？之前咱们定的可是这周，赵游老师，你这是……没准备好还是不想讲课？还是不把我这个系主任的话当回事？"这个人原来是系主任，似乎回想起了一些事。可是赵游对主任的话有些不明所以。"这周"是什么意思，记得昨天说的是下周才对，怎么就过了一天就改日期了？

"主任，我没有那个意思，您别误会，我只是记得昨天咱们见面时似乎定的是下周，所以才……"

"昨天？昨天周日，咱们见什么，你见鬼了吗？"

赵游听到这话之后先是一愣，难道时间过了一周？然后又立刻回过神来，但是眉头却皱了起来，许久没有说话，他在不断回想着什么，但是却毫无结果。在自己印象中只不过是一天的时间而已，而且多数的时间还是模糊的状态，不应该过去了这么长的时间才对。

"赵游老师？赵游老师？……别紧张，咱们上午定的是下周没错，我就逗逗你，你这个人这么不禁逗吗？你不会真的是没有准备好吧？没关系，下周才讲，来得及。"

赵游听了这话之后眉头皱得更紧了，长叹了一口气，"没关系，你们定吧，安排哪天就哪天吧，不折腾了。"话罢，赵游打开了办公室的门，走了进去，顺带手缓缓地将门关上。在门被关上之前，赵游似是看见了主任在看自己，面带诡异的微笑，就像是他的小聪明得逞了一样，可以说这个表情让赵游很不舒服。听着门外主任的脚步声渐渐地远去，他的心情平静了许多，烦躁的感觉似乎也是这样随着主任的离去而渐渐消失。

赵游坐到了自己的办公桌前，回想着自己这一天的记忆，今天的确是周一没有错，那么印象中昨天见到主任的场景就不过是今天的上午而已，那么今早与妻子见面及对话的场景就都不过是幻觉或者梦境。而在家中寻不到论文的手稿也都是未发生的事，所以目前还不用为那堂课的准备时间和材料不足的问题担心，等下班之后回家找一找说不定很容易就会寻到。而现在赵游最关心的就是为何今天的感受会这么久，到底是哪里出现了问题，难道真的是自己的精神状况出现了严重的问题吗？还有印象中"昨夜"的梦，未免有些奇特，另一个自己……杀人……这实在是有些离奇了。而其余的东西似乎有些印象不深刻了，只不过回想起来在梦中的时候对那里的一切都深信不疑，无论是谈论的"杀人"还是自己"藏起来的什么东西"，都没有任何质疑，不知是否与另一个自己有什么关系。赵游抬起头，环视着办公室，独自一人坐在这里不知道该干什么，也不知道什么时候见到这个办公室的同事。这些记忆赵游确信应该是属于他自己的但是还未回想起来或是特意忘记的一部分。就连这几人都叫什么都毫无印象，大概也不会随着时间推移而恢复吧。

　　这漫长而又难熬的一天终于快要结束了吗？不知不觉间，赵游已到了楼下，抬头望着自己住的这栋居民楼，做着许多人都会做的事，数着窗户，看看哪个是自己家。天色还未见晚，所以也看不出谁家亮着灯，谁家的住户已经回到自己的家里。他眯起眼睛，看向那些不知是谁家的窗户后面，有几个人似是站在窗边往下看着，也不知他们到底是在看什么。他沿着小路继续往家的方向走着，偶尔也会遇见邻居，但却都与他保持着一定的距离，多数面无表情，而有的却会显露出厌恶。但是他一点儿也不在意这些，毕竟都不过是"别人"的眼光而已，没有什么实际意义。或许赵游也知道这样想也不过就是以自欺欺人的方式来安慰自己而已。

　　那扇窗就是自己家了吧，对，那个位置就是自己的家，他数到了快到尽头的位置，也看见了那窗帘的颜色就是自己家的。窗帘在飘动着，应该是窗户开着的缘故。看样子妻子已经回来了，可能已经将晚饭准备好，在餐桌前等待着他的归来。收回目光，快走了两步，似乎有几分急切，想回到那里，的确是有些累了。如果不是想寻找一下论文，甚至想到家就爬到床上好好地睡上一觉。他再一次看向自己家的方向，有个人影正站在窗边，可能是妻子吧……不，有两个人影，有个人坐着，所以看起来不是很明显。如果有一个人是妻子的话，那么另一个人又是谁？他又走近了许多，似乎隐隐约约地看到了那个人影，这个感觉很熟悉，不仅是那道人影，就连这个场景都很熟悉，似是刚刚经历过一样。这个感受埋藏在心中很隐蔽的地方不易被发现。而当他想去探究这种感受的由来之时，头又开始疼了起来，而且痛得直欲裂开，不知到底是因为回忆过去，还是因为有些接受不了眼前的一幕。他跑了起来，疯狂地、拼尽了全力地奔跑着。周围看见他的人都纷纷惶恐地躲避开来，他们一边指指点点，一边谈论着。

门里门外

"看啊，那个疯子。"

"是不是又发病了？"

"每天都尽量躲着，还是躲不开，真晦气。"

"他这是刚回来多久，是不是又犯病了……"

"真是，没好怎么就回来了……"

赵游没去理会那些无聊的人，相比之下自家的事更加重要。他三步并作两步，继续奔跑着，一路冲进了楼，眨眼间便跑到了自家门口。刚要将门打开，他迟疑了，不知现在是否应该将门打开，也不知在打开之后他到底会看见怎样的场景，那个人会是谁，为何会在自己的家里，他努力地使自己平静下来，深吸了一口气，将门打开，客厅里没有人，随即他走向卧室。在卧室的门口的确听到了有人在谈论着什么，但是令他有些不解的是，是两个男人的声音，而对话的内容虽然听不太清，但是他知道内容。因为这个场景他实在是太熟悉了，正是前不久刚刚经历的梦境中的对话，其中一个正是自己的声音。这一定是错觉，这一切都是错觉，是自己接受不了现实才会有这样的错觉产生。"我才是赵游，只有我是赵游，谁都不会是我！"他在门外自言自语着。"呵呵，我知道，那两个人，是你杀的吧？"门里面的人说着与之前同样的话，现在听起来却像是在对门外的自己说着。

赵游后退了几步，失去了开门的勇气，也不想去听里面的对话，为何在杀人的这个问题上自己不想回忆起来，却又不断地被迫加深着印象。自己心中的那个不认识却又很熟悉的人是谁，他到底想知道什么。赵游的头又开始痛起来，痛得他直不起身，艰难地支撑着身体，走向沙发，坐了下来。他痛苦地揉着太阳穴，弯着腰，大口地喘着粗气。等了许久，他都未见有人出来，头痛稍稍好了一些，挣扎之后还是站了起来。打开卧室的门，可是让他失望的是房间里一个人都没有，正当他以为这一切不过都是幻觉的时候，身后传来一个熟悉的男声，但是只是一句没头没尾的"好啊"，这个人便转身不见，而现在卧室中又只剩下了自己。在那个人转身之前，他的面容在赵游心中再一次加深了印象，的确见过，就是在另一个自己的回忆之中。他戴着口罩，眼神总是似笑非笑的样子，另一个自己也不知道其名字，只是一直对他有一个称呼……叫医生……这个人一定是医生，一定是！他是真实存在的，至少在另一个自己的记忆中是真实存在的。他要找的东西是什么，有什么东西被自己藏起来了，会是什么？作为一个一无所有的人，有什么好藏的呢？真是有些可笑。算了吧，都不过是自己的幻觉而已，还是干些正经事吧，下周的课还是需要准备一下，论文到底放在了哪里，找一找吧……等等……他……要找的东西，自己藏的东西……难道就是论文吗？……自己有的似乎只剩下了那篇论文了。

此时赵游的神经突然紧绷，难以置信地与镜子中的自己对视起来。或许……那个人要寻找的东西真的就是自己的论文，那么还要不要找呢？呵呵，不过就是幻觉而已，找到又如何，幻觉又能拿自己怎样呢？或许找出来之后，会想起什么关于自己的事也说不定。此时赵游下定了决心，将论文找出来。他四处翻找着，却与之前梦境中越来越相似，怎么也找不到，或许……真的是被他自己藏了起来，然后又因为什么主动地忘记了……他对整件事更加好奇了。既然找不到就找不到吧，以后有的是时间，都是自己写的东西，稍微准备一下，应付一堂课还是可以的。算了算了……只是，这论文中到底隐藏着什么样的秘密呢？它到底会在哪里？赵游突然感觉到头再一次痛了起来，这又是身体本能的反抗吧……

他缓缓地平躺到了床上，慢慢地闭上了眼，妻子还没有回来吗？但是他头痛得无暇顾及此事。独自一人在床上渐渐入睡。在梦中，似是又回到了另一个自己所经历的那个地方，虽然有些看不清周围的环境，不过还能感受到那里似乎是一家医院，但是在赵游的梦境中那里一个人都没有，只有孤独的自己。不，应该还有一个人，那个医生，他一定在，就在某一个地方。

赵游在这家并不很大的医院中寻找着，但是到处都是空荡荡的，什么都没有。或许这里真的不属于他吧，这里只属于另一个自己。他垂头丧气地走在医院的楼道里，有些画面时不时地在眼前闪过，但是他却无法将之抓住。不知不觉间走到了一个空旷房间里，这里什么都没有，他缓缓走到一个角落里，似是有些画面在此处传递到他的脑中，有个人站在了自己的对面。

"你确定你准备好了吧？准备好面对一切。"这句话不由自主地从他的嘴里说了出来。这句话像是在对自己面前之人的最后裁决，冰冷而残酷。

"那是当然，我想你也是。"这便是另一个自己吧，在梦中对他是有印象的，虽然不记得，但是的的确确知道这个人不是叫赵游，而是叫作李想。

"我不用准备什么，我该知道的都知道。"赵游又一次不由自主地说道，他当然什么都知道。因为他是赵游，他是梦境的主人，这里所有的一切都需要服从他的意志。画面再一次闪过……

"对了，我有个朋友也想看看这个，你同意吗？"这又是李想在说话，他应该说的是论文手稿吧。

"当然可以，就当你自己的吧。"赵游依然这样说道。但是在说完这句话之后又开始头痛起来，痛得难以忍受。不知为何，每当他仔细回想论文有关之事的时候，都会头痛欲裂，自然无法再细想下去。

画面再一次变换，这是一个空荡的楼道中，赵游到处游走着，在寻找什么。只是到底在寻找什么他也不知道，只知道这里一定隐藏着什么秘密，这秘密在哪里？在医生身上吗？还是在李想身上……或是在……头又开始剧烈地疼痛起来，疼得他的神智逐渐模糊，这里的环境也随之变得模糊不清。

他缓缓地睁开了眼，望着卧室中的天花板，眼神呆滞，不知那仅仅是梦境，还是属于另一个自己的一段记忆。这一觉睡了很久，或许是前一天的精神太过于疲惫的缘故吧。时间已是不早，太阳的光亮已有些刺眼，卧室中厚厚的窗帘也难以阻挡这些强烈的阳光照射进来。他转头看向妻子的方向，可是没有人，也对，这个时间已经上班了吧，但是按以往的情况来说她在走之前都会叫一下自己，也不知为何今天没有叫。他扶着床边坐了起来，回忆着刚刚的梦境，生怕自己会忘记。有些出现的画面本就有些不清晰，在醒来之后变得就更加难以回想，他怕会错过什么有用的信息。那些信息他感觉就藏在这些画面的某些角落，关于自己、关于论文、关于医生、关于许多许多看起来难以理解而又实际发生了的事。对……可能就是……这样……赵游的神情又变得呆滞起来，而后……神智也如之前那样恍惚不定……

时间时而会过得很慢，但是一旦你走过了漫长的时间，再回望过去所经历的岁月时，都不过是转瞬之间而已。这一周的时间过得很快，赵游发现自己实在找不到论文手稿的时候，只好放弃了对论文手稿的依赖，重新备课。在他看来，这一周的时间还算是比较充裕的，只是在复写出来一部分的时候似乎有哪些关键的细节印象不是很深刻，好在重新翻看自己准备的上课资料之后，也没发现哪里有明显不通顺的地方，基本还算说得过去，也就没太过在意这些细小的问题。今天就是上台讲课的日子了，赵游已站到了这间大教室的门口，整理着思绪，让自己平静下来。对于能够将这篇论文的想法传递给大家，赵游的心情还是很激动的，当然，同时也有些小紧张。他再一次拿起手中的资料翻看起来……

赵游正看得入神，身后有个人拍了拍他的肩膀。赵游看了过去，是系主任。

"怎么样，赵游老师，都准备好了吗？"系主任一脸假笑，但是似乎在极力隐藏着什么，时不时地看向赵游手中的讲课材料。似乎很有兴趣，但又不想让赵游发现一样遮遮掩掩。

"都准备好了，我觉得没什么问题。"

"那就好，我相信你，时间也差不多了，进去吧。"话罢，二人同时走进了教室。赵游的余光看到主任的表情似笑非笑，似是有什么阴谋一样，这让赵游不由得产生了不祥的预感。

赵游走上了讲台，将材料放到一边，讲了起来……但是……似乎没有多少人在乎他在讲什么，台下到处是细小的说话声，时不时还指向赵游，不知在谈论什么。赵游依然自顾自地讲课，而台下的声音越来越大，有的人声音隐隐有盖过赵游的趋势。"赵老师，你之前是不是……""赵老师，你讲的都是什么啊，我们感受不到你说的那些……""这讲的是一点儿逻辑都没有……""还是别占用学校资源了，赶紧下去吧……"最终，他还是被轰下了台。这时他再看向系主任，主任没有任何多余的表情，仍然很平静，没有因为赵游将课搞砸而气急败坏，更没有因此而嘲笑。在他看来这一切似乎都是计划好的一样……赵游脑中有个画面突然一闪而过……这个人看起来如此的眼熟，似乎另一个自己也见过，而且……印象深刻……这个人……他的头又开始痛了起来……

回归生活

3.3 寻找消失的自我

　　赵游对于现在所发生的事有一种极为怪异的感觉，他可以确定现在正在发生的事从未发生过，但是却非常熟悉。他猜测着是否是另一个自己的亲身经历。李想的记忆也不断地涌入脑海，可是同样的，一无所获。他感觉现在所发生事就如同自己曾经假想过的场景，而又使自己认为是自己曾经经历过的事。只是现在的赵游依然回想不起来是怎样的经历会让自己有现在这样的想法。他昏昏沉沉的，都不知道自己是如何走下台的，更无从知晓周围的人是如何在台下嘲笑的他。想来应该是与幻想中的场景差不多，也就完全没有必要再去感受一次这样的痛苦，总有一天能够找回所有记忆，现在的事也会自然而然地成为那些回忆的一部分。

　　不知不觉间，赵游已回到家中，坐在自己的书桌前，漫无目的地思考着，同时也回忆着。纵然头痛难忍，他也拼尽全力去回忆过去。他想知道自己到底是怎么了，在自己的身上究竟发生了什么事情，为何会有另一个自己……李想……他又去了哪里，只有解答了这些问题才可以回到正常的生活当中，否则一定会一直这样继续下去，或许还会有数不尽的痛苦与折磨在前方等待着，这些让赵游开始恐惧，难以言表的恐惧。另一个自己那些模糊的记忆逐渐浮现在眼前，只不过依然有些零散，似乎近些天李想的影子出现的越来越少了。而相反的，那些本应属于李想的记忆更加容易被赵游回想起来。赵游觉得这就像是在一步步地接收李想思维及记忆的管理权一样，有时会让自己所思所感混乱不清，也会出现暂时性的幻觉和错误记忆。那么李想如果真的是另一个自己的话……他又去了哪里……为何会将本属于他的记忆留给了赵游？大概就是……消失了吧……可是自己依旧在，赵游依然可以清晰地感受到自己的存在，这本身就是自己依然存在的有力证明。

　　很多杂乱的记忆碎片在赵游的脑海中浮现着……有个女人……记不得叫

门里门外

什么名字……常在她旁边的还有个男人……叫……孙妄吧……上班工作的地方……好远……那个女人……是个老板娘……那个地方好熟悉……他认得那里……医院……为何会在医院……头好痛……医院中发生了什么事……头……真的好痛……咦？……论文……又有一个人出现……这个人叫……钱思吧？……另一个同事吗……头痛得几乎要裂开，难以忍受……

这回赵游真的不知时间过去了多久，脑海中闪现的画面就如同之前的那场大梦一样，像是度过了另一段人生一样，只不过与上次不同的是，这次是属于自己的记忆，这些都是被自己回想起来的经历。尽管回想起的片段依然正随着时间而被逐渐淡化，但是对于一个人来说，现实记忆与梦境记忆的强度仍然有着本质的区别。他突然想去另一个自己所经历的那些地方看一看，了解自己都经历了什么，也确认一下那些是否是真实的。仅仅是在记忆中的那些景象实在无法让他完全信服。也不知假如他真的见到了"老板娘"，她会不会认得现在的自己，或只不过如同见到陌生人一样。是时候去那个小岔路看一看了，那个小旅馆一定依旧在那里。不知那个"老板娘"是否还在，赵游似乎还开始代替另一个自己去思念，这着实有些可笑。另一个自己的身上发生了太多的事，并非这么长的时间里不想去见她，而是所处的环境及所经历的那些事使他无暇顾及吧。不知在这么久的时间里那个她是否会思念李想这个路人，还是会责备……也不知现在的自己该如何去面对这一切，是如同李想所留下的回忆与感受那样去追随欲望，还是依旧坚守着自己的本心，忠诚地陪伴在妻子的身边。这所有伴生的问题都围绕在赵游的脑中久久不散，使他纠结无比。

无论会有什么样的结果，还是去看一看吧，就算是做个了结，也算给另一个自己的记忆有一个交代。这是第二天的上午，赵游在经历了昨天的那些事之后完全没有去学校的想法，他还没有准备好面对。不管怎样，也该给自己一些时间来平复一下情绪，否则他说不准会在学校做出怎样的事来。赵游整理好心情，踏上了寻找自己的路。

在他记忆中的这条路上走了很久，路边依旧是印象中所见到的样子，只不过之前看是秋天，哦不，之前另一个自己看到的景象是秋天。记得时不时会有微凉的秋风吹过，而干枯金黄的叶子也会随着风飘飞到天空中，不确定它们会飞到何方。现在的他也感受到了这微凉的风，只不过这是温柔的春风，每一阵都透着满满的活力，不似臆想中满载着死气。赵游在这条路上仔细寻找着，回忆着残留在脑中的李想的那些记忆，那条小岔路的位置及景象若隐若现。现在的情景与印象中更加相似，似乎在另一个自己的经历中便是如此，时隐时现，有时甚至像是岔路消失了一样。或许就连李想也记不清楚在哪里吧，或许那里是李想的幻觉，这有些不大可能。幻觉怎会如此真实呢？就应该是这里了，可是这里却没有任何曾有过小岔路的痕迹。赵游在这附近仔细查看着，这里的树不像是新栽种的，各处的景物也与记忆中的极为相似，可就是没有见到本应在这里的那条小岔路。赵游开始怀疑是印象出现了错误，便又向远方行去，继续寻找起来。可是……依旧没有找到任何它曾存在的证据，就像是凭空消失了一样。或许，那里真的不过就是幻觉或梦境而已吧，就连李想的存在或许也不过就是幻觉而已。但是，这里的其他环境都与另一个自己的记忆中一模一样，说明这里自己是来过的，不然不会有现在这种异样的熟悉感。这里的行道树以及一花一草，都印刻在记忆中挥之不去。而那个"老板娘"，还有时常会在那里出现的那个叫"孙妄"的男人，他们的模样和一言一行至今都如这里的景物一样清晰可见，如此真实。所以这不应该是幻觉，幻觉是不会凭空出现的，在赵游的生活中也没有什么人可以或者说"适合"作为他们俩人的原型。应该是这样的吧……现实中是没有那些幻觉原型的，没有！赵游在春风中回忆着，搜索着脑海中现有的各种片段，想以此找出一些可以作为证据的东西，来完成那些是否是幻觉的判断。可是……他失败了……他一无所获。

　　赵游迎着夕阳，自言自语着什么，就连他自己也听不清楚。脑袋又一次开始刺痛，痛得有些睁不开眼，神智也随之渐渐变得不清醒。他挣扎着，回忆着对于这里的各种记忆片段，有亲切，有怀念，有激情，各种各样的感受交织在一起，与现在的挣扎、徘徊、困惑和纠结相互排斥着，始终无法融到一起。时间飞快地流逝着，天色渐渐暗了下来……他站在路边看着荒芜的前方，什么都没有，本应该在那个方向的小村子以现在的环境还看不到。周围更加阴暗，对！就是这样的感觉，与记忆中的景色一模一样，只是……那个方向依然什么都没有，本应出现在那边的亮光依然一片漆黑，黑得什么都看不见，赵游更加地怀疑那些记忆的真实性。

"那些……都是假的吗？"赵游自言自语起来。

"李想是有精神病的人吧……"

"那么……是否自己也是一样的？"

"哈哈，病人吗……自己也不过是个病人而已。"

"幻觉，都不过是李想的幻觉。"

"可是……这里我的确来过……那么……那些幻觉又是以什么为基础而编造的呢？"

赵游的头更加痛了，他不自觉地拍打着自己的脑袋，向荒地中走去。就像是又走到了幻觉之中一样，周围的环境让他感觉更加熟悉，但是却又很朦胧，不像是自己在经历着这些。他就这样走着，不停地向前走着，不知走了多久，也不知走了多远，仍然继续走着。脚下似乎有了路，这里不再是杂草，前方似乎也有了点点的灯光，眼前也不再是漆黑一片。他不知自己到底走到了哪里，因为在此之前已经头痛得失去了神智，又一次进入了那种不由自主的状态。

又过了很久，他躺了下来，或许是身体太过劳累的缘故，再也支撑不住，他倒了下去。这是哪里，会是杂草丛中吗？感觉身下是熟悉的绵软，李想也曾躺倒在这样的草丛中吗？不对，这里不是，在若有若无的神智中，可以感受到旁边有人，对，就与自己一同躺在这里，没有言语，静静地躺着，所以这里定然不是荒郊野岭，那么这里又会是哪……

当赵游早上醒来时，发现躺在自己的床上，睁开眼确定了一下刚刚的感觉没有错，这里是他自己的卧室，躺在身边的是熟睡中的妻子。在失去神智之后又一次不知不觉地回家了吗？会是李想吗……不对，赵游睁大了眼睛，他确信李想已经消失了，只有他的记忆还残留着，而主观感受以及行为是不可能还存在的，那么……不言而喻了。是否还有一个自己在主导这些，赵游暂时还无法确定，也许是李想还没完全消失，那些只不过是胡乱的猜想而已。或许得等到赵游得到几乎完整的李想记忆之后，李想才会是真正意义上的消失吧。赵游轻手轻脚地下了床，生怕自己的动作会惊扰到妻子，但人们总是这样，越是小心谨慎，越是容易弄巧成拙。赵游没走两步就因为碰到椅子而发出了声响，在这个寂静的清晨，这间空荡的卧室中显得格外的刺耳。他有些紧张地看向妻子，见她似乎并没有因为响声而被吵醒，就连半分的反应都没有。他放下心来，继续着自己的动作，换上衣服，准备出门。只是……这一幕，赵游再次感觉到似曾相识……

赵游怀着无以言表的复杂心情，决定再次寻找属于李想的那些记忆，他仍然无法接受自己印象中的"老板娘"、小旅馆、岔路这些都是幻觉，因为这些印象实在太过于深刻，甚至比现在所经历的事都要清晰，就连有些细节都记得清清楚楚。在经过一夜的时间让自己冷静下来之后，赵游想要寻到那里的欲望更加强烈，从他现在毛手毛脚的动作就可以见得他心中的急不可待。

他又站到了昨天站立的位置，这是印象中小岔路的位置，却依然与昨天所见的一样，那条"小岔路"就像是随着记忆的忘却而消失了，无论他如何去寻找都无法再次见到。现在所发生的一切都让赵游很无奈，脑海中一点儿线索都没有。烦躁的情绪逐渐上涌，抑制不住地开始在这个空旷的地方咆哮、呼喊着、嘶吼着，等待着某种回应。可是让人失望的是回应他的只有那股熟悉的风，以及像是在说"我们也不知道"的行道树。他不得不承认，那些或许都是幻觉吧，不，还有一丝的希望，他这样想着。随后将目光看向道路的尽头，那边是李想的另一段记忆，在那里发生了更多诡异的事，而且似乎藏着许多就连李想也不知道的秘密。那边……是医院的方向。在那场"梦"醒来之前，他一直在那里，在李想的记忆中，赵游也就是自己，就是在那个地方将自己的论文完成的。所以相比之下，在记忆中那家医院的地位要远远高于这个找寻不到的小岔路，那里的人、医生、李想、钱思以及赵游自己必然会留下重要的痕迹。他虽然不想放弃小旅馆这个地方，但是实在寻不到岔路，也只能暂时离开，或许就像家里的某些东西一样，在你想找的时候无论如何都无法找到，而当你不再执意寻找的时候它们却经常出现在眼前。他沿着路，向路的尽头、记忆中医院的方向寻去。

凭借着残存的记忆，走着这条熟悉的路，如果记得没错的话就是这条路、这个方向，而且不会太过遥远，似乎已经感觉到那家医院的存在，就在前方。渐渐地，周围的环境不再如同之前那样荒芜，有了些房子，只是看起来年久失修的样子，外观上看起来就已破败不堪，更别提里面会是什么模样。这里的房子相距都有些距离，并不是一栋挨着一栋。路边的树栽种的也不再规整有序，时远时近，看起来有些凌乱，只能从这些树的品种和大小上来判断它们的确是同一个时期的产物。有些房子门前被修整过，应该是有人在住，只不过多数房子如刚见到的那些一样，一眼看去就是没人居住的。赵游仔细地观察这里的一草一木，虽然印象不深刻，但依旧有些许熟悉感，这里应该离医院不远了，很快了，很快就会见到那个地方，或许医生还在那里，或许……会将他留下也说不定。就算如此，这些可能也无法阻挡赵游的好奇心，更何况他在学校出现了那么多天，也未见有什么异常情况发生，那么最有可能的就是他自己是以正常的方式、被医院所允许的途径出来的，所以他去寻找医院也就更加坦然。

他沿着路继续走着，透过稀疏树木的缝隙，隐约可以见到前方很远的地方有一栋小楼，从外面看很是破旧。大概就是那里吧，虽然距离很远，也只能看见楼的一角看不清全貌，但是赵游十分熟悉那种感觉，那是一种住了很久的地方才会给自己的特别的感觉，其他任何地方都难以带给赵游这样的感受。他快走了两步，心情有些急切，这里证明着另一个自己的存在，证明着李想的记忆并非都是幻觉。现在头部的刺痛已经无法再阻止他的前进，他需要知道这一切，他想了解到底在自己的身上都发生了什么事情。这所有的答案应该都藏到了这里。很快，他就会触及这里的一切。无论这答案是否是自己想要的，他依然义无反顾……

走了很久，全身都有一种筋疲力尽的感觉，这不仅是身体劳累带给自己的，同时还有头痛。可是那些又算得了什么，他，赵游，最终还是站到了这家医院的大门前。只是……他愣在门口许久都没有任何行动。赵游确信这里就是回忆中的医院，大门上的锁还是自己印象中的样子，上面锈迹斑斑，明显是已经很久没人打开过了。在院子的围墙上，有着掉了色的涂鸦。院子里面杂草丛生，他不知道是不是自己离开后就没有人再整理。他依然站立在院外，看向周围的环境，的确是这里，周围几乎都没有过变化，还是一如既往的荒凉。而最让他犹豫不决的，正是这家医院的院楼，这让他怀疑这里是否是医院。外墙面黑乎乎的，已是面目全非，这栋五层高的小楼明显是被烧过。赵游甚至开始怀疑李想记忆的真实性，只是周围的一切都与记忆中的样子过于符合，难以被质疑……那么，赵游开始猜测，或许是在他离开之后，这里发生了火灾才会导致这栋楼成了现在这样吧。

赵游没有过多的徘徊，既然都已经来到了这里，该进去还是得进去。他找了些用来垫脚的东西，爬到了院墙上，纵身跃进了院子。他看着周围的杂草，神情恍惚，这里还是那家医院吗？都已经破败成这个样子了吗？……他一边走，一边扒开挡住视线和前路的杂草，慢慢走向院楼的方向。越是靠近院楼，那种熟悉的感觉越是明显，没错了，肯定就是这里，赵游心里已经确认了这个想法。

他走进这栋楼，里面比外面看起来烧得更加严重，墙面到处都是黑乎乎的，不知从什么地方还会传来隐隐的焦煳味，到处都是残破的，几乎没见到几个完整的墙面。只是这里无论从哪个方面来看，都不像是最近才发生过火灾，而是很久以前留下的痕迹。现在虽然是白天，但是可能是由于墙面都被熏黑了的缘故，显得很是阴暗，楼道中、拐角处、房间里，到处都有着难以看清的黑暗角落，让人无法了解这里的全貌。他按照自己记忆中的位置寻找着李想曾住过的那间病房，这对于他来说一点儿也不难，这里的格局与印象中几乎一模一样，唯一的区别就是这里不再是一家医院。他顺着残破的楼梯一步一步地登上去，缓慢而小心翼翼，听着自己的脚步声也如记忆中一样，回荡在这空寂的楼道里，面对即将看见的那间病房不知自己是何种感想，难以描述。这里在脑海中的样子是有人的，虽然人也不多，甚至在自己离开的时候几乎没剩下几个，但也不至于有如此之大的变故。

没一会儿，他便到了四层，这是他住的那间病房所在的楼层。这大概就是他印象最深刻的地方之一了吧，不知自己在这走廊之中来回地走了多少遍，发生过多少事情。赵游轻轻叹了一口气，这里的样子看起来被火烧得更加严重，至于论文……如果是留在这里的话……或许已经消失了吧。好不容易找到了这里，却是一个这样的结果，秘密就这样被永远地隐藏起来了吗……赵游实在有些不甘心。他学着李想的步伐走在这个楼道中，尝试着回忆那些发生在这里的故事。头一下一下地刺痛着，也不知是因为他在回忆那些不该被忆起来的事，还是因为楼道中的脚步声在回荡，不停地敲击着他的耳膜。虽然这里发生过火灾，但是门基本都还保存完好，或许是由于火灾产生的浓

门里门外

烟使得这里到处是黑乎乎的吧。他仔细观察着四周，这里像是有人打扫过的样子，地面并不杂乱，也没有想象中的那么脏，看起来不过就是前不久的事。走在这楼道里，到处都是空寂的，只有自己的脚步声在回荡，但是那一扇关着的门让赵游产生了一些错觉，总会以为有其他人在，他们都将自己锁在房间里，安静地、老老实实地、一动不动地躲在各自房间中的某一个角落。他没有去尝试打开一间房门，这对于他来说没有多少实际意义，就算有人也不会再是李想回忆中的那些病人了，因为这里早已物是人非。他路过着一间间的房间，偶尔会看见虚掩的门，透过门缝可以看见一些房间中的景象，里面与楼道中一样，都很昏暗，到处都透着一种莫名的死气，这让赵游感到一阵阵的恶心。只不过这样的感觉同样似曾相识，这或许也是李想曾经的感受吧。李想或许也曾有过类似的恶心感，但也未必看过与此相同的场景。

很快，他找到了属于他"自己"的那个"病房"，这间房的对面如印象中一样，是一面大镜子，镜子边是一个没有门的房间，记得是个厕所吧……他抬头望去，记得天花板上应该有什么东西，但是却什么都没有发现，空荡荡的，很平整，看起来自始至终都不曾有过任何东西。他皱起眉头，目光依然还在凝望着那里，似是在努力回想什么，却许久都毫无所获，只能无奈地将目光收回来。赵游缓缓地挪动脚步，走到了那间房门前，静静地站着，深呼吸着，试着让自己平静下来。从这里开始，就要真正地面对自己了吧？难免会有些紧张。刹那间，有许多怪异的画面在眼前闪现，就在他自己所站立的位置，曾经发生过太多奇怪的事情。他突然回头望去，他觉得应该有个人站在身后才对，这是另一个自己传达给自己的最后感觉吗？可是身后空空如也，只有镜子中那个朦胧不清的自己正在与自己对视。不知何时，在他身后的房门已经打开了，他不记得刚刚有开门的动作。赵游猛地回头，目光扫视着房间内的景象。

他就在门口呆立了许久，在很长的时间里都没有回过神来。这真的不是幻觉吗？他的内心在呐喊着，很难相信眼前的这一幕是真实的，因为实在有些不合常理。他眼前的房间，就像是这栋楼里的"世外桃源"，几乎看不出被火烧过的痕迹，与之前李想印象中的样子很像，只不过比回忆中要空荡许多，没有任何属于他的私人物品，就像是被彻底地收拾过一样，对！就是在回忆中，为那些"死去"的病人收拾过一样。他仔细察看起这间房里的各个角落，看看是否能够从细节中发现些什么。到处翻找着，可越是翻找，越是绝望，什么都没有，真的是什么都没有留下。他抚摸着这里的各个地方，同时回忆着在这里所发生的一切，努力地在回忆中搜索着一些可能被遗漏的片段。头痛，头又开始剧痛，相比之前更加剧烈，疼得赵游甚至直不起身来，只能勉强地扶着一旁的墙面。豆大的汗珠从额头顺流而下，他的手用尽全力，死死抓着墙面，几乎要把墙皮撕扯下来。

随着头部愈加强烈的疼痛，他又有了那种极为怪异的感觉。似乎有人一直伴随自己左右，隐藏在某一个自己看不见的地方，注视着自己。在这里，这栋楼里，这感觉变得更加明显，在此之前赵游以为仅仅是一种错觉，或许是周围哪个人在注意自己。而此处完全不同，这里没有其他人，只有他自己。这种特殊的、怪异的感觉就被突显、放大，使他清晰明显地感受到"那个人"的存在。让他恐惧的是，他可以感觉到"他"的存在，但是却不知道"他"到底在哪里，长得什么样，因为的确是看不见，摸不着。在楼道里藏着也说不定，他这样猜想着，悄悄地走向门边，将脑袋探出去，楼道中依旧如刚才那样，空荡荡的什么都没有，唯一有区别的是在对面镜子中的房间里，有一个人影正探头出来，注视着自己。他失望地将门关上，楼道中又恢复了死寂，同时，与之前相比，似乎更加昏暗。

在这个另一个自己曾经居住过的地方，他找了一个地方坐了下来，这是房间中的一个角落，自然而然地背对着房间里的一切，他隐约地记得自己曾几何时喜欢这样坐着，但是却回忆不起是什么时候。同时他确信这并不是属于李想的感觉。渐渐地，他开始有些不太适应这样的坐法。挪动身体，转了过来，可以让房间中的一切收入眼底，这样似乎对于他来说舒服了许多。在挪动身体的时候，他的手指不小心触碰到床脚，传来了丝丝痛意，或许是之前用力抓墙面导致的吧。他看向自己的左手，指甲的地方已经渗出了血迹，便又转头看向刚刚抓过的墙面，那里已有几道抓痕，墙皮的确被抓得脱落了一些。他暗叹着，这质量看起来真是不怎么样，可是没一会儿，他瞪大了双眼，看向墙皮已经掉下的墙面，那里……是灰黑色的……这间屋也被火灾影响到了，只是这里在火灾之后被粉刷过。那么自己……是在这里发生火灾之后才住进来的。虽然他没有回想起来相关的记忆，但是隐隐地感觉到，这才是这里本应有的样子，在李想住进来之前，这里便已经是这个样子。他走出了房门，想去印证自己的想法。

他循着记忆中常去的那些地方，在楼道中游走着，这里一如既往的昏暗，到处充斥着淡淡的焦煳味，对，就是这个味道，这是李想常常闻到的味道，当时有些不理解，也没有太过在意，而现在的自己不一样，已经跳脱出来，从另一个角度去看，又是另一番感受。

从房间走出没多远，有一间房的门是打开着的，与其他房间里的景象也完全不同，这里也住过人，墙面也粉刷过，而里面的陈设上面沾满了灰尘。与自己的房间不同，这里明显是有日子没有住过人的样子。那么……那场火灾想来应该比自己想象的还要早些。赵游学着李想的行为和想法，回忆着关于这间房的相关信息，他知道，在那段记忆中必然会有相关的信息。可是，头再一次开始剧烈疼痛，不过这并没有阻挡住他对那些记忆的窥视，零散的片段出现在眼前。住在这间房的，大概是李想的那个同事，钱思吧。他应该早就想到的，他之前在记忆中就有过此人的相关记忆，只不过当时没有在意而已。不过就是李想幻想中的同事，似乎也不是多么重要的事情，想到这里，赵游的头痛缓解了许多，整个人也便得轻松了些。

看样子似乎是过去了许久，天色已见晚，这里的一切显得更加昏暗。赵游依然没有要离开的意思，继续在这里探索着另一个自己的回忆，似乎是下定了决心，打算扮演李想在这里住下来，用这个笨方法回忆过去。

他走出了房间，打算去那个所谓的"公共区域"看一看，他想去看一看那个在李想身上发生许多事的地方到底是个什么样子。赵游努力地让自己的心情放松下来，就当作给自己放了个假，把这里当成专属于他自己的一个"旅游景点"来游览。他转头看向一边的一个黑暗的角落，自言自语着，又像是在对某一个一直跟随在自己身旁的影子说道："瞧，那里我去过，我对那有印象，我就在那里将我自己的论文给了我自己。"楼道里只有赵游的声音，却没有任何的回应，这使他有些失落。当错误的记忆成为过去，逐渐地被遗忘的时候，谁还会记得那些存在，这世间或许不会再有它们存在的证据吧。这是自己的悲哀，还是另一个自己的悲哀。不过，话说回来，谁又不是如此呢？

现在看来，这家"医院"的确没有李想想象中那样大，在赵游看来，这栋楼在火灾之前应该不是一家医院。当然，在火灾之后同样不是。这成为医院应该是在李想的幻觉出现之后的事，也就是说对于这里的几乎所有印象应该都只是幻象，是李想根据现实所见产生的某种错觉，那么他来到这里的目的就有些缥缈了。他到底为什么会来到这里，就算李想有一个合理理由，也未必有较高的可信度。赵游想着，就算想起了那个理由，背后也必然有一个更加重要的原因存在。他一边回忆着，一边走到了印象中的"公共区域"。可以说，他对这家"医院"有着无比熟悉的感觉，就像他自己是这里的设计师一样，所有的一切都是由他来构建的。他站到了一个靠窗的位置，看着外面那荒凉的景色，西边的晚霞很美，在回忆中有过相似的情景，只不过那个时候没有心情欣赏，看来无论是谁在纠结无助的时候都会错过很多东西，就连一个精神病人也毫不例外。他低下头，目光放到了这个不大不小的院子里，在回忆中，时常会有病人在这里走来走去，现在这里杂草丛生，从这个角度看得更加明显。这里大多都是枯草，许久都没有人来整理过了，自然也不会有人在这里闲逛。赵游突然有些想回到记忆中，而不是生活的现在，纵然那时有着许多纠结、痛苦，但是以现在的角度来看，那些只不过是一些幻觉，不会像现在一样现实，所有难以言表的痛苦感受都更加清晰，折磨也更加真实。突然，记忆中有一道人影一闪而过，那是一个陌生至极的人影，头再一次开始疼了起来。这段记忆不是李想的，也不是他自己的，但是在他们的记忆中却有着无比深刻的印象。在脑中一闪而过的人，是一个已经死了的人……

　　他静立在这里很久，似乎回想起了许多事，关于那个人影的许多事。他是被自己亲手杀死的？不，不是，可是他死了，他死在了这里，那么……是钱思杀的？李想的那个同事，钱思？等等，赵游发现自己似乎忽略了什么，到底是什么呢？他在梦醒来之后，回到了学校，那么钱思去了哪里？钱思在李想的梦境中或者说是作为李想的梦境中死去了就会在现实中消失吗？这有些说不过去。起初赵游认为钱思不过是离开了医院而已，钱思的死只不过是李想在梦境中的假想而已，但现在来看，这背后的事却变得扑朔迷离起来。在回到工作岗位之后没有见到任何一个与钱思相近的人，难道钱思没有一个在现实中的原型，也是凭空想象出来的？真相似乎离赵游更加靠近了。头又更痛了，身体在本能地阻止他回忆关于钱思的那些事，他痛得几乎要晕倒在这里。虽然到目前为止，赵游还没有回想起关于钱思的更多信息，但是他隐隐地猜到了些什么，或许钱思也是自己的一部分。只不过，不知道因为什么原因，钱思还未等到将全部的记忆留下，就已然离去。对，没错了，钱思也是自己，与李想一样，都是自己的一部分，而且，钱思在消失之前，也看了自己的论文。

外面还未完全黑下来，这栋楼里就已然漆黑一片。那个陌生人可以说是钱思杀的，当然也可以说是他自己杀的，他突然回想起幻想中的那个人对自己说的话："我知道，那两个人，是你杀的吧？"这样看起来，那个人也知道自己杀过人。赵游笑了起来，他自己幻想出来的人当然会知道自己杀过人，这没什么好稀奇的。那么另一个人又会是谁呢？此时，赵游有一种奇怪的感觉莫名地涌现出来，他难以抑制自己的冲动，脱口而出，对着空荡的四周问道："你是什么时候察觉到的？"他很想知道这个问题的答案，自己在这个身体中到底算什么，为何在记忆中搜寻不到的东西，自己幻觉之中的一个人会知道。这个答案那个人早就给出过——"就是在……我发现了你藏起来的东西的时候"。这句话在赵游的脑中不停地回响着。藏起来的东西……不知是何物……

忍受着剧烈的头痛，他回到了他曾住过的那间屋子，找了个地方躺下去。那个人会是现实中存在的吗？他反复地思考着这个问题，同时用力抓着自己的头发，完全忽略了手指上的疼痛，不管不顾地大吼着："你是谁，你到底是谁？"在这里他可以无所顾忌，这里没有别人，只有他自己。所以在这里可以放声大叫，以此来宣泄心中的各种情绪。只不过无论他如何嘶吼，都没有人会回应，只有自己的声音在走廊中回荡。当然，在此时此刻，陪伴他的还有这里的黑暗。

在这样的环境下，他渐渐地入睡，进入了一场梦境。周围的一切有些朦胧不清，画面一幕幕地闪过，却什么都抓不到，这里所有的事情都有些杂乱无章。他感觉不像是在一家医院中，而是在一家公司里，有各种各样的工作在等着他去处理，这或许就是李想的梦吧。面前的办公桌上放着许多资料，还有一张似乎是当天却又有些破旧的报纸，上面印着一些无关紧要的新闻。有个同事走了过来，对自己说着什么，只是难以听清楚同事在诉说着什么。他目不转睛地注视着那个看不清面容的同事，感觉这一幕曾发生过，这个人……就是钱思吧！钱思在这样的环境下出现过，绝对没错！随后他的目光转向窗外，看见了另一个熟悉的人，这个人在自己印象中更加深刻，这个人常常会出现在自己的记忆中，无论是很久以前，还是李想的记忆。在楼下的这个人向楼中赵游的方向望着，不知是否是在看着赵游，或者看着这边的钱思。这个人似是在笑，笑容有些狰狞，不知怀着什么样的心思。

　　既然来到了这里，那么就尽量地扮演好李想这个角色。赵游如此想着，开始沿着回忆中李想的想法去应对这里所发生的事。他拿起杯子喝了一口水，静静地坐在这里，感受着周围的一切，什么都不去思考……

　　画面再一次闪过，这里是……医院吗？不，这不是印象中的医院，而是现实中的样貌，如同现实所见到的一样，残破不堪，到处都是被火烧过的痕迹。不知为何，也不知何时他来到的这里，只不过就是眨眼之间。面前放着许多东西，大多都是生活用品，不知是从哪里来的，就这样统统堆放在他的眼前。等他回过神来，自己已身处一个房间里，四周都是黑乎乎的，都是已经破损的水泥墙面。他转过身，看向房门的方向，外面传来了脚步声，就像是之前自己的脚步声回荡在楼道里的残留一样，轻轻的、孤独的。这个声音停在了这间房的门口，却在外面站立了许久都没有敲门。他有些好奇，慢慢地、轻手轻脚地走了过去，学着李想的样子将自己的耳朵贴到了门上。可是他有些失望，外面什么声音都没有，静得可怕，与这里的黑夜一样，一切都犹如虚无，除了幻觉这里只有自己。正当他有些失落地望向脚下之时，看见了一个熟悉的东西，是……一张纸，一张从门下方的缝隙伸进来的纸。可是，还未等他将纸捡起来，这张纸嗖的一下被抽到门的另一边，不知所踪。他不会在这样的黑夜，一个如此陌生的地方将门打开，因为这里所有的一切都让他感到不安。此时此刻，他并不认为外面有人。他转身面向屋内，这里的那些东西变得更加凌乱，东一堆西一堆，这让他莫名烦躁，想疯狂地大叫出声，但却又发现身体不像是自己的，毫无力气。他脑中一片空白，缓缓地走向角落，自然而然地坐了下来，面向墙角，把房间中的杂乱以及复杂的心情抛到脑后，享受起这里的安静。

　　不知过了多久，手里好像多了一样东西，他拿起看了看，是一包药丸，

门里门外

这便是李想每天都会吃的东西吧，他也没迟疑，全部都放进了嘴里。他吃完这些药之后，转头看向后方，有个人在这里，似乎已经站立了很久。这个人就是医生了吧，又一次见到了医生，这个人……自己也见过。两人对视着，互相打量着，谁都没有说话。医生转身准备离去。

"医生请等一下，我的药呢？"

"放心吧，已经配发给你了，就在刚才。"

"哦哦，好的，我这就回病房去吃。"

说完，赵游转回了头，医生也在聊天结束之后离开了房间。赵游在回忆中苦苦地搜索者，这一幕一定在什么时候发生过，但是事情不是如此的，应该是另一番景象，发生的轨迹应该在另一条线路之上……当时李想应该也在场才对，而现在所发生的，与记忆中的情况完全不同，到底是哪里出现了错误……他的头又开始痛了。

带着剧烈的头痛，他醒了过来，但是却没有睁开双眼，他在努力着，努力回到刚才的梦境之中。或许在那里会发现什么，钱思吗？那里的自己是钱思吗？就算在梦境中的是钱思，发生的一切也是与印象不符的，是谁在自己记忆中说着"谎话"，"欺骗"着其他人？这一切都随着离开梦境而无从知晓，那里不是他想挽留就可以留得住的，更何况或许那场梦并不属于他。

已是清晨，微光从窗子射了进来，这里的一切都显现出了轮廓。他从床上爬了起来，晃晃悠悠地走出了门，准备去上个厕所。在他的印象中房间的对面应该就是卫生间，只是这里本来就与自己记忆中完全不同，对面是一间空空的房间……似乎哪里不太对劲，但是刚睡醒的他却没发觉。应该对这里很熟悉的赵游在黑暗中寻了许久，才发现了镜子旁边的那个卫生间。这里面依旧是回忆中的样子，就连味道也几乎没有变化。借着微弱的晨光可以看见这里的一切。地上还是那堆垃圾，不过貌似多了一些，那股臭味的发源地便是这里。突然，门被敲响了，谁在这里，又为何敲门？他有些惊慌失措，立刻转身快步离开，可是这敲击声如影子一样跟随着自己。他全力地奔跑着，但是时间却同样地被无休止地延长着，让他无论如何都难以从这个声音里逃离。对，就是眼前的这扇门，就是它在响，这是……这正是自己的房门，不，这是李想的房门……它……缓缓地打开了。

赵游猛地从床上坐了起来，满身都是虚汗，刚刚的那些……是梦境吗？也是梦境吗？还是钱思的回忆？如果是钱思的记忆，那么为何印象中的卫生间与自己的记忆有着某些细微的不同，只是那些不同太不容易被察觉，这到底是怎么回事。赵游决定去仔细看一看，或许会有什么发现。

　　他慢慢地走出了房间，看着镜子中的自己，渐渐地走出了镜子的范围。卫生间就在镜子的旁边，他停顿了一下，算不上犹豫，就这样走了进去。这里如刚刚梦境中一样，都是昏暗得看不清四周的环境。但是当他看到地上的"垃圾"之后，瞳孔猛地放大，这……根本不是什么"垃圾"，而是尸体，而且不只一具尸体。其中有一个是在印象中出现过的人，就是那个在回忆中认为是被钱思杀了的人，那个摄影师。从尸体的状况来看，死去的时间不是很长。但是另外一边却不同，是几个簇拥在一起，有一个成年人紧紧抱着几个明显还未发育的小孩子，在他目前的所有记忆中都没有这几人。看这几具尸体的状况应该是已经离世很久了，甚至是在自己来到这里之前就在这里了。或许就是那场火灾的缘故吧……赵游的神情有些悲哀，在这里这么久，无论是李想、赵游自己，甚至是钱思，竟然都没有发现。

　　不对！这么重要的事，钱思的印象中居然也没有，这就变得极为不合理了！在李想的心中认定钱思杀了人，但是从现在看来，似乎情况并不如此。那么就说明了一个问题，凶手另有其人，这个人可以是自己，也可以是另一个个体，这个答案在赵游的心中呼之欲出……

　　走出卫生间之后，赵游更加努力地去扮演记忆中的自己，找寻自己遗落的记忆和论文手稿。越是扮演，越是努力回忆那些事情，他的头痛就愈加剧烈。对于现在的他而言，许多不解的问题都有了答案。目前还依旧困惑着他的就剩下两个问题了：一个是论文手稿的去向；而另一个是常在自己左右的那个人到底是谁，现在到底在哪里，医生他真的存在，还是仅仅是自己的幻想。赵游知道自己该去哪里看一看了……

　　他在走廊中快步前行着，他已经有了明确的目标，对，就是这里了，就是这扇门的后面，里面一定会有自己想要的东西。这扇门紧紧地关着，他似乎知道里面什么都没有，也不应该有什么，所以他只是静静地站在这扇门的外面，似乎在等待什么，也似是在游戏即将结束之前的酝酿，平复着自己的心情，尽全力使自己冷静下来。

当他准备好了一切之后，打开这扇门走了进去。这里便是医生的房间，可是让赵游有些意外的是，这里简陋得出奇，尽管也是被整理过的样子，同时也能看得出这里有人住过，但是没有找到他想要找的任何东西。只有三两本书放在了明显可以被看到的位置，而其余的地方一目了然，空空荡荡的。在来到这里之前，赵游幻想了许多的可能，但是却完全没有预料到会是这样。他拿起那几本书，看了一下，冷笑着，正是当初看到的书，《精神表象学》，还有两本关于精神病学研究的书。记得李想已经将这些书拿到了自己那里，又被拿到了这儿，看来是医生在自己走之后拿来的吧。既然没什么发现，他只好失望地离开了。他又开始努力地回想着关于医生的各种记忆片段。他在这里到底充当着一个什么样的角色。头……又开始剧痛起来。为什么，这到底是为什么？在回忆关于医生的相关记忆时会痛得如此剧烈，痛得他几乎要晕厥过去。而与此同时，他的神智也在渐渐涣散着。他踉跄地向自己的房间走着，拼命地挣扎着。

许是出现了幻觉，他隐约地听见身后传来了脚步声，这脚步声很冰冷，不带一丝的情感。时间似乎又一次被拉长了，就在前方不远的房间却无论如何都难以到达。

眼前的是过去的记忆吗，还是现在的幻觉？各种关于医生的画面不断地涌现出来。这是谁的房间？这是钱思的吧，但是却不见钱思的人，只有工作人员在里面收拾东西，现在来看，这个人像是在翻找着什么，这人转头看向他所站的位置，两人对视着，这个眼神赵游觉得很熟悉，这是……谁的眼神？在恢复了许多李想的记忆和部分钱思的记忆之后，对这个眼神有了更多的感受，甚至在自己的回忆里也似曾相识。这个人依然在翻找着什么，没有因为赵游的注视而停止动作。他继续在走廊中行走着，似乎有些漫无目的，或是由另一个自己在驱使着。又是一间房，又是那名工作人员，以前有相似的场景出现过，都是有病人消失之后发生的事。赵游又看向那个人，等待他的回眸……他看到了那双眼，更加确定了，那双眼自己也曾经见到过。但是他没做过多的停留，继续在这里前行着。这……是自己的那个房间，眼前的一切都有些模糊不清，但是可以感受到，自己的房间里有个人，那个人仍然是刚刚见到过的那个工作人员，不，现在看来，他不是。这个眼神，自己认识，是医生，是医生在找着什么东西。不，现在赵游发现自己并不是在以李想的角度看那个人，而是赵游自己，这个人赵游自己也认得，在他的眼里，这个人，是在学校中见过的那个人，是他印象中的系主任！这是另一个记忆中的……呃，他再一次头痛欲裂，疼得睁开了眼睛。

是他……赵游眼神呆滞地看着残破的天花板，思绪狂乱着。

是他……系主任……在自己休假的这段日子里，他来过这里，而且，一直都在这里。他是否已经找到了他想要的东西，之前与自己的对话……也是他吧……或许他只是想以此来麻痹自己，让自己将精力放到寻找被藏起来的东西上，而忽略了他也有拿走的这种可能上。

这……让赵游几乎要崩溃。

寻找消失的自我

3.4　去而无归的轮回

赵游在这一瞬间，几乎恢复了所有的记忆。恢复了记忆的他开始疯狂起来，那些悲惨的经历让他歇斯底里。他现在就想回到学校，开始不顾一切地咆哮着，用尽全力地狂奔起来。

他已经记不得在这一路上都经历了什么，总之是过去了很久，久得就像是又经历了一生一样。或者是另一场梦，在这场梦中的他全力地奔跑着，眼中只有他想要去的地方，以及想要见到的人。学校的那栋楼已在眼前。这里还是与之前一样，偶尔有来来往往的学生，楼里时不时会传出杂乱的声音。楼前的花草依然茂盛，有一条曲折的小路蜿蜒通向楼门口，不知在哪里还会时不时地传来一些谈笑声，只是赵游听不清那些人到底在谈论着什么。当然，他的心思也完全不在这里，他全部的注意力都集中在楼门口。

一个箭步冲了进去，如同一阵风一样，还未等别人注意到，他便已经冲上了楼。也不知道他是哪来的体力，可以维持这样疯狂地奔跑，毫不给自己喘息的时间。系主任的办公室他是去过的，他在楼中向那个方向狂冲着。这里全都安静了下来，这才与空无一人的走廊更配，似乎这才是这里本来应该的样子才对。时间又一次被延长到使赵游开始急躁、抓狂。他想大声吼叫出来，却像是被人用力掐住了脖子，发不出半点儿声响。所以这里便显得更加安静，死寂充斥着这里的每一个角落。这样的无力感相较于以前更加严重了。也许从进楼到现在站在系主任的办公室门口也就用了几分钟的时间，但在他的感觉中却是漫长得难以通过。

他抬手准备开门，但是迟疑了一下，搭在门把手上的右手又抬了起来，敲了敲门。他等了一会儿，见没有人回应，便直接将门打开，走了进去。赵游努力地让自己冷静下来，但是却怎样都无法阻止狂跳的心脏。眼前的这个房间，便是主任的房间了，真的就跟李想印象中医生的房间差不多，都很简陋。

他猜测着，论文或许真的被主任拿走了，只是不知会藏到哪里。他本想当面质问，而现在也只能像个小偷一样在这里翻找起来。办公室的桌上摆着许多工作资料，角落里放着几本书，还有一张旧报纸。对，这些东西在李想的记忆中见到过，有些就是属于他的东西。而在之前与赵游的对话中却装作什么都不知道的样子，都是在演戏吗……又在抽屉里的一角发现了一些药，都是些精神类的药物。他没见过这些瓶子，但是将药丸取出之后却认得这些药，这些就是李想吃过的那些。赵游的记忆开始混乱，他确定医生就是主任，而主任也就是医生，只不过……不知道哪种可能是真的，是自己所有的一切都是幻觉吗？这里的一切只不过是幻想出来的，系主任的真实身份是医生，还是医生的真实身份其实是系主任？在这里，赵游没有找到论文手稿，有些失落。

　　赵游不知自己是出于什么目的，在这里待了许久，或许是在等主任回来。他从办公桌的椅子上起身，缓缓地离开了，离开了办公桌，离开了办公室，离开了教学楼。在空无一人的路上昏昏沉沉地行走着，看着四周，一边走着，一边下意识回想。这里的一切都与印象中相似，只是环境上有些许不同而已。家中的楼道也一样，与李想的记忆中大体相同，没有太过于跳脱的变化。赵游陷入了沉思，这是否有什么问题，似乎有哪些东西被自己忽略了，这些现象到底代表着什么？

　　他在脑中整理着各种各样的零散记忆，相互比对着，突然有个奇怪的感觉，或者说是一个算不上结论的想法从脑中闪过。直觉告诉他，这个问题很重要……虽然之前许多事都是幻觉，但是每一个幻觉的背后必然有一个属于它的原型的存在，而且幻觉的产生必然不会过于偏离现实的基础。就像医院的背景是那栋楼一样，李想的背景基础或许是自己，那么钱思呢？也是自己？头再一次剧痛起来，会是消失的同事之一吗？不好说……这与自己的印象有些不符。消失的同事是几个……是三个吗，还是两个。种种迹象表明应该是三个才对，为何各种回忆中只有两个……除他自己以外只有李想与钱思……还有一个去了哪里，做了什么，是谁。这个问题对于赵游来说完全无法回忆起来。而李想为何会幻想他去了精神病院，结合李想与医生对话的记忆——之前似乎赵游没有在意过的一段记忆。这一幕又一次闪现在他的脑海中，虽然由于时间过得太久画面有些模糊，但其中的对话犹在耳畔。

"你的意思是你现在想替那个与你妻子偷情的目击者去接受审判？"当时李想记忆中的医生是如此说的，他话中的"目击者"便是钱思吧……可是赵游不断地在记忆中搜索着，却什么都没有发现，这说明当时李想的猜想不是正确的，这个"目击者"不是钱思，而是另有其人，但是在自己已有的记忆中完全找不到那个人的任何事情。

"好吧，我同意。"

"欢迎来到 Swan X 医院。"

这样看来，李想去医院的这个想法几乎都是由医生引导的，医生……还是主任，是由他们的医院造成的结果……那么……头又开始剧烈疼痛……

那个"目击者"当时在场的场景一幕幕浮现在了赵游的眼前，这个人看起来有些熟悉，但是这并不是最重要的，重要的是……后来发生的那血腥、让人绝望的一幕画面，妻子已经死了，这件事或许是真的吧……既然在幻觉中或是在梦境中看见过这一切，按照以往的经验来看，那些记忆即使是错误的也不会与事实偏离过于严重。他又回忆起前一段时间自己的一个梦境，说自己杀了两个人，是指自己的妻子和那个摄影师吗？应该不是，严格意义上说应该是一个赵游、钱思、李想以外的意识主导着身体杀害的他们俩，那么杀的两个人指的是李想与钱思吗……是因为自己的那个论文吧……或许看了论文之后的分裂意识都会丧失自我存在感受的反馈欲望，就如同在人们了解了世界本质之后失去了生存的想法一样，或许就是因为这个原因使得那两个分裂意识消失，所以间接和直接的，是赵游杀了这两个人。

赵游发觉自己意识到了什么，他在那时便陷入了一个圈套中，将自己的论文在精神病院里间接地传递给了李想和钱思两个人。他清晰地记得在他的论文中提到了一个想法："对象以及对象与主体之间是否相互独立，拥有感是否可以共享，自由经验观念是否可以容忍拥有感被强行共享，在被强行共享之后是否会产生敌对思维。"

那么，一切的答案不言而喻，知道赵游杀了这两个人的是医生、系主任、公司领导，他们在各个意识所连接的思维记录中扮演着不同的角色，却又是同一个人。他在赵游的幻觉中与赵游交谈时隐隐透露出对论文的渴求及畏惧，这都历历在目。而从李想的记忆中也能轻易得知，医生对于赵游这个角色有深深的厌恶，却从某种程度上又束手无策。记得当时医生在逐渐增加药量……可能就是想以此来牵制赵游吧。

　　沉默了许久，赵游突然想明白了很多事，在得到了几乎所有记忆之后依然对上学之前毫无印象……以前没有什么感觉，而在经过细细思考之后，他得到了一个令人悲哀的结论……这说明了赵游也不是第一个在这具身体中产生的意识；钱思的记忆虽然不算完整，但是也可以断定是刚刚工作时才有的；而李想……是最晚的一个……记忆仍然有缺失，但他基本可以确定下来，谁才是真正的主人……那个人可以时常出现在自己的左右……出现在各个自己的左右……又对自己的一切很了解……对各个自己很了解……他又回想起李想与医生的一次对话。

　　"在这里你说了算，随便吧。"

　　"这话你算是说对了。"当时没有发现，而现在以赵游的身份回想起来，医生的回答是那么斩钉截铁。看来医生在当时就已经表明过他的身份，只是当时的李想没有注意到而已。

　　那么……现在躺在床上的是谁……是什么……

　　不知不觉间，他坐到了书桌前，连他自己都不知道自己在狰狞地笑着，他开始记录之前所发生的一切，试图在回忆中找到更多的蛛丝马迹。神智却在此时变得有些模糊，他隐约地发现自己在书写着什么，这本子已经记录了很多很多，中间还夹着一摞颜色各异的纸。他感觉自己好多事都有些记不清了。拿着本子，又感觉这本子自己好像已经拿了很久，它并不破旧，只不过看起来用了很久很久……

　　本子上面写着："门里门外……从今天开始……门里门外。"看着这本子上的内容，感觉时间在无止境地延长，似乎永远停留在了此处……"我叫李想……一本写自己的书……我叫李想……"

去而无归的轮回